die im Lehmhaus wohnen

(Hiob 4,19-21)

Wallfahrt seiner Seele

Adrian Kunert

2014

Danken möchte ich Gundel-Maria, Andrea, Heike, Claudia, Gerhard, Bernhard, Stefan, Peter, Ruth ohne die dieses Buch so nicht erschienen wäre.

Bibliografische Informationen der Deutschen Nationalbibliothek: Die Deutschen Nationalbibliothek verzeichnet diese Publikation in der Deutschen Nationalbibliografie; detaillierte bibliografische Daten sind im Internet abrufbar über: http://.dnb.dnb.de

Imprimatur: P. Provinzial Stefan Kiechle SJ
St. Ignatius 2013

©2014 Adrian Kunert; www.adrian-kunert.com
Layout: Adrian Kunert
Covergestaltung: Ruth Brozek
Herstellung und Verlag:
BoD - Books on Demand, Norderstedt

ISBN: 978 - 3 - 7386 - 0338 - 5

1

Rebekka! Dein Gesicht ist zerfurcht, die Schönheit deiner Jugend in der Sonne verdunstet. Zurück blieb dein Charakter und deine Geschichte. Wer weiß von dir? Wer behütet dich? Wen hüllst du? Du schenkst einen neuen Anfang. Du nährst ein Universum. Und ewig dreht der Wind. Er weht nach Süden, dreht nach Norden, dreht, dreht, weht, der Wind. Dunkel.

Megild Wiland

Megild nahm die linke Hand von seiner Stirn und ließ sie auf die flache gepolsterte Armlehne seines beigen Sessels sinken. Er schloss die Augen, lehnte sich zurück und atmete tief durch. Dann schaute er auf den Glastisch vor sich. Sein Blick ruhte auf der einzelnen roten Rose in der schmalen, blauen Vase. Er dachte: *Geschafft! Ich habe es tatsächlich geschafft!*
Erneut las er in dem Brief in seiner Rechten. Der Betrieb, der ihn zum Elektroniker ausbilden würde, teilte ihm mit, wo er am 1. September erscheinen solle. Was war das für ein Zirkus gewesen. Die Bilder der vergangenen Wochen tauchten wieder auf. In der einen Firma hatten sich auf diese Stelle sieben andere mit ihm beworben, darunter auch der Sohn der Chefsekretärin.
"Herr Wiland, ich muss Ihnen leider mitteilen, dass ein anderer Ihrer Mitbewerber die besseren Voraussetzungen für diese Lehrstelle mitbringt. Wir haben hier aber noch eine Lehrstelle als Elektroinstallateur offen. Wenn Sie sich dafür bewerben wollen, wird das sicher erfolg-

reich sein."
"Der andere hatte wohl nicht die besseren Voraussetzungen, sondern die besseren Karten. Danke für Ihren Vorschlag. Aber ich bewerbe mich nirgendwo zweimal. Vielen Dank für Ihre Mühe."
Megild hatte sich dann erhoben und noch – wie er meinte – höflich verabschiedet. Sein Vater hatte gekocht vor Zorn über diesen Abgang. Er war gerade beim Zeitunglesen als Megild ihm wie beiläufig von dieser Szene erzählt hatte. Er riss die Zeitung auf seinen Schoß herunter und explodierte:
"Meinst du etwa, jetzt wirst du noch irgendwo etwas Vergleichbares finden? Du bist dumm und arrogant! Die nächste Stelle nimmst Du an!"
Megild ahnte, dass der Vater recht haben könnte, aber das konnte er natürlich nicht so einfach zugeben. So entgegnete er ihm:
"Sollte ich mich denn etwa von diesem Schnösel einfach verschaukeln lassen?! Der wollte doch nur seiner Geliebten einen Gefallen tun!"
Sein Vater hatte ihn daraufhin scharf angesehen: "Zum ersten ist dieser Mann kein Schnösel, sondern der Personalchef einer angesehenen Firma. Zweitens ist eine Sekretärin noch lange keine Geliebte. Und drittens weißt du überhaupt nicht, welche Argumente für oder gegen den anderen Kandidaten gesprochen haben. Ich verbitte mir solche Pauschalurteile! Jeder ist selber seines Glückes Schmied, wie man bei uns im Clan so pas-

send sagt." Etwas ruhiger, als sein Gesicht schon wieder hinter der jetzt etwas zerknitterten Zeitung verschwand, fügte er noch an: "Außerdem beklagt man sich über Beziehungen nur dann, wenn man sie nicht hat."

Megild hatte mit so etwas gerechnet und sich unlängst bei einer kleinen Firma als Elektroinstallateur beworben. Die Einladung zum Einstellungsgespräch war bereits am nächsten Tag eingegangen. Gegen Ende des Gespräches fragte die Personalleiterin: "Herr Wiland, Sie schreiben hier in einem Nebensatz, dass Sie sich auch für Elektronik und solche Sachen interessieren?"
"Ja, warum?"
"Nun, auf die Stelle zum Elektroinstallateur haben sich noch drei weitere beworben und Sie sind ja auch schon etwas spät dran mit Ihrer Bewerbung. Wir bilden aber in diesem Jahr wieder einen Facharbeiter für industrielle Elektronik aus. Dafür hat sich aber noch niemand beworben. Wenn Sie einverstanden sind, könnten wir Ihre Bewerbung auch dafür gelten lassen. Morgen oder übermorgen wird sich sicher keiner mehr dafür bewerben. Ihre Chancen wären erheblich höher."
"Ja, natürlich bin ich einverstanden. Vielen Dank."

Megild hörte die typischen Geräusche eines Schlüssels an der Tür. Mit einem Satz sprang er auf, legte wie zufällig den Brief auf den kleinen Tisch und eine CD in den Player ein. Er nahm die Fernbedienung in die Hand und

ließ sich in den Sessel gleitend von der Anlage mit halber Kraft beschallen. Er tat als sei er in seine Vossübersetzung der Ilias vertieft. Es dauerte keine zwei Minuten, da stand der Vater auch schon in der Tür. Er hatte noch die Tasche in der Hand: "Sag mal, spinnst du, diese Hottentottenmusik so laut aufzudrehen?"
"Heute ist ein Tag zum Feiern, Paps."
"Aber doch nicht mit diesem Krach..." Kurz darauf: "Warum? Hast du die Stelle?"
Megild wies betont lässig auf den Tisch und reduzierte auf Zimmerlautstärke. Der Vater überflog kurz die Zeilen und sagte:
"Bei Deinem Glück würde ich Lotto spielen! Was trinken wir?"
"Valdepeñas, rot. Du weißt ja, welcher mir besonders schmeckt."
"Gut. Gegen acht. Ich muss jetzt noch schnell einen Bericht zu Ende schreiben. Sagst du Mutti und Susi Bescheid!"
"Aber Vati, Alkohol ist doch nichts für Frauen."
Der Vater musste grinsen: "Wenn Kinder trinken dürfen, dürfen das Frauen allemal. Susi ist schließlich über ein Jahr älter als du."

"Also, zum Wohle."
"Prost." Megild mochte den melancholischen Klang dieser handgeblasenen Weinkelche. Susi rief Megild zu: "Eh, angucken!" weil sein Blick schon vor dem Klang

ihrer Gläser das nächste Glas suchten.
Megild zog die linke Augenbraue hoch und sagte mit versucht rauchiger Stimme:
"Ok, Schau mir in die Augen, Kleines."
Die Mutter hob das Glas ein wenig länger gegen die Kerze und fragte: "Wer hat die Gläser das letzte Mal saubergemacht?"
Susi rief leicht affektiert: "Wer wohl, Mutti!?"
Megild: "Der Mann an sich ist halt nicht geschaffen für diese Art von Arbeit. Er muss hinaus, die Welt verändern."
Susi: "Wir reden ja zur Zeit nicht von Männern, sondern von dir."
Megild schnitt seiner Schwester eine Grimasse.
Der Vater fragte: "Wann geht's los?"
"Nächste Woche."
"Nun mal sehen, wie du dich so machst."
Der Abend klang aus mit nettem Geplauder unter sanfter Renaissancemusik.

2

Um zu sein, musst du aufgeben, wer du bist. (Meister Eckhard)

Der erste Tag

Megild ging die Allee hinab. Er suchte die Hausnummer 35. Am Straßenrand waren einige Bäume nachgepflanzt worden. Bei einem blieb er kurz stehen. Dieser Baum hatte es nicht geschafft. Wie eine knochige Hand streckte er Hilfe suchend und klagend seine verdorrten Zweige in den Himmel.

"Verzeihen Sie, könnten Sie mir bitte sagen, wo der Raum L 315 ist?" fragte Megild etwas schüchtern. Der Pförtner sah ihn missmutig an. "Guten Morgen junger Mann," sagte er stark betont und fuhr dann fort: „dritter Stock, rechte Tür, links ab, dritte Tür links. Das ist im übrigen auch ausgeschildert."
Megild murmelte leise "Ach ja, guten Morgen, danke." verschwand und dachte sich nur: *Aktion "Charmeoffensive" sieht anders aus.*

Es wurde lauter je näher er dem Raum kam. Auf der Schwelle hielt er kurz inne. Er war einer der Ersten.

Zuerst sein cooler Rundblick: "Hallo".
Einige erwiderten seinen Gruß. Megild steuerte auf einen freien Platz zu und legte seine Tasche darauf. Sehr angespannt hängte er seine Jeansjacke an die Wand und setzte sich. Nach und nach kamen immer mehr. Manchmal zu zweit oder zu dritt, erzählend, lachend. Die Gruppe jetzt kannte er aus der Parallelklasse. Zwar mochte Megild sie nicht so, weil sie außer „Suff, Weibern und Mopeds" nichts im Kopf hatten, aber jetzt war er doch froh, wenigstens einige bekannte Gesichter grüßen zu können.

Fünf Minuten vor der Zeit saßen alle auf den Plätzen und es wurde ruhiger. Als ein Mitfünfziger den Raum betrat, ging fast ein gewisses Gefühl der Erleichterung durch die Reihen, zumindest empfand es Megild so. Der Mann stellte sich vor:
"Einen schönen guten Morgen wünsche ich Ihnen. Ich bin der Herr Mayer."
Er schrieb seinen Namen an die Tafel. Es folgte das übliche Gerede vom neuen Lebensabschnitt, in den man eintrat und wie wichtig es sei, dies verantwortungsbewusst wahrzunehmen, die wichtige gesamtwirtschaftliche Aufgabe unseres Berufes, bla, bla, bla... Megild versuchte zumindest so auszusehen, als hörte er gespannt zu. Jetzt kam der Lehrer zur Sache:
"In den ersten anderthalb Jahren werden Sie hier gemeinsam drei Tage Theorie und zwei Tage Praxis an

drei verschiedenen Ausbildungsorten haben. Im nächsten Jahr zwei Tage Theorie und drei Tage Praxis. Im letzten halben Jahr nur noch Praxis. Das ganze letzte praktische Jahr findet in Ihren Einstellungsbetrieben statt. Hier werden Sie auch Ihr Gesellenstück anfertigen. So, sie sind in ihrer Theorieklasse dreißig Auszubildende aus zehn Firmen. Ich möchte aber zuerst die Namen den Gesichtern zuordnen können. Rainer Bohnke?"
"Hier."

In der ersten Pause stellte sich Megild zu einer Gruppe von drei Mädchen und vier Jungen. Man stellte sich vor. "Und wie bist du auf Elektroniker gekommen?" fragte Sabine Carola. Carola antwortete: "Weiß nicht. Mein Vater meint, das wäre ganz o.k."
Sabine wandte sich an Megild: "Und du?"
"Physik und Mathe machen mir Spaß. Und ohne gleich etwas brotloses zu studieren, war das etwas, was zumindest noch damit zu tun hat." Innerlich dachte er sich. *Ich fasse es nicht. Ich klinge wie mein Alter!* Es läutete. An diesem Tag folgte noch die eine oder andere Premiere.

Megild kam mit einem Haufen neuer Eindrücke und vielen Kopien nach Hause. Auch die Mutter war gerade von der Arbeit zurückgekommen.
"Na, wie war's?"

"Ja, ganz gut. Ich kannte zwar keine Sau, von ein paar Assis aus der Parallelklasse mal abgesehen, aber es war sonst ganz in Ordnung."
"Kommst du mit einkaufen?"
Megild erhob sich in einer Art und Weise, die klarmachte, welches Unrecht die Mutter ihm gerade antat. Aber er sagte trotzdem heroisch: "Ja. Ich brenne vor Verlangen."

Die Berge vom Einkauf waren verschwunden. Megild zog sich auf sein Zimmer zurück und setzte Wasser im Kocher auf. Dann ging er zur Tür und hängte außen das Schild an:
"Bitte nicht stören. Ich kulte."
Er schloss die Tür und bereitete die weiße Porzellankanne vor. Das erste siedende Wasser goss er ganz in die Kanne hinein und füllte gleich neues Wasser nach. In der Zwischenzeit füllte er drei gehäufte Teelöffel großblättrigen Ceylontees in das Netz und harrte des vertrauten Geräusches, welches das baldige Sieden des Wassers andeutete. Schnell entleerte er die Teekanne, hängte das Netz hinein und goss das kaum wallende Wasser über die drahtigen Blätter. Nichts hasste er mehr, als wenn man ihn in diesen heiligen Minuten störte. Und genau dies geschah jetzt. Es klopfte: Er riss die Augen sichtlich genervt hoch und rief laut:
"Jetzt nicht!"
Dann drückte er den Knopf der Stoppuhr. Die Tür ging

trotzdem auf und seine Schwester Susanne kam herein. Er fuhr herum und sie an: "Weib, bist Du des Lesens unkundig?!"
"Oh, nun scheiß Dir nicht wegen Deines Tees in die Hose. Gib mir mal lieber die CD mit den Hits der Achtziger."
"Und wegen solch schnöd weltlichen Verlangens wagst Du es, diese heilige Zeit zu entweihen? Du weißt, wo sie stehen und dann raus!"
"Ich danke Eurer Majestät für die Huld, die Ihr mir erwiesen habt." entgegnete Susanne mit fistelnder Stimme, deutete einen Knicks an und sah nach der CD.
Megild jetzt versöhnlicher: "Weißt du, seit die alten Lyder das Geld erfunden haben, ist es keine Schwierigkeit mehr, einem Menschen seine Dankbarkeit zu zeigen."
"Nimmst du's auch in Naturalien?"
"Zum Bleistift?"
"Ein Küsschen von deinem Schwesterherz."
„Jetzt werd mal nicht eklig, ja!"
Susanne hatte die CD entdeckt, kniete sich auf das Bett und griff danach.
"Eh, runter von meinem Bett! Was die Bezahlung angeht, schicke lieber mal deine Freundin Lydia vorbei."
"Mal jetzt keinen Wucher, ja." sagte Susanne und verschwand.
Megild sah auf die Uhr und grummelte halblaut:
"Scheiße, jetzt zieht der Tee wegen der blöden Ziege

schon dreißig Sekunden zu lang!"
Er zog schnell das Sieb heraus, spülte mit kalten Wasser die Hitze fort und entleerte das Sieb auf seine Regenwurmfarm, den Biomülleimer eigens für dieses Kraut. Dann holte er aus dem Schrank seine Lieblingstasse, legte eine CD ein und verzog sich auf die Couch hinter seinem Tischchen. Nun kam der große Augenblick. Goldbraun ergoss sich der Strahl des edlen Getränkes in das makellose Weiß des hauchdünnen Gefäßes. Dampfend bildeten sich "Kontinente" über der Oberfläche, um wieder zu vergehen. Megild hob die Tasse ganz vorsichtig an, um die fragilen Strukturen nicht zu stören. Er führte sie mit geschlossenen Augen unter seine Nase.
"Ah, das ist wahres Glück. Was kann der Mensch mehr erlangen?!"
Behutsam setzte er die Tasse wieder ab, um im Spiel des Dampfes zu versinken. Er wusste nicht, ob er Tee lieber allein oder in erlesener Gemeinschaft trank. Von Zeit zu Zeit fühlte er mit dem Zeigefinger, ob die Temperatur schon für den ersten Schluck taugte. Im Hintergrund spielte alte, japanische Musik. So wie die Töne empfand er auch die Welt des Tees, einsam und edel. Megild freute sich immer besonders auf den ersten Schluck. Heiß, aber nicht zu heiß, barg er den intensivsten Geschmack dieses komplexen Getränkes.

Beim Abendessen musste er ausführlich erzählen, was ihm heute widerfahren war. Natürlich erzählte er nur von den positiven Erfahrungen. Seine Unsicherheiten blieben unbenannt.

Müde warf er sich aufs Bett. Der Tag war lang und anstrengend gewesen. Er atmete ein paar mal durch und dämmerte ein. Als er wieder erwachte, waren die Ziffern seiner Uhr schon um eine ganze Stunde weiter. Er sprang aus dem Bett, wusch sich und ging wieder zu Bett. Er machte das Kreuzzeichen, rasselte ein Vaterunser und ein Ave Maria herunter. Kurz vor dem Einschlafen aktivierte er noch den Wecker.

3

Beendet erstes Licht die dunkle Neumondnacht,
beginnt die Seele zu ahnen,
was die aufgehende Sonne offenbaren kann;
aber auch zu fürchten, was sich zeigen könnte.
(AK)

Die Kirche

Über das Jahr hatte sich eigentlich nicht viel getan. Neu war nur, dass seine Schwester Susanne seine Gewohnheit übernommen hatte und nun sonntags mit zur Kirche kam. Anfangs hatte sie noch über die frömmelnde Anwandlung des Bruders gespottet. Megild selber ging seit zwei Jahren wieder regelmäßig. Nicht, dass er nun von einer göttlichen Eingebung getrieben sonntags morgens fröhlich aus dem Bett sprang, aber er spürte, dass der eintönige Strom der alles nihilisierenden Zeit irgendwie sinnvoll zu gestalten war. Da er keine Ahnung hatte wie, übernahm er etwas, was er früher mal bis zu seiner Erstkommunion regelmäßig, später in der Regel nur noch mäßig gemacht hatte. Er ging zur Kirche. Seine Eltern gingen nicht. Sie hinderten ihn aber auch nicht.

Megild schlurfte die hölzerne Treppe hinab. Seine Mutter begrüßte ihn schon aus der Ferne: "Ah, da kommt ja mein frommer Sohn."

Am Eingang zur Essküche hob er lässig die Rechte und grüßte sie: "Halleluja, Mutter. Praise the Lord!" Grinsend setzte er sich an den Tisch. Susanne aß schon.
Megild beäugte sie: "Du hast dich ja angezogen, als wenn heute ein Fest wäre."
"Ist es ja auch, Sonntag, Tag des Herrn." entgegnete sie.
Manchmal hatte er den Eindruck, seine Schwester bekäme mehr mit. Das fand er ein bisschen ungerecht, es stünde ja eigentlich ihm zu; denn schließlich ging er schon ein Jahr länger hin. "Komm Lesterschwein, wir müssen, sonst kommen wir zu spät."
"Das kommen wir doch sowieso immer."
"Ja, aber pünktlich."

Obwohl in der Kirche meist noch Platz war, stellte sich Megild immer hinten hin, aus Prinzip. Man müsse ja schließlich seine Traditionen haben. Susanne war das zu blöd. Wie immer verstand er bei der Predigt "Bahnhof" oder es interessierte ihn nicht. Aber heute hörte Megild das erste Mal, wie der Priester im relativ langweiligen Wortteil, irgendwann da, wo man für gewöhnlich kniete, sprach: "... darum feiern wir den ersten Tag der Woche als den Tag, an dem dein Sohn von den Toten auferstand." Er fragte sich: *Den ersten Tag? Aber heute ist doch Sonntag, der letzte Tag.* Das beschäftigte ihn – bis er die Kirche wieder verlassen hatte.

Draußen standen die Gottesdienstbesucher noch zusammen und erzählten. Die Jugendlichen bildeten eigene Kreise. Susanne wollte schon gehen, da sah Megild Matthäus. Das war einer aus seiner Theorieklasse. So viel Megild wusste, war er Methodist. Seine Eltern waren sehr fromm, bigott für seinen Geschmack, darum hatten sie ihm auch diesen komischen Namen gegeben. Was machte denn der hier? Gerade wollte Megild gehen, da sah Matthäus ihn.
"Hallo Megild, ich habe ja gar nicht mitbekommen, dass Du auch Christ bist."
"Hallo!" Megild tat überrascht, als sähe er Matthäus erst jetzt.
Der Kreis der Jugendlichen öffnete sich. Megild wusste nicht, was er sagen sollte, also fragte er: "Du bist hier? Du gehörst doch zur Konkurrenz. Was treibt dich denn hierher?"
"Ich wollte mir mal euren Gottesdienst anschauen. Und da ich Joe von der Schule her kenne, hat er mich mal mitgenommen."
"Und, wie war's?" fragte Megild.
"'n bisschen verstaubt; wie im Museum."
Joe schaltete sich ein: "Na hör mal, nur weil wir keinen Grießbrei zum Abendmahl essen, ist das doch noch nicht verstaubt."
Matthäus lachte: "Das war eine Ausnahme! Wir hatten einen Bruder aus den Staaten da. Der hat da so ein paar Erfahrungen mitgebracht aus seiner Zeit in Afrika;

außerdem war es Hirsebrei." Zu Megild gewandt fragte Johannes: "Ist das deine Freundin?"
"Nein! Um Gottes Willen, das ist nur meine Schwester Susanne." Das Gespräch endete mit einer Einladung zum Jugendkreis.

"Wo wart ihr so lange?" empfing sie die Mutter.
"Im Tempel."
"Aber doch keine zwei Stunden."
"Es war halt interessant."
"Worüber hat denn der Pfarrer heute gepredigt?"
"Ach...", Megild kam ins Stottern, "über die Sünde."
"Und?"
"Er war dagegen."
"Das ist natürlich neu und erklärt alles. Ich frage mich, was du die ganze Zeit dort machst?"
In ihrer Stimme klang aber kein Vorwurf mehr, wie noch manchmal vor einem halben Jahr.

Megild wusste zwar auch nicht so recht, was ihn Sonntag für Sonntag in die Kirche zog, aber er begann nun auch ab und an mal in der Bibel zu lesen. Die Geschichten von Jesus und seinen Leuten waren schon ganz in Ordnung. Er wusste zwar nicht, was das heißen sollte, für unsere Sünden gestorben, aber irgendwie klang das cool. Darum wollte er die Sonntagstexte mal im Zusammenhang lesen. Er brach die Lektüre des Neuen Testaments ab und begann, wie bei jedem normalen Buch, mit dem Anfang. Das war zunächst spannend wie ein Krimi. Die Erzählungen um Abraham und seine Kinder, die scheinbar auch nur am liebsten Krieg spielten und Heerscharen von Kindern zeugten, waren seine Favoriten. Die Geschichte von Moses, wie er auf Gottes Anordnung Israel in die Freiheit führte, war auch spannend. Aber er fand es ein wenig heftig von Gott, wie er ein ganzes Land für die Dummheit des Königs bestrafte. Auch die Sache mit dem Schilfmeer und der Versenkung der ägyptischen "Panzer" war zwar im Prinzip o.k., aber warum musste gleich ein ganzes Heer Fischfutter werden, nur weil ein Idiot sich stur stellte? Das war ja wie im richtigen Leben. Spannend war auch noch der erste Teil der Wüstenrallye. Als dann aber endlose Listen und Bauanweisungen für irgendwelche Zelte und Möbelstücke anfingen, überblätterte er schon mal ganze Teile. Irgendwann staubte die alte Schulbibel dann wieder an ihren angestammt Platz im Regal vor sich hin. Zu Jesus und seinen Mannen kam er beim ersten Anlauf nicht.

Als Megild gegen acht den Gemeinderaum betrat, war ihm zumute, wie bei seinem ersten Tag in der Lehre. Gott sei Dank war Susanne mitgekommen. Im Raum saßen etwa fünfzig Jugendliche und junge Erwachsene zwischen sechzehn und mittzwanzig im Kreis. Sie neigten sich zu Dreier- oder Vierergruppen. Megilds Augen suchten Johannes. Etwa zur selben Zeit erblickten sie einander. Er winkte Megild und Susanne heran. Nach einer kurzen Vorstellung seiner Sitznachbarn sagte Johannes: "Wir sind heute alle zusammen, weil sich gleich der neue Vikar vorstellt. Da er das nicht sechzigmal machen will, hat er uns alle zusammen gebeten. Außerdem ist danach noch Fete. Er schmeißt 'ne Runde."

Kaum hatte er ausgeredet, trat auch schon ein Mann in den Raum, dem man ansah, dass er nicht zum typischen Kreis der Jugendlichen gehörte. Er sah aus wie einer, der viel liest, aber auch voller Tatendrang steckt. Er ging zielstrebig auf einen zentralen Stuhl zu, setzte sich, machte sich kurz mit seinen Nachbarn bekannt und schaute dann freundlich aber bestimmt in die Runde. Obwohl er nichts sagte, verstummten die Einzelgespräche ziemlich schnell:

"Ich wünsche euch ...", er hielt kurz inne bis auch das letzte Zweiergespräch verstummt war, "... einen guten Abend. Ich bin euer neuer Vikar," er wandte sich nach links, " oder sagt man hier Kaplan?"

Als man ihm "Vikar" bestätigte, wandte er sich wieder der Gesamtgruppe zu. "Gut, ich werde also, so Gott will, die nächsten Jahre hier sein und versuche meine Aufgabe gut zu machen. Ich heiße Peter Kanis."

Hinten alberte jemand halblaut "Kandis" bekam aber gleich einige "Psch" zu hören.

"Ich bin dreiunddreißig Jahre alt, Priester. Das hier ist meine zweite Vikarsstelle. Ich denke, dass wir gut mit-

einander auskommen werden. Bevor wir jetzt mit der Fragerunde beginnen, möchte ich noch kurz hören, wer ihr seid und mit einem Satz, was ihr so macht."
Auch Megild versuchte sich zumindest die Namen der Älteren zu merken. Es folgte ein recht angeregte Unterhaltung über die letzte Stelle, die Heimat des Vikars. Megild gefiel, dass auch der Vikar "Tee-ist" war. Gegen halb zehn sagte der Vikar: "So, der offizielle Teil ist beendet, jetzt beginnt die Party. Ich bleibe aber noch ein Weilchen hier für die, die noch etwas anderes besprechen wollen oder Fragen haben."
Darauf erhob sich die überwiegende Menge. Zurück blieben einige der Älteren, die mit dem Kaplan noch die Route für die nächste Zeit abstecken wollten und die Unentwegten, die lieber erzählten als feierten.
Susanne sagte zu Megild: "Ich geh rüber."
Megild nickte und sagte: "Gut, ich bleib noch ein wenig."
Man setzte sich zu einem kleineren Kreis zusammen.
Der Vikar ergriff das Wort: "Gut, könntet ihr bitte nochmal eure Namen nennen und was ihr hier macht?"
"Ich bin Roland Eylls, bin 23 und arbeite nebenan im Supermarkt im Einkauf. Ich bin darum auch hier für den Einkauf zuständig und für die Grobplanung der Freizeiten."
"Ich bin Maria Selker, 22, verwalte die Jugendkasse und koordiniere mit Johannes den Mittleren Ring."
"Verzeihung, was heißt Mittlerer Ring?" fragte der Vikar.

Ein anderer, der nicht in der Reihe folgte, ergriff das Wort: "Das kann ich vielleicht gleich mit meiner Vorstellung verbinden. Ich bin Lukas Iatros und bin der Jugendsprecher. Wir haben hier drei Jugendgruppen, sogenannte Ringe. Der Kleine Ring, das sind die neunten und zehnten Klassen. Der Mittlere Ring sind altersmäßig die Gymnasiasten ab Klasse elf sowie die Lehrlinge. Der Große Ring sind die jungen Erwachsenen und Studenten. Die lösen sich dann fließend in die neuen Familienkreise, beziehungsweise die Gruftis auf. Die Gruftis sind die, die sich nicht mehr zur Jugendarbeit gehörig fühlen und noch keinen Partner abbekommen haben. Sie sind aber lose an die Jugendarbeit angeschlossen. Das heißt: da lässt sich mal der eine oder andere im Großen Ring blicken oder arbeitet mit im Jugendlager. Ach so, ich helfe Johannes bei der Jugendzeitung, will mich dort aber - wenn's geht - bald ausfaden."

Lukas blickte auf Megild, der neben Maria saß und nickte ihm zu. Megild wollte gerade sagen: "Ich bin ..." aber die Stimme versagte zuerst. Er räusperte sich und sagte: "Entschuldigung. Also ich bin Megild Wiland, 19 Jahre alt und im zweiten Lehrjahr zum Elektroniker. Ich bin in keiner der Gruppen, würde aber gerne auch irgendwas machen."

"Ich heiße Johannes Pohl, bin 22, Mitkoordinator des Mittleren Rings, Schriftführer unserer Jugendzeitung und studiere Informatik an der hiesigen TU."

25

"Ich heiße Marianne Olmsky, 19, bin in der 13. Klasse und leite mit Josef und Christoph den Kleinen Ring."
"Ich bin Brigitte Lahn, 25, promoviere gerade und koordiniere mit Simone den Großen Ring."
"In welchem Fach machen Sie ihre Doktorarbeit?"
"Jura. Aber Duzen Sie mich auch, das macht sonst so alt."
"Aha ja, danke." Der Vikar schaute etwas irritiert zum Nächsten.
"Ja, ich heiße Josef Naly, bin 19 und bin auch noch auf der Penne. Ich bin in derselben Klasse wie Marianne und ...äh, ja, ich leite, wie schon gesagt wurde, mit ihr und Christoph den Kleinen Ring."
"Simone Arnheimer, bin 26, MTA, ledig, und leite mit Brigitte den Großen Ring."
"Ja, mich heißt man Christoph Ohlen, ich bin 22, BWL-Student, im Kleinen Ring und Kassenprüfer. Das heißt, ich helfe Maria und rechne den offiziellen Teil der Kasse gegen."
"Ich bin Markus Zimmerli und lerne kochen. Bin 19, ... äh was noch", er schaute nach oben, "ah ja, bin der Liturgiebeauftragte der Deutschen Bischofskonferenz, quatsch, ich seh zu, dass für die Godis..."
"Für die Gottesdienste" warf Simone prophylaktisch erklärend ein.
"Ja richtig, dass für die Gottesdienste die Bücher und Gerätschaften da sind. Außerdem sorge ich ein wenig für den Meditationsraum."

Johannes warf ein: "Er ist unser Künstler. Das Fresko im Meditationsraum ist sein Werk."
"Ja, ich bin Matthäus Lehmann. Ich bin von der Konkurrenz, bin Methodist, von der Nachbargemeinde und schaue mich hier mal ein wenig um."
Roland sagte: "Einer fehlt, das ist Rolf Tiorakis, er ist 20 und ist für den Teil Fete und den Jugendkeller, unsere "Bierbar von Sevilla" verantwortlich. In dieser Nacht betätigt er sich drüben als DJ. Er jobt sonst in einer Videothek."
"Ich bin Sabine Friedel, bin 19 und im Mittleren Ring nur Mitglied." Lukas ergriff das Wort: "Das ist die offizielle Struktur. Natürlich gibt es noch mehr Aufgaben und Dienste, Videoclub, Saubermachen, Kochen, aber das lösen wir wie's kommt per Absprache."
Der Vikar fragte: "Wie kommt es, dass so viele Studenten hier mitmachen? Es gibt doch auch eine Studentengemeinde."
Christoph antwortete: "Das hat zwei Gründe. Erstens ist ein Teil der Studenten aus dieser Gemeinde und zweitens ist die Studentengemeinde hier nicht jedermanns Geschmack."
"Wie soll man das ausdrücken", fing Brigitta an, "das eine Vorurteil, was wir hier pflegen ist, dass sie sehr ideologisch sind. Dort gibt es sehr starke Spaltungen und Grabenkämpfe durch eine inexistente Leitung. Das sind zwei Pflaumen, die sich gegenseitig nicht auf die Füße treten und auch kaum kooperieren. Von christli-

chem Geist, sagt ein anderes unserer Vorurteile, ist dort herzlich wenig zu spüren. Dafür geben sich die Studenten um so verbisseneren Strukturdebatten hin."
Simone sagte: "Mein Freund ist Assistent an der Uni. Er geht manchmal dort in die Gemeinde. Er sagt, für sie seien wir hier die Integralisten."

Der Vikar erfuhr im Verlauf des Gespräches die Zeiten der Ringe und bat darum, ihm dies noch einmal schriftlich zu geben. Darauf hin zog Johannes betont lässig ein Blatt hervor und reichte es dem Vikar mit den Worten: "Daran haben wir selbstverständlich schon gedacht."
Megild wurde eingeladen, erst mal bei der Zeitung mitzuarbeiten, um die Besonderheiten der Gemeinde besser zu verstehen. Außerdem sollte er in den Mittleren Ring gehen, um Leute kennen zu lernen. Der Vikar lud die, die Lust und Zeit hatten für den Sonntag Nachmittag zu sich zum Tee ein. Dann hob man die Tafelrunde auf und ging feten.

4
Sie stehen frierend beisammen auf brüchigem Eis und sehen einander in hungrige Augen.
Leben suchen sie aus Unbekanntem zu saugen und bezahlen schicke Scheuklappen mit stolzen Preisen.
(AK)

Die Gemeinde

Megild klingelte im Sekretariat der Gemeinde. Als der Türöffner summte, wartete er einen Augenblick und trat ein. Johannes hatte ihm gesagt, im Erdgeschoss seien einige Gruppenräume. Das Sekretariat sei im ersten Stock.
"Einen schönen guten Tag." begrüßte ihn die Sekretärin, schaute ihn zwei Sekunden an und gerade als Megild sich vorstellen wollte, nahm sie ihm das Wort aus dem Mund: "Sie sind sicher Herr Wiland. Johannes erwartet Sie schon. Hier, gleich die nächste Tür, bitte."
Diese ging auch gleich auf und Johannes kam heraus: "Hallo, schön dass du da bist. Komm rein!" Johannes zog Megild an sich vorbei und folgte ihm in den Raum. Beide setzten sich.
"Also, wie du gemerkt haben wirst, läuft in unserer Gemeinde einiges anders als bei anderen. So auch hier in der Redaktion.
Vor sieben Jahren ist im Gefolge der Finanzwirren im Bistum eine Reform auf den Weg gebracht worden, die

die Gemeinde unter anderem auch als Reaktion auf die Krise beschlossen hatte. Magst Du übrigens einen Kaffee oder Tee?" Johannes war von seinem Drehstuhl aufgestanden.

Megild vermutete Teebeutel und sagte darum: "Kaffee, bitte, mit Milch, keinen Zucker."

Johannes verschwand kurz und kam mit zwei Pötten wieder. Anschließend holte er die Milch herüber und setzte sich wieder.

Er fuhr fort: "Ein paar Familienkreise und der Große Ring hatten sich schon geraume Zeit vorher zusammengetan und ihr Ungenügen über die religiöse Situation der Gemeinde ausgedrückt. Man wollte weg von der unverbindlichen Gemeinde, hin zu einer christlichen Gemeinde, die nicht nur sonntags mal an Jesus denkt. Die Gruppen taten sich zu einem vom Gebet getragenen Prozess des Nachdenkens zusammen. Über ein halbes Jahr hinweg traf sich die Gruppe jedes Wochenende zu gemeinsamem Austausch und Gebet über eine tägliche Bibelstelle aus der Apostelgeschichte. Am Ende des Prozesses kam heraus, dass sich eine Kerngruppe verpflichtete alle kirchlichen Hochfeste "in der Gemeinde gebührend vorzubereiten und zu feiern". Das hieß zuerst mal: Wir fahren Weihnachten, Ostern, Pfingsten als Kerngruppe der Gemeinde nicht mehr weg, wenn nicht ganz gewichtige Gründe es verlangen. Das nennen wir die erste Stufe, einfach auch von der zeitlichen Entstehung her. Das war der Beschluss der

Pfarrversammlung.
Gemeindemitglieder können dieser ersten Stufe beitreten, indem sie sich einen Monat vorher für wenigstens vier Monate und mindestens ein Hochfest dafür anmelden. Wenn man sich nicht erneut für diesen Kreis anmeldet, erlischt die Mitgliedschaft automatisch. Die Teilnehmerzahl schwankt also. Viele - auch aus anderen Gemeinden - melden sich heute zum Beispiel für den Beginn der Fastenzeit an und erleben so Ostern und Pfingsten auf eine ganz neue Weise.
Vor vier Jahren kam es zu offenen Spannungen, die nur zum Teil vorauszusehen waren. Einige wollten möglichst bald mehr als nur das. Andere wollten noch etwas warten. Dritten genügten diese Aktivitäten bereits vollkommen.
In der ersten Stufe gibt es keinerlei Kontrolle. Das soll auch so bleiben, weil die erste Stufe nur dazu dienen soll, den Leuten zu helfen, Gott wieder an die erste Stelle in ihrem Leben zu setzen, zumindest in der Planung einer überschaubaren Zeit."
"Ja und was ist mit der zweiten Stufe?" Megild versuchte irgendwie anzudocken.
"Gemach! Etwas mehr als fünfzig Leute wollten mehr. Dies war aber nicht mehr durch vermehrte Aktivität möglich. Die Ressourcen der Leute sind ja begrenzt. Das ging nur noch durch Umstellung ihres Lebens oder durch vermehrten Einsatz von Geld."
"Was hat denn das Geld mit geistlichem Leben zu tun?"

"Ziemlich viel. Die zweite Stufe bedeutet nämlich das Modell des koordinierten gemeindeorientierten Wirtschaftens."
"Hä, was soll das denn bedeuten?"
"Beispiel: Wir haben hier in der Gemeinde allein erziehende Mütter, rüstige Senioren, Doppelverdiener mit und ohne Kinder, Hausfrauen, ärmere und reichere Leute, Arbeitslose. Die einen haben eher Zeit, die anderen eher Geld. Der Versuch der zweiten Stufe ist, diese Leute miteinander zu vernetzen und die verschiedenen Einsamkeiten der Menschen durch die Gemeinde aufzubrechen, quasi ein virtuelles Dorf zu bilden. Die Bibel nennt das Bundesschluss. Siehst du das Haus da drüben?" Johannes wies aus dem Fenster.
Megild erhob sich, um das Haus besser sehen zu können: "Ja."
"Diese Gruppe hat zu Beginn der zweiten Stufe das Haus gekauft und den unteren Teil als ihr Zentrum ausgebaut. Auf der Rückseite ist ein kleiner Garten. Da können die Kinder spielen. Das Haus hat acht recht große Wohnungen und mittlerweile eine Sonnenkollektoranlage auf dem Dach für die Warmwasseraufbereitung und ein Blockheizkraftwerk im Keller. Es ist ein Mehrgenerationenhaus. Die Leute kaufen gemeinsam ein. Die Grundnahrungsmittel holen sie bei zwei Ökobauern in der Nähe. Die Gruppe hat nämlich in der Nähe einen Laden aufgemacht, wo sie de facto nur deren Produkte vertreiben."

"Hat das mit dem Ökobauern einen Grund?"
"Ja natürlich. "Regional, saisonal und ökologisch" ist das das wirschaftliche Motto. Zum einen wollen die keine genetisch veränderten Lebensmittel, und zweites kauft die Gruppe möglichst bei Herstellern in der Nähe. Beides schaffst du nur, wenn du die Leute kennst und ihnen vertrauen kannst. Damit wollen sie ein Zeichen setzten gegen die ökologische Zerstörung der Umwelt durch unsinnige Transporte, Äpfel aus Neuseeland und so, du weißt schon. Was in der Gegend hergestellt wird, soll auch in der Gegend verbraucht werden. Was die machen ist eigentlich ein strikt angewandtes Subsidiaritätsprinzip..."
Megild fragte: "Was ist denn das?"
Johannes dachte kurz nach: "Warte, da hatten wir eine schöne Formulierung auf unserem letzten Wochenende über die katholische Sozialllehre: Das, was die kleinere Einheit machen kann, soll sie tun. Nur für das, was sie nicht gut alleine leisten kann, wird die Hilfe der nächst höheren Ebene eingefordert und zugelassen."
Megild nickte, als würde er es verstehen und sagte: "Ach so."
"Aber komm, nur zu labern ist öde. Ich mach dich drüben mit den wichtigsten Leuten bekannt." Beide machten sich auf.
Die Sekretärin sprang auf: "Johannes, wann kriege ich den Jugendteil des Pfarrblattes? Ich möchte nicht immer auf den letzten Drücker fertig werden."

"Ja, ja, morgen früh liegt er in der Pfarrcloud."
"Immer dasselbe!" die Pfarrsekretärin schüttelte lächelnd ihren Kopf und sagte gespielt affektiert: "Unter diesen Bedingungen kann ich nicht arbeiten."

Unterwegs redete Johannes weiter: "Meine Eltern leben zwar auch in Stufe Zwei, aber wie viele andere auch nicht in diesem Haus. Mein Vater hat sehr viele geschäftliche Beziehungen, die ihn zeitlich sehr stark einbinden und für die er viel Platz braucht. Er gehört zu den Leuten, die den Zehnten an die Gruppenkasse abführen. Es gibt nämlich verschiedene Modelle der Finanzierung. Die einen arbeiten stärker mit und in der Gemeinschaft, die anderen finanzieren das Ganze eher. Man spricht mit den Ältesten ab, was man erübrigen kann an Zeit und oder Geld, und Anna koordiniert das."
"Wer ist Anna?" fragte Megild als sie gerade um die Ecke bogen. Hier in der Einfahrt war eine Frau gerade damit beschäftigt, Einkäufe aus dem Kleinbus zu räumen.
Johannes: „Schau, das ist Anna! Sie ist die Leiterin und Wirtschafterin dieses Hauses." und zu Anna gewandt: "Hallo Anna, können wir dir helfen?"
Die Mitvierzigerin sah sich um: "Ah Hannes, grüß dich. Ja du, das wäre ganz lieb. Wenn ihr die Kartoffeln und die Taschen schon mal hinauf bringen könntet?"
Küsschen, Küsschen, "Bleibt ihr zum Essen?"
Johannes sah Megild an: "Hast du Zeit?"
"Prinzipiell schon. Ich müsste dann nur zu Hause anru-

fen, dass die nicht mit dem Essen warten."
„Bringst du dann, wenn du in die Küche kommst, auch gleich noch eine Karaffe Wein mit?" rief ihm Anna nach.
"Geht klar."

Megild folgte Johannes ins Haus. Megild fragte: "Gehört Lukas auch zur zweiten Stufe?"
"Nein, seine Eltern sind eher U-Boot-Christen. Die tauchen nur zu den Feiertagen auf. Aus seinem Clan ist er der Einzige, der so ein bisschen mehr in unsere Richtung abfährt. Er zögert noch ein wenig, sich festzulegen. Das hat er wahrscheinlich von seinen Eltern. Der Apfel fällt halt nicht weit vom Pferd. Aber sonst ist er ist total super drauf."
Megild rief zu Hause an: "Du Susanne, ich komme heute Abend nicht zum Essen. Ich esse hier bei Kirchens... Was? ... Nee, nix warmhalten... Tschüß dann, nee... ja, bis morgen."
Johannes sprach gleichzeitig über sein Handy: "Hi, Mutti, ich esse heute bei Anna... Nee, du das wird heute spät. Ich muss noch den Pfarrbrief fertig machen... Nein, Megild ist auch da... Nee, den kennst' de noch nich... Mensch Mutti, so ist das nun einmal. Eltern müssen mit der Zeit lernen, ihre Kinder loszulassen... Ja, tschüss... Ja, ich dich auch... Tschüssi."
Johannes grinste, legte auf und sprach dann mit Blick auf das Telefon: „Das Wort Familienbande enthält einen unangenehmen Beigeschmack von Wahrheit." Dann

winkte er Megild und sagte: "Komm, ich zeige dir das Allerheiligste." Dabei glänzten seine Augen und seine Brauen zuckten kurz hoch. Sie stiegen die Treppe in den Keller hinunter. In einem Raum auf der Nordseite dieses Gründerzeithauses stand es, das Fass. Johannes begrüßte das Metallungetüm wie einen alten Bekannten, den er lange nicht mehr gesehen hatte. Daneben standen Glaskaraffen auf Kopf.

Anna hatte schnell Kartoffeln geschnitten, blanchiert und sie mit Lauch, Zwiebeln und einer Note Muskat mit mittelaltem Gauda überbacken. "Das ist durchaus eßbar." lobte Johannes. Auch der Riesling war recht ordentlich. Megild war er eine Spur zu trocken. Die Tür ging auf und ein Mann mit einem mächtigen Rauschebart kam herein. *Man hat der 'ne Matratze im Gesicht. Wotan wäre echt neidisch*, dachte Megild, erhob sich artig und reichte dem Ankömmling die Hand.
Anna machte die beiden miteinander bekannt: "Das ist Christian, mein Göttergatte. Christian, das ist Megild."
"Ja, hallo, ich bin Megild." seine Stimme klang wieder etwas unsicher.
Johannes war aufgestanden. Er reichte Christian die Hand: "Hi. Megild arbeitet jetzt bei unserer Zeitung im Jugendteil mit."
"Ah, schön. Wie geht's sonst?"
"'s muss." antwortete Johannes. Man lachte ein wenig und aß weiter.

Nach einiger Zeit schnitt Christian das Thema an, womit Johannes im Redaktionsraum begonnen hatte. "Was wir hier machen", erzählte Christian, nachdem alle mit Essen fertig waren, "ist natürlich kein Selbstzweck. Auch in den abendlichen Gesprächen wird das immer wieder deutlich. Wir sehen Deutschland an einem Scheideweg. Du siehst ja die zunehmende Vereinsamung der Menschen, die immer größere Schere zwischen arm und reich und die Aushöhlung unserer kulturstiftenden gemeinsamen freien Zeiten durch den Kommerz. Es gibt zwei Möglichkeiten: Entweder wir erleben eine Entwicklung wie in den Staaten hin zu einer Dienstleistungsgesellschaft, wo immer mehr die Beziehungen durch die Dienstleistung abgelöst wird, oder aber wir finden wieder zu mittleren Strukturen zusammen, die die Aufgaben der alten Großfamilien übernehmen können, die zu Beginn der industriellen Revolution zerbrochen sind."
"Wieso meinen Sie, dass das so kommen wird?"
"Sagen wir doch lieber du oder hast du was dagegen?" schlug Christian vor.
"Nein." Megild schüttelte den Kopf.
"Gut, also Megild, prost."
"Prost, Christian."
"Wo waren wir... ach ja. Nein, siehst Du. Seit dem Beginn der Neuzeit spielte das kirchliche Zinsverbot keine Rolle mehr. Das heißt: Wenn du Geld an jemanden verleihst, bekommst du es normalerweise mit Zinsen

zurück. Der andere arbeitet damit und bekommt damit hoffentlich mehr heraus als er zurückzahlen muss. In jedem Fall aber muss er so viel mehr erwirtschaften, dass er zumindest die Zinsen zurückzahlen kann."
Im weiteren Verlauf des Abends entwickelte Christian nun seine Geld- und Zinstheorie, erzählte das Gedankenexperiment vom Josefspfennig, den der hl. Josef auf eine Bank eingezahlt hatte, redete vom gegenteiligen Experiment mit „rostendem Geld" von Wörgl, einer Stadt in Österreich, in der Zwischenkriegszeit und und und. Megild versuchte, sich geistig nicht ganz abhängen zu lassen und brummte immer wieder mal Verständnis heuchelnd vor sich hin.

Irgendwann erhob Anna sich und sammelte die Teller ein. Christian griff nach ihrer Hand und sah sie an. Anna sagte: "Lasst euch nicht unterbrechen. Ich will nur schon mal abwaschen. Ich kenne das ja schon."
Er fragte sie: "Sollen wir das nachher nicht zusammen machen?"
"Nee, nee, lass mal. Löst ihr mal nur weiter die Probleme der Welt."
Johannes: "Darauf lasst uns einen heben."
Man stieß erneut an und Christian redete weiter. "Wir stehen heute erneut an einer Schwelle wie zur Zeit der industriellen Revolution. Denn die Industrieproduktion wird in der Zukunft mit immer weniger Arbeitern auskommen. Du siehst ja, die großen Gewinne der

Konzerne und die steigenden Löhne führen nicht zu mehr gerecht bezahlter Arbeit, sondern zu Rationalisierung, Billig- und Teilzeitjobs und auch zur Entsolidarisierung der Arbeitnehmer. Da wir es uns aber sozial nicht leisten können, die überwiegende Zahl der Bevölkerung nur abzufüttern, gibt es unter Gesichtspunkten des Marktes nur eine Lösung: Dienstleistung. Junge Eltern brauchen Ratgeber und Betreuer für die Kindererziehung, da sie nicht mehr von den Eltern und Großeltern Erfahrungen einfach übernehmen oder bei älteren Geschwistern einfach mit zusehen können. Die menschlichen Nahtstellen, die früher durch die Großfamilie abgedeckt wurden, kann die Klein- und Splitterfamilie überhaupt nicht übernehmen. Kindergärten sind unabdingbar, weil die Kinder ja Gleichaltrige und Ältere brauchen, um sich richtig zu entwickeln. Außerdem brauchen die Eltern Zeit, um das Geld für den Alltag und den Kindergarten zu verdienen. Auch die Kindererziehung selbst kostet Geld, die Freizeitangebote, Sport, Kultur... Vom Gesichtspunkt des Marktes aus ist die Entwicklung zur Dienstleistungsgesellschaft unabdingbar. Der ideale Mensch für die neue Gesellschaft ist die gutverdienende allein Erziehende, die fast alle Erziehungsdienstleistungen einkaufen muss. Einer gesunden Wirschaft dient am ehesten eine kaputte Familie. Allein erziehend bist du aber von Armut bedroht."
Megild wandte ein: "Aber die Großfamilie war doch

auch nicht das Gelbe vom Ei."

Anna rief aus der Küche dazwischen: "Richtig, sie basierte auf der Ausbeutung der Frauen im Haushalt als Dienstmägde der Männer. Wir Frauen haben ja immer die materielle Basis für die abstrusesten Theorien der Männer schaffen müssen."

"Das ist ja alles richtig, ich will ja auch nicht wieder die Großfamilie auf den Schild heben, aber eben solche Einheiten, wie wir sie hier praktizieren, wo man sich gegenseitig hilft und unterstützt - subsidiäre Einheiten halt."

Anna kam wieder herein und brachte auf einem großen Holzbrett etwas Obst, Käse, Brot und Kekse herein. Sie räumte dies auf den Tisch und sagte: "Christian vergleicht Dienstleistungsgesellschaft und unsere Art zu leben immer etwas unpassend mit der Prostitution und der Ehe, was allein schon deshalb Mist ist, weil es wieder männerzentriert ist."

"Aber Anna!"

"Ha, Schnöder, steh zu deinem Worte." Sie setzte sich auf seinen Schoß und gab ihm einen Kuss.

"Außerdem", fuhr sie fort, "nehmen ja auch wir Dienstleistungen in Anspruch, Busse, Bahn, Flugzeuge, Kultur, ja selbst die manchmal indoktrinierenden Schulen. Und da verdienst du ja schließlich auch deine Brötchen." Sie stand wieder auf und setzte sich auf ihren Stuhl.

"Man muss doch die globalen Linien zeichnen." entgeg-

nete Christian.
"Ja, Liebling, und auf dem Teppich bleiben."
Das Gespräch zog sich noch bis tief in die Nacht hin und Megild brummte der Schädel als er Christian und Anna verließ. Zuviel Neues auf einmal war auf ihn eingeflutet. Das war eine vollkommen andere Welt als die seiner Lehre. Er hatte das Gefühl, auf einem Grat zu wandern. Was war aber seine Welt? Und was war die andere? Waren beide echt und gleichwertig?

Er fragte auf dem Weg zurück noch mal nach: "Ehrlich gesagt, ist mir nicht ganz klar geworden, warum mir der Christian all das erzählt hat. Was hat dieses Zeugs mit uns zu tun?"
Johannes: "Weißt Du, Christian ist unser Chefideologe. Er möchte immer gleich alles in den globalen Zusammenhang stellen. Wahrscheinlich leidet er auch ein bisschen darunter, dass er für die '68-Zeit ein bisschen zu spät geboren ist, sagt mein Vater. Aber das bleibt unter uns. Darum ist Christian vielleicht auch Lehrer geworden. Die haben bekanntlich am Vormittag recht und am Nachmittag frei. Wenn ich es mal ganz kurz umreißen will; wir arbeiten hier an einem gesellschaftlichen Gegenentwurf zur heutigen individualisierten neoliberalen Gesellschaft, wollen aber eben auch den kollektivistischen Straßengraben meiden. Wir versuchen unsere soziale Marktwirtschaft vom biblischen Modell her, neu zu denken, zumindest erst mal auf

Gemeindeebene. Der Zentralbegriff für dieses Neudenken aller Beziehungen in unseren Gemeinschaften ist die "Subsidiarität". Darum geht der Zehnt nicht an die Pfarrkasse, sondern an die jeweilige Lebensgemeinschaft, die dann ihrerseits davon den Zehnt an die Pfarre gibt für gemeinsame Aufgaben. und natürlich werden die Bilanzen von der Gemeinde geprüft, damit sich keine in sich abgeschlossenen und undurchsichtigen Subgemeinschaften bilden."
Sie gingen schweigend ein wenig weiter. Johannes sah Megild an und merkte, dass dieser doch schon relativ verwirrt und müde aussah. So sagte er: "Du, geh ruhig schon mal nach Hause. Ich mach das jetzt noch schnell bei mir zu Hause fertig. Ich lege unserer Sekretärin den Text in die Pfarrcloud. Die wird zwar fluchen, wegen des Layoutens, aber so schlimm ist das auch wieder nicht. Die muss ja nur die Schablone des Jugendteils über den Text legen. Hast Du eigentlich die E-Mail-Adresse unserer Gemeinde?" Als Megild verneinte, zögerte Johannes noch ein Weilchen und sagte dann: "Ach was, die gebe ich dir am Sonntag. Tschö."

5

Was ist Wahrheit, was Wirklichkeit?
Was ist, wenn du nicht weißt,
ob du wachst oder träumst?
Was ist, wenn du nicht weißt,
ob du jemals erwachen wirst?
(nach Stanislaw Lem)

Die Arbeit

Das letzte Lehrjahr lief. Megild hatte sich an seiner Arbeitsstelle gut eingelebt. Die Leute waren in Ordnung. Weil Megild ab und an mal zu spät kam, hatte es am Anfang einige Schwierigkeiten gegeben. Die Gleitzeiten in der letzten Firma hatten sich doch zu sehr festgesetzt. Es hatte eine kleine Auseinandersetzung mit dem Chef gegeben. Seither lief alles bestens und er kam pünktlich. Seine Firma baute und betreute Heizungsanlagen. Es war eine mittelständische Firma. Seit in der Heizungstechnik nichts mehr ohne Computer oder zumindest andere elektronische Steuerkomponenten lief, bestand Bedarf auch an Elektronikern. Da sich aber eine Elektronikabteilung für eine Firma allein nicht lohnte, hatten sich einige kleinere Heizungsfirmen der Gegend zusammengeschlossen und ein gemeinsames Subunternehmen gegründet, das die Elektronik aller Beteiligten wartete und auch Auftragsforschungen für diese Unternehmen durchführte. Dabei ging es meist nur um neue Messverfahren und

Heizkurven, um alles so einfach und so intuitiv steuerbar wie möglich zu gestalten. Verbal fanden alle beteiligten Unternehmer die Forschung auch gut, aber es war schwierig mit der Ausbeutung der Ergebnisse. Denn die drei standen sonst in Konkurrenz zueinander.
Der Meister hatte gleich zu Beginn eine Sache klargemacht: "Eine der wichtigsten Dinge, die du hier lernen musst, mein Junge, ist, dass du dir so schnell wie möglich die Gesichter und Namen merkst, damit du weißt, wem du was sagen kannst. Am Anfang ist es für dich am besten, nichts zu wissen. Erst dann, wenn du die Leute und Projekte kennst, kannst du reden, nur nicht über die anderen. Also Mund halten und nett lächeln. Und auch wenn du sie etwas kennst, lieber neunmal schweigen und einmal wenig sagen."

Die Arbeit gefiel ihm. Es machte ihm viel Spaß, nach den Fehlern zu suchen, wenn die Leiterplatten scheinbar unbeschädigt waren. Wenn die Elektronik von einer großen Firma übernommen worden war, was bei fast allen Standardmodellen der Fall war, wurden defekte Leiterplatten sowieso nur ausgetauscht; die Suche nach Platinenfehlern war aber ein Hobby, was er nach der eigentlichen Arbeitszeit machte. Das rechnete sich für die Firma nicht.

Rudi und Walter waren seine direkten Arbeitskollegen. Sie waren in Ordnung, aber ab und zu recht ordinär.

Normalerweise erzählten sie sich morgens während der Arbeit immer detailliert ihre tatsächlichen oder erfundenen Bettgeschichten und freuten sich halbtot, wenn Megild rot anlief, oder sie sprachen davon, „was das gestern wieder für 'ne geile Fete war." Die Güte bemaß sich zumeist in der Anzahl der Flaschen von Bier und Schnaps, die umgefüllt worden waren. Megild war auch zwei-, dreimal bei so einer Party gewesen. Beim ersten Mal war es nur widerlich, weil sich gleich zu Beginn einer die Rübe dermaßen voll gestellt hatte, dass er nicht mehr warten konnte, bis der andere vom Klo kam. Auch Megild wusste am anderen Morgen nicht mehr, wie er nach Hause gekommen war. Den Kopf musste er ganz, ganz behutsam bewegen. Die Mutter fand das nicht so lustig. Susanne half ihm durch ihren gewohnt charmanten Spott, die Gedächtnislücken zu schließen: "Lass mich M...Mutter. Ich ... schaff das schon... Huy hat die Treppe aber viele ... Stufn... Huch! Stehnbleibn!"
"Musst du so schreien?!" fragte er sie mit schmerzverzerrtem Gesicht.
Als Megild das zweite Mal bei so einer Party war, trank er, einem Rat seines Vaters folgend, alle halbe Stunde einen halben Liter Wasser. Außerdem blieb er beim Bier. An diesem Abend kam er gut nach Hause, wenngleich der Weg immer noch doppelt so lang war.
"Ej, Meggi, warum erzählst'n nich auch mal von deiner Kleinen oder lohnt sich das nich?"
Beide lachten anzüglich. Als Megild erzählte, dass er

keine Freundin habe und auch noch mit keiner Frau geschlafen habe, hatte er seinen Spitznamen für die nächste Zeit weg. "Noch 'n waschechter Jungferich."
Am späten Vormittag und Nachmittag bekamen die Gespräche dann meist ein gewisses Niveau, denn es drehte sich um Autos, Motorräder, Computer und Urlaub.

Morgens besprach man im Team den Tag und überprüfte von Zeit zu Zeit, ob man auch die strategischen Ziele der Firma im Auge hatte. Insgesamt fand Megild das Klima und die Arbeit gut. Megild galt in gewisser Hinsicht als Exot, weil er sich als regelmäßiger Kirchgänger geoutet hatte; viele hier waren zwar noch getauft und zahlten auch Kirchensteuer, aber das war dann auch schon alles, was sie an Bindung zur Kirche aufzuweisen hatten. Die meisten wollten mit dem Verweilen vor allem die karitative Arbeit der Kirche unterstützen.

Es war Mittagspause. Rudi und Walter waren zur Kantine einer benachbarten Firma gegangen. Die Sekretärin Irmgard, Megild und der Meister Helmut saßen zusammen und tranken ihren Kaffee. Megild trank hier Kaffee, weil ihm nichts so zuwider war wie Beuteltee. Man schwieg sich gegenseitig an und rührte in seinem Kaffee. Auf einmal fing Irmgard unvermittelt an: "Da arbeitet man nun, leistet sich was, zieht Kinder

groß, wird alt, versucht halbwegs gut und redlich zu bleiben. Und... das war's dann?!" nach einer Pause fügte sie hinzu: "Das ist alles so ... sinnlos!"
"Tja," sagte der Meister, hörte kurz mit dem Kaffeeumrühren auf, „so ist das nun mal." und rührte weiter.
Mit Gott ist das nicht sinnlos dachte Megild seinen Kaffee anschweigend. *Eigentlich müsstest du Arsch jetzt was sagen! Aber was sagt dir das, was du zu sagen hättest??? Gott gibt deinem Leben Sinn. Jesus liebt uns alle, Halleluja. Und wenn sie fragen wie er das tut, weißt du auch nichts zu sagen. Gibt er mir überhaupt wirklich Sinn?* Theoretisch war Megild die Antwort klar, aber sollte er heuchelnd Kopfblasen produzieren? Sollte er den Mund bekennen lassen, ohne dass das Herz voll davon war? Er hatte den Eindruck, nur dann davon reden zu dürfen, wenn er sich im Thema voll auskannte.

Megild werkelte an seinem Arbeitsplatz herum. Seine Gedanken kreisten um diese Szene. War die Situation verloren? Hätte er etwas sagen können, etwas, was keine philosophische Phrase war? Sie dachten doch in der Gemeinde gerade im philosophisch-theologischen Arbeitskreis über den Sinn des Lebens nach. Soll überhaupt ein junger Spund wie er, selbst wenn er etwas zu sagen hätte, den Älteren etwas sagen? Sie hatten doch viel mehr Lebenserfahrung. Er war ja hier schließlich nur der Lehrling. Sollte er sich hier als Lehrer aufspielen? Wie hätte wohl Matthäus in so einer Situation reagiert? Wie ist denn Mission nur möglich? Megild starrte auf seine Leiterplatte, aber seine Gedanken waren bei Irmgard, wie sie da saß und fragte. Wie er da saß, sie hörte und wie er schwieg. Welchen wesenhaften Unterschied gab es zwischen Glauben und Unglauben überhaupt? Musste das nicht jeder für sich selbst entscheiden?

6 Mit der immer höher steigenden Frühlingssonne, zog der warme Wind des Wandels über den Strom. Krachend barst das Eis und ließ immer wieder einmal den Blick auf den schwarzen Abgrund frei werden, über den wir noch vor drei Wochen unser Auto gelenkt hatten. (AK)

Der Zweifel

Megild gehörte mittlerweile fest zum inneren Zirkel der Gemeinde. Er war zwar nicht in den Rat gewählt worden, aber das spielte keine Rolle; denn die Spielregeln in der Kirche waren etwas anders als in politischen Gremien. Macht entsteht durch reflektiertes Machen. Gewählt im eigentlichen Sinne wurde auch nur der Jugendsprecher und sein Stellvertreter. Beiden sollten zumindest keine Zahlenallergie haben, weil sie den offiziellen Teil der Jugendkasse gegenrechnen mussten. Megild war mit Johannes zusammen verantwortlich für den Jugendteil des Pfarrbriefes und bereitete die äußeren Dinge wie Getränke und Kopien beim PhiloTheo vor, dem Philosophisch-Theologischen Arbeitskreis. Er hatte darum zu überprüfen, ob für die Treffen beim Vikar Verbrauchsmaterialien fehlten, um dies Roland zu melden; dort traf man sich zur Tea-Time, einem Spiel- und Erzählkreis am Sonntag Nachmittag. Der ganze innere Zirkel war auch aktiv an Vorbereitung und Durchführung der Jugendwochenenden beteiligt. Das

war immer etwas aufwendig, aber auch höchst spannend. Man traf sich monatlich an einem Samstag Nachmittag, hörte dreißig bis vierzig Minuten lang ein Impulsreferat über irgendein meist spannendes Thema wie zum Beispiel "Drogen und andere Holzwege", "Sinnfrage und Sinnsuche", "der Glanz der Kreuzzüge", diskutierte dann in kleinen Gruppen das Gehörte, trug es ins Plenum und konnte nochmal Rückfragen an den Referenten stellen, was manchmal in erhitzte Diskussionen ausartete.
Nach dem inhaltlichen Teil kam immer die Party. Hierzu trug man die von den Leuten mitgebrachten Sachen zu einem sehr abwechslungsreichen Buffet zusammen und eröffnete dann die Party mit dem Abendessen. Megild stand meist mit seiner Schwester am Ausschank der "Bierbar von Sevilla" und verkaufte Getränke und kleine Snacks. Bei großen Feiern, zum Beispiel am Ende eines Schuljahres bei der Aufnahme der Achtklässler in die Jugend oder bei der Feier zu „Ehren von Papst Sylvester", gab es meist auch eine richtige Bar mit Cocktails. Das machte zwar viel Spaß, war aber immer auch etwas Nerven aufreibend; denn die Kleinen versuchten oft an solche Mixgetränke heranzukommen, was natürlich nicht ging wegen des Jugendschutzgesetzes. Aber man kannte ja seine Pappenheimer. Meist machten er und Susanne mit ein, zwei anderen Unentwegten den gröbsten Dreck noch in derselben Nacht weg, weil man sich am nächsten

Morgen schon wieder um zehn zu einer kurzen Einheit traf. Anfangs schlossen die Wochenenden mit einer separaten Jugendmesse. Dies führte aber umgehend zu einem handfesten Streit; denn der Vikar hatte mit der Einführung dieser Messe in eine fundamentale Größe der Gemeinde eingegriffen; sonntags, parallel zur einzigen Gemeindemesse, sollte es keine gesonderte Eucharistiefeier geben. Wie sich das im Pfarrgemeinderat schon abzeichnete, würde man demnächst die Eucharistiefeier der Jugend außerhalb der Gemeindemesse zwar verbieten, gleichzeitig aber die Sonntage, an denen Jugendwochenenden stattfänden, zum Jugendsonntag erklären und entsprechend von der Jugend auch gestalten lassen.

Alles in allem war Megild mächtig eingespannt. Seine Eltern fanden das nicht so gut. Wobei sie sich damit ein wenig damit trösteten, dass es besser sei, wenn er in der Kirche war, als wenn er unbekannten Ortes illegale Substanzen konsumierte. Megild war an den Nachmittagen außer am Montag und Dienstag faktisch nur noch in der Kirche. Viele hatten ihren "Zweitwohnsitz" entweder in die Gemeinde oder aber zum Stammhaus der Stufe Zwei verlegt.

Mit der Beziehung zur Kirche war auch seine innere Beziehung zur Messe gewachsen, vieles war ihm jetzt klarer. Es hatte mittlerweile manchmal so seine "mystischen" Erfahrungen, wenn ihn ein Wort aus dem Evangelium oder dem zentralen Teil der Eucharistiefeier, den Hochgebeten besonders ansprach. Bis zu jenem Tag.

Megild las in letzter Zeit viel Sartre und Camus, ergötzte sich an Mark Aurel, Rilke, Hesse und Nietzsche. Vor allem aber Wolfram von Eschenbachs Parzival, König Rother, die Nibelungen und ähnliches hatten es ihm angetan. Musikalisch zog es ihn immer mehr zu Wagner. Aber auch Mahler und Bruckner schmückten seine Sammlung. Seine Freunde fanden das zwar alles ein wenig "abartig, merkwürdig, total abgedreht und morbid", aber sagten weiter nichts dazu. Megilds Rock-CDs, aber auch Mozart, Händel und Vivaldi, die er sich auch jetzt noch kaufte, staubten langsam vor sich hin, kaum dass er sie sich einmal angehört hatte. Mit der TOP-10-Musik stand er schon immer ein wenig auf Kriegsfuß. Seine Mutter bemerkte diese Entwicklung mit Befremden. Denn das, womit man umgeht, das prägt einen, pflegte sie zu sagen. Besonders beunruhigte sie, dass der Tannhäuser und vor allem Tristan und Isolde ganz oben auf Megilds Skala standen. Megild störte das weiter nicht. Seine Mutter konnte "den morbiden Wagner" noch nie leiden. Ihr gefiel eher die Renaissancemusik. Aber auch er bemerkte bei sich die Veränderung, wusste aber lange nicht, wie er sie deuten sollte. Seine Mutter versuchte ihm manchmal noch mit dem Woody Allen Zitat, seine Wagnerliebe zu vergrätzen: "Wenn ich 20 Minuten Wagner höre, bekomme ich auch immer Lust, in Polen einzumarschieren." Megild konnte den Spruch nicht mehr ausstehen - obwohl er ihn anfangs noch ganz lustig fand.

Eines Tages, es war ein Sonntag, stand er wieder hinten auf seinem angestammten Platz. Den Jugendblock mied er nach wie vor, mittlerweile jedoch, weil er in der Messe nicht abgelenkt sein wollte. Da stieg auf einmal tief aus seinem Inneren, aus einer Ecke, die er in sich noch nie wahrgenommen hatte, der Ekel an allem hoch, an allem was ihm bisher lieb und heilig war. Seine Arbeit, seine Freizeit, seine Freunde, selbst... er drückte den Gedanken zunächst weg, ja selbst... an Gott – ihn ekelte davor. Hatte das alles irgend eine reale Bedeutung? Gab es Gott wirklich? Hat er wirklich etwas mit mir zu tun? Er drückte die Augen zu und kniete sich hin. Er hörte nicht mehr das Evangelium, das die anderen stehend empfingen. Er dachte nur: *Was aber, wenn es ihn nicht gibt? Wenn die ganzen Geschichten nur schöne Literatur wären und sonst nichts? Was wenn der Gottesdienst nur ein rein innerweltliches Zusammenhocken halbintelligenter Affen wäre, das den sozialen Zusammenhang stärkte, aber mit Gegenwart Gottes, was immer der Pope damit auch meinte, nicht das Geringste zu tun hatte. Was wenn die geilen Gefühle des Beschenktseins der letzten Wochen nur eine blöde Psychokacke waren?! Was wenn Feuerbach recht hätte und ich nur mein nach außen geworfenes, überhöhtes und veräußerlichtes Ich anbetete, als "Vater Unser". Was, wenn Jesus auch diesem Gedanken aufgesessen wäre?* Er schob ihn beiseite. Er machte Angst und leer. Aber der Gedanke verschwand nicht mehr. Der Zweifel saß wie ein kleiner Tod tief in seinem Bauch und wurde ein dumpf brütendes, immer größer werdendes schwarzes Loch. Es begann alles zu verschlingen, was ihm bisher lieb und teuer gewesen war. Mit schleimiger Hand würgte dieser Zweifel sein Herz und griff nach seinem Kopf. Leise flüsterte Megild vor sich hin: "Herr, was ist das?!... Was soll das?!"

Nach der Kirche stand man wieder zusammen. Viele waren auch zum Frühschoppen in den Gemeindesaal gegangen.
"Und wie geht's?" fragte ihn Marianne.
"Gut." heuchelte Megild lächelnd, und fragte sich innerlich gleichzeitig: *Warum fragen die Anderen sich das nicht, warum ich?! Die sind doch auch nicht blöd! Hat Mutti vielleicht recht, dass es die Musik ist, die mein Herz schwarz macht? Quatsch, dieses Gefühl hatte ich schon vorher manchmal - oder? Woher kommt das dann?*
"Megild, wir wollen am Nachmittag eine kleine Radtour machen, kommst du mit?"
"Du, ich glaube nicht. Mein Fahrrad hat heute dienstfrei.

Du weißt ja, auch deine Sklaven sollen den Sonntag heiligen."
"Laberheini." Simone gab ihm einen Klaps.
Megild markierte argen Schmerz: "Ah, sie schlägt mich."
Das übrige Gespräch rauschte an ihm vorbei, immer wieder, immer stärker kam es in ihm hoch: *sinnlos* – dieses mächtige, Angst machende Wort. Auch auf dem Nachhauseweg im Gespräch mit Susi kam und griff diese eklige Hand nach allem, prägte allem ihr alles besudelndes Zeichen auf: *sinnlos.*

7 *Am Anfang hast du noch Angst vor dem Aufprall.*
Doch er kommt nicht. Und du realisierst:
da ist nichts mehr, wohin du stürzen könntest
nur noch Leere, Nacht und Fall ohne Wohin,
und - wenn Du ehrlich bist - auch ohne Woher.
(AK)

Das Loch

Der Tee dampfte in seiner Tasse. Megild hatte die Oper „Siegfried" angewählt und sich zurückgeworfen auf sein Sofa. Er starrte zur Decke. Ruhe, unheimliche gespannte Ruhe lastete unter der Musik auf ihm. Als er sich aufrichtete war seine erste Tasse kalt geworden: "So ein Mist!"
Er stand auf, goss den Tee ins Waschbecken und wusch die Tasse aus. Dann schenkte er nach und legte sich wieder hin. Er hielt die Augen lange geöffnet. Er versuchte nicht zu blinzeln. Das Weiß der Decke wandelte sich in Rot und Schwarz. Es brach aus ihm heraus: "Was hat es für einen Sinn *gut* zu sein?!" Dann begann wieder dieses penetrante Kopfradio:
Wenn es ein höchstes Wesen gibt, betrachtet es mit Wohlgefallen deine Werke. Wenn es aber keinen Gott gibt, dann bist du das höchste Wesen; denn du gibst dem Chaos deiner Umwelt Ordnung.
Er antwortete diesem Gedanken aus Marc Aurels Selbstbetrachtungen: "Danke lieber Kaiser. Und was

habe ich davon, wenn auch das sinnlos ist und Haschen nach Wind? Ist es nicht egal, ob die Welt geordnet oder chaotisch den Orkus runter geht?" Weiß, Rot, Schwarz. Es ging weiter in seinem Kopf:
Warum nicht einfach böse sein?! Was macht das für einen Unterschied? Ich tue einfach nicht mehr das Gute. Ich nehme mir, was ich will und wann ich will. Keiner wird mich erwischen! Warum soll ich Menschen nicht ausnutzen, warum sie nicht einfach fallen lassen? Was hindert mich zu morden, zu vergewaltigen? Mein Gewissen, dieses angelernte Etwas, diese überholten Benimmregeln? Gott ist eine Theorie. Bisher schien sie mir die Beste. Ich sehe auch keine bessere. Aber was nützt eine Theorie!?
Er richtete sich ruckartig auf und sagte: "Scheiße."
Auch die zweite Tasse war kalt geworden. Er goss auch den Rest des Tees weg, ohne davon getrunken zu haben: "Das ist alles so sinnlos."
Er lachte bitter bei dem Gedanken: *All die schönen Theorien betören die Menschen nun schon tausende von Jahren. Warum greifen Menschen immer wieder danach?! Was soll das?! Ging es vielleicht wirklich nur um Macht, wie bei all den Ideologien?*
Er ging zu seinem Schreibtisch. Dort in der untersten Schublade lag ein Hirschfänger. Er nahm ihn in seine Rechte, streifte die Lederscheide von der Klinge und warf sie weg. "Oh neidliches Schwert," zitierte er aus der Oper, die gerade lief und fragte die Klinge, "warum soll-

te deine kalte Schärfe nicht die Glut meines heißen Herzens kühlen?!"
Es sollte zwar witzig sein, wie er hier in altertümelnder Sprache redete, aber es klang nur bitter. Er setzte die Spitze der Klinge zuerst auf den Handballen und zog sie dann mit leichtem Druck über den Arm zum Herzen. Dann hob er den Stahl wieder vor das Gesicht und redete weiter zur Klinge: "Ist es nicht besser, das Böse auszurotten, bevor es Macht über mich gewinnt?! Sagt nicht Jesus selbst, es ist besser für dich ohne Fuß oder Hand in den Himmel zu kommen als wenn sie dich zu Bösem verführen? Was aber, ... wenn das Herz böse ist?!" Er blickte auf die Scheide und warf das Messer gegen die Wand. Aber es drehte sich, so dass es keinen Schaden anrichtete.
"Das sind doch alles spinnerte Hirnfürze." *Wenn es Gott gibt, würde ich ihn damit tödlich beleidigen.*, dachte er.
"Ich muss jetzt irgend jemand eins auf die Schnauze hau'n." Er suchte sich eine CD heraus, legte sie in seine linke Hand und schlug mit den Knöcheln der rechten Faust dagegen. Als die Hülle nur sprang, bog er Hülle und CD solange, bis er sie zersplittert in Händen hielt. Dabei verletzte er sich. Er hob die beiden Teile hoch einen tierisches "Ah" rufend und warf sie Richtung Papierkorb. Aber nur ein Teil landete im Ziel. "Scheiße", war die Quittung seines Fehlwurfes, "warum gelingt das immer nur im Film?"

Wütend warf er sich wieder auf das Sofa und betrachtete seine blutenden Hände: "Geil." Als es tropfte, klopfte es. Megild sprang auf. "Moment!" Er steckte das Messer zurück in die Scheide und warf es samt den gröbsten Resten der CD in den Papierkorb. Er wusch kurz das sichtbare Blut weg, und als er noch einen Splitter der äußeren Hülle sah, stieß er ihn mit dem Fuß unter den Schreibtisch und rief in den slow-modus zurückkehrend: "Herein!"
Susanne trat ein und fragte ihn: "Hast du Zeit?"
"Ja. Wollen wir einen Tee trinken?"
"Gerne, ..." sie sah seine nachblutende Hand, "oh Du hast dich verletzt?"
"Ach ... nein, ... das sind nur Kratzer. Setz Dich!" lud er sie ein, wies auf den Sessel und leckte das Blut seiner Wunde. Er dachte: *Nur nichts anmerken lassen!*

Bald dampfte der Tee in der Tasse und Megild saß an der Ecke der Couch nahe seiner Schwester: "Sag an, Schwesterlein, was bedrückt dein Herz."
"Du warst heute so schnell weg. Hast du was?"
"Ich? Nein, alles bestens."
"Bestimmt?"
"Großes Indianerehrenwort." Doch er dachte: *Die kann mich ja eh nicht verstehen. Oder ich ziehe sie vielleicht mit da hinein. Im besten Falle ist sie entsetzt oder lacht mich aus. Heuchel. Heuchel.* Sie saßen eine Weile still da. Jeder trank seine Tasse, da fragte sie ihn unvermit-

telt: "Sag mal, findest du mich eigentlich hübsch?"
Megild schaute etwas irritiert auf, fand dann aber schnell wieder in seine Blödelschiene: "Ohhh, man gewöhnt sich an alles. Du weißt doch: Schwestern sind immer hässlich."
"Ha, das fordert Rache. Susanne sprang auf, riss ihn um, schwang sich auf seinen Bauch und begann mit ihm zu ringen. Dabei machten sie einigen Krach. Plötzlich ging die Tür auf und die Mutter stand im Zimmer: "Spinnt ihr?! Was macht ihr denn hier für einen Krach? Der ganze Kronleuchter wackelt unten."
"Megild will meine Schönheit nicht angemessen würdigen."
"Megild täte gut daran", fuhr die Mutter grinsend fort, "dich über's Knie zu legen und dir eine Tracht zu verabreichen."
Megild sagte, cool von unten beide Handgelenke seiner Schwester haltend: "Ja Mutti, du hast ja Recht, aber wir Männer können uns doch nicht an kleinen, schwachen Mädchen vergreifen."
Susanne stand schmollend auf und warf sich in den zurück Sessel: "Immer halten die Mütter zu den Söhnen. Das ist ungerecht."
"All-Aussagen sind immer falsch." kommentierte Megild neunmalklug und nahm auch die Haltung des Möchtegernkonfuzius wieder ein.
"Verhaltet euch mal ein bisschen zivilisiert, ja?!" Die Mutter verließ das Zimmer. Beide schlürften ihren Tee

weiter.
Susanne ließ nicht locker: "Jetzt mal ehrlich. Bin ich hübsch?"
Dabei hopste sie ein wenig auf ihrem Sessel auf und ab wie auf einem Trampolin.
Megild war nicht klar, was diese Fragen seiner Schwester sollten: "Was hast du dir denn heute ins Frühstück gekippt?"
Susanne: "Nichts. Jetzt sag schon!"
Megild hob meditativ die Tasse unter seine Nase, schlürfte leicht schmatzend einen Schluck und sagte dann jedes Wort bedächtig abwägend: "Sagen wir mal so:" kleine Kunstpause "Wenn ich nicht dein Bruder wäre, könnte ich diese Frage unter Umständen mit einem bedingten Ja beantworten. Aber ich kann unmöglich davon absehen. Außerdem, du weißt ja Babe", er streifte sich lässig die Brille mit der Rechten vom Gesicht, sah ihr tief in die Augen und versuchte mit möglichst rauchiger Stimme zu sagen, "es ist das Innere, was zählt. Einen Kerl, der das nicht erkennt, kannst du doch getrost in den Gulli gießen."
Susanne griff den Ton ebenso affektiert auf: "Leider, liebes Bruderherz, sind alle Männer, die ich kenne und die diese Eigenschaft haben, älter als siebzig und können nicht mehr anders als platonisch. Man muss also seine Ansprüche auch mal ein wenig herunterschrauben und der allzu begrenzten männlichen Realität anpassen."
Dabei senkte sie den Kopf nach unten, fixierte ihren

Bruder und bewegte ihren Kopf leicht als verneine sie etwas, so dass ihr etwa schulterlanger braunblonder Pferdeschwanz mal links, mal rechts auftauchte.
"Kannst du sonst noch ein Wort der Weisheit für mich entbehren?"
"Geh hin, meine Tochter, dieses muss dir genügen. Bedenke es wohl! Prost." Nach dem nächsten Schluck fügte er so beiläufig wie möglich an: "Übrigens: Morgen kommt Lisa vorbei."
"Lisa? Was will die denn hier? Politisches Asyl erbetteln? Hat wohl Zoff mit ihren Alten?"
"Nein, wir wollen noch einen Artikel fertigmachen vom letzten Lager. Sie war eine Gruppenleiterin in der kleinen Gruppe. Die Berichte der anderen habe ich schon..."
"Ist das nicht die Kleine, die du so süß fandest und von der du die ganze Zeit so geschwärmt hast?"
"Is ja gar nicht wahr!!!"
"Doch, doch." Sie äffte ihn nach: "Ach die war ganz ok, die Kleine. Einen hübschen A... ach nein, hübsche Augen hat sie."
"Das war rein beschreibend, vollkommen wertfrei. Man wird doch wohl noch ein rein ästhetisches Urteil abgeben dürfen!"
"Ja, mein Bruder ist der vergeistigte Philosoph." Dabei schaute sie theatralisch nach oben und ergriff mit der Spanne von Daumen und Zeigefinger die Stirn "Niedere weltliche Reize, frauliche gar, konnten ihm noch nie die Sinne trüben."

"Sag mal, hast du heute morgen vielleicht ein wenig zu viel von meinen Fliegenpilzen genascht? Weniger nehmen oder teilen!" Er schwieg, dann kam ihm etwas verspätet die Einsicht: "Wer ist es? In wen hat sich mein Schwesterlein verschossen?"
Sie schwieg erst kurz, als wolle sie darüber eigentlich nicht sprechen: "Aber nichts sagen!"
"Du kennst mich doch, ich schweige wie ein Grab." bei diesen Worten schaute Megild sie an, als wäre er tödlich beleidigt über diese Sorge seiner Schwester bezüglich seines Schweigens.
"Rolf." pipste sie fast.
Megilds Mine versteinerte: "Tiorakis?!"
"Neeeiiin, Eylls, der Bruder von Roland. Wieso, hast du was gegen den Tiorakis?"
"Nein, zumindest nix wirksames. Der Junge ist nicht sauber. Ich weiß auch nicht warum. Aber irgendwas stimmt da nicht." Megild nahm wieder einen Schluck und begann wie beiläufig und abgehackt einzuwerfen: "Den Eylls, Rolf kenne ich so nicht weiter, nur so vom Sehen. Der sagt mir so nichts. Wahrscheinlich", er blickte seine Schwester etwas aus dem Augenwinkel heraus an, "gibt's über ihn auch nichts zu sagen."
Als seine Schwester immer noch nicht reagierte, schob er noch nach:
"ist vielleicht auch nichtssagend."
"Ach du... du Blödmann!" Er fing das Kissen auf, mit dem sie nach ihm geworfen hatte, "du hast ja keine

Ahnung!" Sie griff ein anders Kissen, zog ihr rechtes Knie an sich und klemmte das Kissen zwischen Kinn und Knie: "Er ist... irgendwie... süß."
"Ach wenn's nur darum geht. Deswegen brauchst du keinen Mann. Ich habe hier noch Schokolade, die kann auch dick machen."
Ihr "Mh, njam, njam" deutete Megild als Ja.
Er griff nach hinten ins Regal und legte eine angebrochene Tafel Trauben-Nuss auf den Tisch.
Sie nahm etwas und sagte ganz ernst: "Aber wehe du sagst was!"
Theatralisch entrüstete sich Megild: „Die Zunge möge mir herausfallen, mein Mund verfaule mir und meine Eingeweide mögen bei lebendigem Leibe Würmer zerfressen, wenn ich irgendwo auch nur den Hauch einer Andeutung fallen lasse!" nach einer kurzen Kunstpause schob er nach: "Mit meinen Fingern muss ich allerdings noch verhandeln, weißt du, es war bisher noch eine Spalte in unserer Zeitung frei: Aus unserer Gemeinde."
"Du bist blöd!" stieß sie aus, merkte aber gleich, dass sie auf den Scherz reingefallen war. Es klopfte.
"Herein, wenn's kein Schneider ist!" reagierte Megild.
Der Vater stand in der Tür: "Meine Dame, mein Herr, es ist angerichtet."

Es war Nacht als Megild die Tür hinter sich schloss, und es war wieder da; dieses schwarze Loch. All die Fröhlichkeit, all die Heiterkeit des Nachmittags, sie stan-

den mit ihm auf der dünnen Eisdecke. Unter ihm nur bodenlose Leere und über ihm nur schwarzes Nichts. Es war der tiefste Urgrund, der ihm fehlte, gleich ob er fröhlich war oder traurig. Und es knisterte schon: "Vater unser im Himmel", er griff nach diesem Strohhalm in einem Strudel einer aufkommenden Springflut der leeren Nacht: "geheiligt werde dein Name..."
Er schloss die Augen und es wurde schwarz.

8

Megilds Traum von Phaeton

Sie hatten den Auftrag die Supernova aus der Nähe zu beobachten. In der vorletzten Phase seines Lebens hatte sich dieser einst blaue Stern in einen roten Überriesen verwandelt. Seine Heliumreserven waren mittlerweile aufgebraucht. Der nun einstürzende Riesenstern müsste laut den Berechnungen irgendwann in den nächsten Wochen explodieren. Das heißt, explodiert müsste der Stern jetzt schon seit einigen Jahren sein. Wegen der riesigen Energiemengen aber, die freigesetzt werden würden, hielt man sich sicherheitshalber einige Dutzend Lichtjahre entfernt in einem benachbarten Sonnensystem auf, das ein Planetensystem hatte, welches dem der heimischen Sonne recht ähnlich war. Hier konnte man im Schatten der Planeten den Lichtblitz überleben. Keiner der inneren Planeten besaß eine Atmosphäre, weil auch hier ein blaues Zentralgestirn, viel mächtiger als die Sonne, alle Gase abgesaugt hatte oder durch seinen mächtigen Sonnenwind fortgeblasen hatte.

"Käpt'n, warum hat eigentlich diese eigenartige Planet vor uns diesen sonderbaren Namen erhalten, Phaeton?"
"Phaeton war ein Sohn des Sonnengott Helios und der Klymene. Er hatte den Wunsch an seinen Vater gerichtet, einmal in seinem Leben anstelle des Helios den Sonnenwagen lenken zu dürfen, der den Sterblichen Licht und Tag bringt. Der Gott wollte nicht darauf eingehen, weil er seinem Sohne zu Recht nicht zutraute, die Quadriga steuern zu können. Selbst die Götter scheuten davor zurück, das Gespann des Sonnengottes lenken zu wollen. Der Sohn bat ihn aber immer dringlicher, ihm diesen einen Wunsch zu erfüllen. Endlich gab der Vater nach. Am nächsten Morgen bestieg Phaeton das gleißende Gespann des Vaters und fuhr los. Die ungestümen Rosse des Sonnengottes merkten jedoch sehr bald, dass nicht die erfahrene Hand des Gottes die Zügel führte. So taten sie bald, was ihnen beliebte. Sie brachen aus der seit Äonen vorgesehenen Bahn aus. Kamen sie der Erde zu nah, verbrannten sie alles Leben und ließen die Wüsten zurück, entfernten sie sich zu weit, erstarrte alles in ewigem Eis. In kochenden Seen und Flüssen flehten die Nymphen zu Zeus um Rettung. Da schleuderte dieser seine Blitze nach dem Gespann. Der unerfahrene Phaeton konnte sich nun nicht länger auf dem Wagen halten. Er stürzte in die Tiefe und zerbarst auf der Oberfläche der Erde in tausend Stücke, vom Vater betrauert."
"Und was hat das mit dem Planeten hier zu tun?"

"Zwischen Mars und Jupiter, so eine alte Theorie, gab es früher mal einen Planeten, Phaeton. Die Schwerkraft von Jupiter und Mars ließ im Laufe der Jahrmillionen nur noch den Asteroidengürtel auf seiner alten Umlaufbahn übrig. Der Planet zerbarst in tausend Stücke, wie der Sohn des Sonnengottes. Dieses Schicksal steht auch unserem Phaeton hier bevor. In etwa 5000 Jahren dürfte das sichtbar anfangen. Unsere Astronomen haben den beiden Planeten nebenan den Namen Zeus und Ares gegeben. Astronomen sind manchmal Poeten. Die Theorie ist zwar mittlerweile widerlegt, aber schön ist vor allem die Sage immer noch." Der Kapitän schaute zu seiner zweiten Navigatorin rüber. Auf einmal wurde der Bildschirm schwarz.
"Ah es geht los. Das ist der Lichtblitz. Er ist so hell wie die halbe Galaxis. Den können wir nicht direkt beobachten. Aber unsere Messstationen auf den Planeten werden hoffentlich Zeit gehabt haben, ihn auszuwerten, bevor sie verdampften. Wir schützen uns ja nur vor dem Reflex der Planeten und bald auch vor der Streustrahlung der Gestirne um uns."

Einige Wochen später. "Ah die ersten Messdaten. Phantastisch. Schau'n Sie sich das an! Unsere Sonde im Schatten der hiesigen Sonne hat die Oberfläche der inneren Planeten beobachtet."
Die Astronomen waren begeistert. Alle Oberflächen

sind vom Gammablitz völlig aufgekocht worden."
Die Freude wurde jäh unterbrochen durch das rote Licht der Alarmlampe. Alle sprangen auf die Notsessel an der Wand, um sich für das Notmanöver, dass in wenigen Augenblicken anlaufen würde, zu schützen. Auf dem großen Bildschirm spielte sich unterdessen ein gewaltiges Schauspiel ab. Phaeton bekam Risse, erst wenige, dann immer mehr. Blutrot quoll überall die Lava hervor und verwandelte den Planeten in wenigen Minuten in einen roten Feuerball. "Das muss da unten die Hölle sein. Aber das sieht so unglaublich schön aus!"
Im selben Augenblick, in dem Phaeton zerrissen wurde, sprangen die Triebwerke an. Sie beschleunigten mit mehrfacher Erdanziehungskraft. Trotz der Druckanzüge, die sich auf die Leute gelegt hatten, war die Verschiebung aller Massen für die meisten der untrainierten Wissenschaftler nur schwer erträglich und das Atmen trotz der hohen Sauerstoffanreicherung fast unmöglich.

Lange, unendlich lange lastete dieser Druck nun schon auf ihnen. Sie mussten sich in äußerster Gefahr befinden, wenn das Programm den Menschen eine dermaßen gewaltige Belastung abverlangte. Langsam, nur ganz langsam ließ der Druck nach. Bei 2,5 g, zweieinhalbfacher Erdbeschleunigung blieb er wieder eine ganze Weile. Bei einfacher Erdbeschleunigung hoben sich die Klappen. "Was zum Teufel..." Wieder starrten

alle gebannt auf den blutroten Bildschirm. "Was ist das?!"
"Ein großer Teil des Planeten wurde durch eine noch unbekannte gravitative Anomalie in unsere Richtung geschleudert. Ohne diese Irrsinnsbeschleunigung, hätten wir keine Chance gehabt zu überleben. Hier zu Beginn 7g, dann 5g und dann 2,5g Es muss auf dem Schiff Tote gegeben haben, sonst hätte das Programm jetzt noch nicht abgebrochen."
Nachdem die Toten verstaut und die Verletzten notdürftig gestützt worden waren, wurde das Programm fortgesetzt. 2g genügten jetzt aber. Die Hauptmassen des Planeten hatten sich mittlerweile in größere Einzelbrocken zerlegt, die aber dem Schiff immer noch gefährlich nahe kamen. Fünf Schiffe teilten dieselbe Fluchtrichtung. Jede halbe Stunde wurde die Beschleunigung für zehn Minuten auf 1,2g herabgefahren, um die notdürftigsten Handlungen verrichten und nach den Verletzten sehen zu können. Als die Situation der Verletzten stabil schien, beschleunigte man noch mal eine größere Zeit am Stück mit 3g. Irgendwann sagte der erste Navigator: "Wir haben einen ganz ungünstigen Kurs. Wir steuern in eine undurchsichtige Wolke hinein und das ist die Gegend des Galaxienzentrums. Bei unserer Geschwindigkeit können schon kleine Objekte verheerend wirken. Außerdem gefällt mir dieses eigenartige Licht der Wolke nicht. Das erinnert mich an etwas Faszinierendes aus

dem Studium. Wir sollten zumindest nicht senkrecht in die Wolke eintreten." Bei der nächsten Unterbrechung der hohen Beschleunigung versuchte das Leitschiff, so weit es ging, der Wolke auszuweichen. Das taten auch die anderen Schiffe. Mittlerweile waren die Gesteinsbrocken hinter ihnen etwas zurückgeblieben. Aber die Wolke bereitete ihnen zunehmend Sorge.
"Detektoren einschalten!" befahl der Sicherheitsoffizier. Nach einer Weile: "Infrarotschirme bereithalten."
Gespanntes Warten. Nur noch wenige Stunden bis zum Eintreten in diese mysteriöse Wolke. "Käpt'n, das ist nicht nur interstellarer Staub, vergangener Supernovae. Das ist zum Teil etwas wie feines Gesteinsmaterial. Wenn wir da durchfliegen ist das als ob wir unser Schiff sandstrahlen. Das hält unser Schild höchstens drei Tage aus, dann sind die Batterien trotz Nachladens leer."
Der erste Navigator hatte inzwischen ein wenig gerechnet: "Käpt'n, alle unsere Schiffe passen in den Windschatten dieses großen Brockens neben uns. Wenn wir uns nur einen kleinen Schubs geben, sind wir in zwei Tagen hinter diesem Brocken, der uns dann als Schild dienen kann. Wir sollten einen Satelliten zurücklassen. Den müssten wir von Bord aus schützen können."

An tausenden kleiner Explosionen, die wie ein rotes waberndes Tuch vor ihnen aufleuchteten, erkannte man die Wirkung des Schildes. Alle Partikel, die groß

genug waren, bei dieser Geschwindigkeit die Titanstahlkappen des Schiffes zu durchbrechen, wurden von hunderten kleiner Laser, die in einer bestimmten Entfernung eine Art Sperrfeuer bildeten, abgeschossen. Nur etwa drei Prozent, was immer noch sehr viel war, gelang es den Schild zu durchbrechen.
"Käpt'n, da ist was faul." sagte der Sicherheitsoffizier. "Unsere Signale werden zu stark abgelenkt. In dieser Wolke müssen sich gewaltige Massen verbergen."
"Ja, eine Lösung der Gleichungssysteme ist ein schwarzes Loch." sagte der erste Navigator trocken.

Sie flogen nun schon einige Wochen durch diese Wolke. Der rote Arm, wie das ständige Lasersperrfeuer für den Satelliten hieß, wurde nun aber zusehends schwächer. "Käpt'n, wir sollten es wagen, die Instrumente auszufahren. Wir brauchen Gewissheit."
"Tu das! Wenn da ein Schwarzes Loch ist, haben wir ein echtes Problem; dann haben wir nicht genügend Energie, sein Schwerkraftfeld aus eigener Kraft wieder zu verlassen. Wahrscheinlich gibt es auch nicht genügend Fremdmassen für einen Swingby-Kurs nach draußen."
Der Satellit öffnete seine Schutzkappe und fuhr seine Fühler aus. Nach einigen Stunden hatte man Gewissheit. Es war eines, sogar ein supermassives schwarzes Loch.
"Sofort den Bannkreis dieser Gesteinsbrocken verlassen

und einen möglichst stabilen Orbit suchen, sonst spielen diese Brocken mit uns hier die Nußknackersuite."

"Man sieht gar nichts und doch ist es wirklich." der zweite Navigator war fasziniert.
"Sind die Rechnungen endlich fertig?" fragte der Kapitän.
"Moment noch, die Visualisierung läuft noch. Ihr könnt euch aber schon mal Popkorn holen und in den Kreis setzen!"
Scheinbar aus dem Nichts entstand auf einmal mitten im Raum eine gelbe Kugel auf einem blauen Schachbrettmuster. Die blaue Kugel begann zu einem Punkt zu schrumpfen und verfärbte sich dabei ins Schwarze. Im Maße wie sie schrumpfte, sank sie zu Boden und zog das Gitter hinter sich her. Sie hinterließ es als Trichter. Äußere Lichtpunkte markierten oben auf der fast noch geraden Ebene deutlich eine Grenze. Die Stimme der Astronomen erklang aus dem "Off":
"Die äußeren gelbe Lichtpunkte markieren die Staubwolke. Unten der schwarz-blaue Punkt ist unser Staubsauger. Die fünf roten Punkte sind wir, natürlich stark vergrößert. Nach bisherigen Berechnungen und Sondierungen befände sich zwar theoretisch genügend Masse, uns hier herauszukatapultieren, diese ist aber zu konzentriert auf einige wenige, ungünstig positionierte Gasplaneten beziehungsweise Protoplaneten. Nach unseren jetzigen Berechnungen werden wir in drei

Monaten den äußeren Ereignishorizont erreichen, wenn wir die Triebwerke ausschalten. Wenn wir sie anlassen haben wir ein paar Tage mehr ehe wir den Punkt ohne Wiederkehr passieren. Unser Vorschlag: Eine Raumsonde mit allen Messdaten Richtung Sternenflotte schicken mit Grüßen an unsere Hinterbliebenen. Eine Zweite auf stabile Umlaufbahn zum Sammeln unserer Messdaten während des Absturzes bis wir den Ereignishorizont erreicht haben. Der zweite Satellit könnte dann dem ersten folgen."

9   *Ist da jemand,*
ein Herz wie meins
sich des Bedrängten zu erbarmen?
(nach Goethes Prometheus)

Nikodemus

Nichts war mehr wie es war. Aber alles lief weiter wie immer. Er fühlte sich innerlich tot. Äußerlich hatte sich nichts geändert und doch war alles anders. Megild war weiter ein Zentrum für andere. Aber ihm graute vor dem Alleinsein; denn er hatte seine Mitte verloren. Was früher eine seiner größten Freuden war, die Teestunde allein, ihm graute heute davor. Er konnte sie ohne ablenkende Musik nicht mehr aushalten. Megild begann mit der Abendschule. Das Lernen fiel ihm nicht schwer und für die anderen war klar, dass er sowieso irgendwann das Abitur machen wollte. Keiner merkte etwas, dachte Megild. Die Gruppenstunden fielen mehr oder weniger aus, weil er viermal in der Woche nach der Arbeit im Unterricht saß. Er schaffte es gerade mal zur zweiten Hälfte des Großen Rings zu kommen, da sich die Diskussionen oft bis tief in die Nacht hinzogen. Doch trotz der Ablenkung fasste der dumpf brütende Tod in seinem Inneren immer weiteren Raum und blieb für die anderen doch unsichtbar. Nur einmal als er wäh-

rend der Mittagspause wieder einen Artikel für das Kirchenblatt in sein Subnote hämmerte, fragte ihn sein Meister: "Megild, machst Du nicht zu viele Dinge, als das etwas Vernünftiges dabei herauskommen könnte?"
Megild sah ihn an und sagte: "Wenn ich wüsste, was dabei herauskommen soll, wäre ich schon einen gewaltigen Schritt weiter."
Der Meister sagte: "Wenn Du darüber reden willst?"
Megild schüttelte nur den Kopf und schrieb weiter.

Die Arbeit machte noch immer Spaß, doch die Freude war ihm abhanden gekommen. Wenn er nach Hause kam, fragte er sich, warum er das eigentlich alles machte. Er hatte gute Freunde und Verwandte; doch was bedeutete das schon? In seinem Herzen war eine Leere, die auch das ganze Universum nicht auffüllen konnte. Sein Lernen machte gute Fortschritte, aber wozu und vor allem wohin? Mittlerweile verspürte er dieses dumpfe Ding in seinem Inneren immer deutlicher auch in seinem Alltag. Seine Scherze wurden zynischer. Er entschuldigte sich zwar, die Wunden aber blieben. Die Witzchen, die früher die Freunde nur neckten, entwichen jetzt als spitze, vergiftete Pfeile seinem Mund. Selbst Lisa, deren Nähe er suchte, schonte er nicht mit seinen Bemerkungen. Seine Beziehungen erhielt er zunehmend nur noch aus der Erinnerung aufrecht. Er musste regelrecht nachdenken, wie er früher in solchen Situationen zu reagieren und zu fühlen pflegte.

Zunehmend überzog sich alles mit dem Selbstekel. Gutes tun und Böses lassen war Gewohnheit, die ihm zunehmend schwerer fiel; denn der emotionale Unterschied ging zusehends gegen Null. Ihn freute nicht das Glück, und ihn störte nicht das Leid, weder seines noch das anderer. Er konnte nicht mehr lieben, weil er sich so, wie er war, hasste - und vielleicht noch nicht mal mehr das. Er war sich seiner überdrüssig.

Eines Tages geriet er abends im Großen Ring in ein Gespräch über den Glauben. Er war hellwach. Er hörte nur zu. Er hörte, wie die einen redeten vom Vertrauen auf Gott, andere vom Hören in der Stille, von Natur, Feld, Wald und Wiese, Blumen,
Kacke! dachte er. Seine innere Erregung wuchs hinter einer stoischen Mine. Doch er sagte nichts. Langsam löste sich alles auf. Es war fünf vor Zwölf. Als letzter stand Megild noch in der Tür. Plötzlich rutschte es aus ihm raus: "Peter, hast du noch einen Augenblick Zeit?" Ihn durchzuckte: *Warum hast du Trottel das jetzt gefragt?! Hoffentlich sagt er „nein".*
"Ja, du musst schließlich morgen eher raus als ich." entgegnete der Kaplan.
Scheiße. dachte sich Megild und hoffte doch tiefer drinnen, dass es gut so war.
Sie setzten sich noch einmal. Megild schloss die Augen, atmete tief durch. Dann sah er den Vikar an und begann: "Ich habe einen Freund der mir Sorgen macht.

Früher war er mal gut katholisch. Doch er ist zum Atheisten, schlimmer noch, zum Zyniker geworden."
Der Vikar verstand und ging auf das Sprachspiel ein: "Was sagt dein Freund?"
"Der Gott, den du verehrst, ist nicht Gott; denn es gibt keinen Gott, weder im Himmel noch auf der Erde noch unter der Erde. Er sagt weiter. Gott ist ein Konzept, eine Theorie, darum verhallt dein Gebet in den Weiten des Alls - ungehört. Deine Theorie kann keinem helfen. Auch Jesus ist diesem Konzept auf den Leim gegangen und ist vergeblich gestorben. *Glaube* ist nur das Fürwahrscheinlich-Halten dieses Konzeptes, nicht nachprüfbar. Aber selbst wenn es Gott gäbe und selbst wenn Jesus sein Sohn gewesen wäre, bränchte das überhaupt nichts. Denn er steht da und ich bin hier. Er stirbt seinen Tod und ich sterbe meinen Tod. Wenn er auferstanden ist, schön für ihn. Was kann das mit mir zu tun haben? Wie kann mich der Tod und die Auferstehung eines Menschen, selbst wenn er Gott ist, retten? Das Leben ist sinnlos und sicher nur der Tod. Was macht es für einen Unterschied, ob Menschen eher oder später sterben? Was macht es, ob sie glücklich sind oder im KZ vernichtet werden? Was bedeutet schon das Sein, das Du, das Ich?" Megild schwieg eine Weile, schloss die Augen, atmete tief durch und öffnete sie erst wieder, als die Träne verschwunden war, die gerade sein Auge netzte und sagte: "Das sagt mein Freund."
Der Vikar kratzte sich und fragte: "Willst du einen

Weinbrand, einen Cardenal Mendoza?"
Megild nickte. Der Vikar stand langsam auf und ging zur Vitrine. Er füllte zwei große Schwenker und nahm sie mit. Megild beobachtete ihn und dachte: *Ah, er will Zeit schinden. Mal sehen, was er tut. Polemisieren, schimpfen, verzweifeln ... ? Was kann er überhaupt tun?*
Der Vikar reichte ihm ein Glas, roch an seinem, hob die Augen und sah Megild an: "Das, was dein Freund von Gott sagt, glauben viele, auch hier in dieser Gemeinde zumindest unterbewusst. Manche – selbst aus dieser Gemeinde – kommen gar nicht erst zu diesem Zweifel. Sie ertränken ihren Zweifel vorher mit Aktionismus, spirituellen Wochenenden, Drogen, Esoterik, Sex und Arbeit - und nennen das Freiheit oder Selbstfindung. Aber der Zweifel lässt sich nicht auf Dauer unterdrükken, und er ist auch nicht böse. Dein Freund ist ehrlich und hat den Mut, sein Herz zu öffnen." Er prostete Megild zu. Auch Megild nahm einen Schluck. Ihm war kalt und seine Hand zitterte.
"Aber das, was dein Freund unter *Glaube* versteht, das, was er unter *Gott* versteht, hat damit nur den Namen gemein. Der Gott, der mir Gesetze offenbart und dessen Regeln ich nur annehmen kann, der mir selbst nur als Theorie erscheint, der also nicht zu mir redet, diesen Gott würde ich nicht einmal gegen diesen Cognac hier tauschen." Er roch am Schwenker, nahm einen Schluck und fuhr fort: "An eine Theorie darf man wirklich nicht glauben; das wäre Götzenkult. Ich glaube an

einen anderen Gott. Er ist lebendig. Ich erfahre ihn im Gebet, wenn ich Menschen begegne und wenn ich anderen von ihm erzähle. Ich spreche mit ihm wie mit einem Freund; denn er ist mein Freund. An diesem *Gott* glaube ich und darum bin ich Priester. Darum folge ich seinem Ruf. Glaubst Du, ich würde ein kaltes Konzept gegen die Wärme einer Frau eintauschen?!"
Der Vikar sah Megild an, zog die linke Augenbraue hoch, nahm ein wenig vom Duft im Kelch auf und fuhr fort:
"Dein Freund muss versuchen existentiell für sich herauszufinden, was das wirklich heißt *glauben*."
Er nahm einen Schluck und fuhr fort:
"*Glaube* im Deutschen hat grob gesagt, vier Bedeutungsebenen. Auf der untersten ist *Glaube* eine Vermutung, ein unsicheres Wissen. Ich glaube, weil ich es halt nicht genau weiß. Gleichwohl hat diese Ebene für den Glauben an Gott eine Bedeutung. Ohne die Vermutung, dass Gott etwas mit meiner Suche nach Sinn und Erfüllung zu tun hätte, würde ich diesen Weg nicht versuchen. Bist Du bis hierher einverstanden?"
Megild nickte.
"Auf der zweiten Sprachebene drückt Glauben alles das aus, was wir zu wissen glauben. Fast alles, was du in der Schule lernst, ist Glauben in diesem Sinne. Das macht wohl den Großteil unseres Hirninhaltes aus. Aber hast du selber je nachgeprüft, ob die Welt eine Kugel ist oder ob sich die Erde um die Sonne dreht? Weißt du, ob es

den Wal im Meer gibt? Hast du ihn gesehen oder täuschen dich andere, wie in einem Science Fiction oder Descartes' böser Geist? Sicher, du könntest das in vielen Fällen nachprüfen. Aber im Großen und Ganzen begnügen wir uns mit Autoritäten, die verbürgen, dass dies sicher, dass dies Wissen ist. Wenn heute jemand behaupten würde, Julius Caesar, Jesus oder Mohammed habe nie gelebt, die Dokumente, die von ihnen sprächen, seien späte Fälschungen oder verfälscht, der leugnet, dass ich mich auf das nachgeprüfte Wissen anderer verlassen kann. Der leugnet, dass die Methoden der Wissenschaft die Sicherheit bringen, die wir von ihnen erwarten. Alle unsere Weltbilder und unser "Wissen", einschließlich unserer Dogmen sind aber Theorien dieser Art. Dein Freund reiht *Gott* und *Glauben* hier ein. Auf dieser Ebene hat man für die religiöse Weltdeutung einfach nur andere Axiome."
"Was sind Axiome?" fragte Megild nach.
"Radikal verkürzt ausgedrückt: unbeweisbare Anfangsbehauptungen, die ganz fundamental und ursprünglich meist jedem einsichtig sind. Zum Beispiel hast Du doch in Geometrie gelernt, dass es zu einer Gerade nur eine einzige Parallele gibt, die durch einen außerhalb ihrer liegenden Punkt verläuft. Oder dass die kürzeste Verbindung zwischen zwei Punkten die Gerade ist. Alles Behauptungen, auf denen die Mathematik bis Gauß felsenfest baute. Die daraus abgeleiteten Systeme und Welterklärungen sind, wenn die

Regeln eingehalten werden, richtig. Aber das macht sie weder wahr noch falsch. Gauß hatte dann das erste Mal die Idee zu fragen, was eigentlich passiert, wenn er eines der euklidschen Axiome ändert. Er postulierte den Satz: Die Innenwinkelsumme eines Dreiecks ist größer als 180 Grad. Er hielt sein Experiment dazu allerdings geheim, da er annahm, man würde ihn für verrückt halten. Er konnte es damals auch noch nicht beweisen, weil das Experiment zu kleinräumig angesetzt war. Aber nach den Ergebnissen solcher Überlegungen interpretieren wir Welt und gestalten sie. Wir projizieren eine Theorie nach außen und schauen, wie weit wir damit in unserer Welterklärung kommen bei dem, was wir beobachten. Aber in all dem kommt Glaube im religiösen Sinne eigentlich nur in soweit vor, dass wir "wissen" - in Anführungszeichen - , dass die Schriften der Bibel sehr nah an Jesus heranreichen und dass mit sehr hoher Wahrscheinlichkeit das, was die Kirche uns in diesen Büchern überliefert, wirklich auf Jesus zurückgeht, weil wir Papyrusschnipsel oder Pergamentfetzen gefunden haben, die wir zeitlich in die Nähe dieser Menschen datieren können. Aber wir könnten ja von einem bösen Dämon getäuscht sein, wie Descartes sagt oder uns sonstwie ganz übel täuschen." der Vikar nahm wieder einen Schluck und fuhr fort:
"Wahrheit, Glaube, Liebe, Kummer, Hass, Leid, Freude und Verzweiflung – all das aber kommt hier in dieser

Ebene noch nicht vor, sondern erst in der dritten Ebene. Also alles, was Menschen erfüllt und trägt. Wenn sich zwei Verliebte in die Augen sehen und einer dem anderen sagt: *Ich liebe dich.* Dann wird der andere nicht sagen: *Ja, aufgrund der nachprüfbaren Daten, halte ich das für eine vernünftige Arbeitshypothese.* Ihm ist unmittelbar einsichtig: der andere meint es ehrlich. Glaube erreicht hier eine personale Dimension. *Ich glaube dir.* Das kann man nicht nachweisen, nicht beweisen. Darum sind auch Heuchelei und missbrauchtes Vertrauen so schmerzlich. Glauben heißt hier: Ich traue dir. Verstehst du, es geht nicht darum, dass ich sage: erstens könnte es sein, dass du da bist, und zweitens könnte die Folgehypothese sein, dass die richtigen Enzyme und Botenstoffe in meinem Hirn ausgeschüttet werden. Hier geht es zuerst um eine wahre Beziehung, natürlich immer auf der Grundlage der Existenz des anderen.
In der vierten Sprachebene aber wird *Glaube* sinnvoll nur von Gott ausgesagt. *Ich glaube an dich.* Manchmal sagt man das auch von Menschen. Im Eigentlichen aber darf man das nur von Gott, von Jesus sagen. Dieses *Glauben an* drückt aus, dass ich all mein Sein, meine Existenz, mein Fühlen und Denken von meiner Beziehung zu Gott her neu bestimmen lassen will, dass meine lebendige Beziehung zu Gott das Wesentliche ist. Ich erlaube Ihm, dass Er in meinem Leben durch unsere lebendige Beziehung die Prioritäten setzen darf.

Wer Gott nicht persönlich kennt, Ihn nicht aus dem eigenen Gebet als anwesend und wirkend erfährt, kann das Credo, das *Ich glaube an Gott*, eigentlich nur als Bitte aussprechen, noch nicht als Ist-Zustand. Hier ist auch verortet, wenn wir Sinn erfahren, tiefe Übereinstimmung unseres Lebens mit unserer Grundsehnsucht, angenommen zu sein wie wir sind, geliebt um unserer selbst willen - nicht nur weil wir irgendetwas können oder haben.

Einen Satz noch. Sage deinem Freund: Aus der Grube des Zweifels und der Sinnlosigkeit wirst du nicht durch Diskutieren und Nachdenken herauskommen. Das hilft dir höchstens die Holzwege von deinem Weg zu unterscheiden. Wenn du erkannt hast, dass du aus dem Sumpf weg willst, musst du anfangen, den Weg zu gehen, also Glaubensschritte zu setzen raus aus dem Loch. Der erste und wichtigste Schritt ist "Gebet". Bitte Gott um Glauben! Bitte Gott nicht als ob es Ihn gäbe, sondern bitte Gott, weil es Ihn gibt. Gott wird sich dem, der bittet, nicht verschließen. Das, was der Herr meint, wenn Er sagt, bittet, dann wird euch gegeben, ist zuerst Sein Heiliger Geist. Er kann alles ausfüllen, alles zum Leben erwecken und alles mit Sinn erfüllen, ich wiederhole: alles, jedes noch so leere Herz; denn Gott hat kein Ressourcenproblem.

Verstehst du? Gott ist Leben und Er schenkt Leben, nicht nur ein bisschen zum Überleben, sondern volles, pralles Leben. Aber Er drängt sich nicht auf. Gott kommt

dir so entgegen, wie du Ihm begegnest. Wenn du Ihn mit dem Kopf suchst, findest du etwas von Ihm mit dem Kopf. Wenn du Ihn mit dem Bauch, also dem Gefühl suchst, findest du auch da etwas von Ihm. Aber entscheidend ist, dass du Ihn mit dem Herzen suchst. Kopf und Gefühl gehören dazu, sind aber begrenzt und führen allein in die Irre. Du musst Ihn vor allem mit dem Herzen suchen. Ohne das Herz, bleibt Gott eine Theorie oder eine innerpsychische Erscheinung, die du auch ganz anders deuten und nicht von esoterischem Gesülze unterscheiden kannst. Wurde das jetzt ein bisschen klarer?"
Megild nickte. Er war erschöpft von diesem Tag und diesem Vortrag, und doch war er glücklich, gefragt zu haben. Er dachte: *Es lohnt sich also, meine Angst dem anderen zu offenbaren. Er kann mein Anliegen prinzipiell verstehen. Scheinbar bin ich wirklich nicht der Einzige mit diesem Problem – auch wenn noch nichts gelöst ist.*
Der Vikar sah Megild an. "Du, es ist schon spät geworden. Es geht gegen Eins. Deine Augen sind schon ganz klein. Komm, schließen wir mit einem Gebet für deinen Freund und für alle, denen es so geht wie ihm."
Sie stellten die Gläser weg und sammelten sich.
Der Vikar sprach: "Herr, Du Gott des Lebens, sieh auf Megild und seinen Freund. Du kennst ihr Innerstes. Du weißt vom Leid und Kummer der Menschen; denn Du bist selber Mensch geworden, um alles mit uns zu tei-

len, außer der Sünde. Sende Deinen Heiligen Geist auf Megild und seinen Freund herab; und auf alle, die Dich suchen, aber nicht wissen, nach wem sie eigentlich tasten. Sende Deinen Geist und wandle ihren Tod in Dein Leben, ihre Trauer in Deine Freude, Du, der Du lebst und herrschst in alle Ewigkeit. Amen."
"Amen."

Als Megild nach Hause kam, fiel er todmüde ins Bett. Er schloss die Augen und es wurde schwarz.

10

Megilds Traum vom Roulette

Nach zwei Wochen hatte sich an Bord der Schiffe einiges verändert. Die festen Befehlsstrukturen begannen sich zu lockern. Angesichts des fast sicheren Todes hörten viele sogar auf, beim Dienst zu erscheinen.
Der Sicherheitsoffizier sagte: "Unsere Strafen versagen langsam. Wie kann ich ein ganzes Schiff einschließen? Irgend jemand muss ja schließlich Dienst tun."
Der erste Navigator sagte: "Ohne Hilfe haben wir keine Chance zu überleben. Es gibt aber durchaus reale Möglichkeiten, dass Hilfe erscheint."
"Wie sähe die aus und wie groß ist die Wahrscheinlichkeit?" fragte der Kapitän.
"Nun, wir befinden uns hier im Zentrum auch in einer ziemlich heißen Gegend dieser Galaxis. Hier ist mal ein Kugelsternhaufen herein gestürzt, besser gesagt, er löst sich durch die Gravitation in diese Spiralgalaxie hinein gerade auf. Nach unseren Berechnungen geraten hier die Sterne in unserem Bereich mit geradezu irrsinniger Häufigkeit in Wechselwirkung. Wenn also hier dem-

nächst ein Stern vorbei spaziert, wäre das die eleganteste Lösung unserer Probleme. Ein zweites Schwerkraftfeld von auch nur einem Zehntel der Masse unserer Sonne in einer semistabilen möglichst elliptischen Umlaufbahn um dieses Ding da würde uns genügen."
"Jetzt quatsch hier nicht rum! Was heißt in unserem Falle semistabil?"
"Das hängt von der Masse dieses Sterns ab. Bei Sonnengröße genügen uns ein, zwei Umläufe, bevor er ins Schwarze Loch purzelt."
"Und, die Wahrscheinlichkeit?"
"Wahnsinnig hoch für ..."
"Eine plastische Zahl bitte."
"Alle tausend Jahre."
"Eine Sonne im Anflug hätten die Raum-Zeit-Detektoren längst bemerkt."
"Nicht unbedingt. Das hängt vom Eintrittswinkel und ihrer Relativgeschwindigkeit ab. Bei Übersonnengröße kann sich das Ding mit Lichtgeschwindigkeit nähern und wir merken das nicht einmal."
"Ein solches Objekt nützt uns aber herzlich wenig, weil der Geschwindigkeitsunterschied zu uns viel zu groß wäre. Es würde uns einfach zerreißen."
Der erste Offizier mischte sich jetzt etwas erregt ein: "Käpt'n, wir müssen aber etwas tun, um die Chance, die wir noch haben, zu wahren. Wenn die Schätzungen stimmen, liegen wir bei 5%. Aber nicht mit einer solchen Mannschaft! Da bringt uns noch nicht mal eine

70%ige Chance etwas."
"Gut", der Kapitän nahm das Mikrophon und sprach in den Computer, "Befehl des Oberkommandierenden an die Restflotte: Ich verhänge mit sofortiger Wirkung das Kriegsrecht über alle Schiffe und bevollmächtige den Sicherheitsoffizier, zur Aufrechterhaltung der Ordnung und Sicherheit auf den Schiffen alle nötigen Maßnahmen zu entscheiden und standrechtlich durchzuführen – ich wiederhole, alle nötigen Maßnahmen."

Zwei Tage später befanden sich der erste Navigator und der Sicherheitsoffizier auf dem Weg zur Kommandozentrale. Der Sicherheitsoffizier sagte mit steinerner Miene. "Es wird immer schlimmer. Sie verlieren jede Scham und huren offen an allen Wegen. Überall wird gesoffen und gekifft, wenn ich den Geruch recht deute. Weiß der Teufel, wo sie das Zeug her haben. Wir haben seit einer Woche nur noch begrenzte Rationen Alkohol ausgegeben. Es fehlen nur noch zwei Stufen der Selbstzerstörung. Die Tür ging auf und der Sicherheitsoffizier sagte finster: "Es fehlt nur noch eine Stufe."
Die zweite Navigatorin und der erste Mathematiker trieben es offen vor dem großen Bildschirm. Der Rücken beider war zerfleischt von den Hieben des gestrigen Tages. Der erste Navigator wollte einschreiten. Aber der Sicherheitsoffizier hielt ihn fest: "Warte."
Nach einer halben Minute stand auch der Kapitän in

der Tür. Er war sprachlos. Die beiden hatten die drei zwar gesehen; Das hielt sie aber nicht ab, fortzufahren. Der Sicherheitsoffizier drückte auf Liveschaltung aus der Hauptzentrale. Alle laufenden Programme im Schiff wurden unterbrochen und alle ausgeschalteten Bildschirme angeschaltet. Dann zog er seine Pistole und erschoss die beiden vor den laufenden Kameras. In einem grellen Licht verdampften beide. Nichts blieb übrig. Dann rief er laut: "Wir hatten uns wohl nicht deutlich genug ausgedrückt. Nicht vorschriftsmäßiges Verhalten an Bord wird mit dem Tode bestraft. Alle haben zehn Minuten Zeit, an ihrem für diese Zeit vorgeschriebenen Platz zu erscheinen."
Der Kapitän fragte: "Wie weit willst du noch gehen?"
Der erste Offizier sagte: "Es fehlt nur noch eine Stufe auf der Skala, keine dunkle Gestalt der Nacht im Schiff hatte bisher gewagt, die Anarchie in den Kommandostand zu tragen. Wenn du hier nicht mehr Herr im Hause bist, wenn du ihnen nicht zumindest hier Einhalt gebietest, werden sie nicht nur dieses Schiff vernichten. Auf den anderen Schiffen sieht es nicht besser aus."
Er schwieg eine Weile, sah den Kapitän an und sagte: "Wenn es sein muss, vernichte ich die gesamte Mannschaft. Wenn es sein muss auch dich. Das Schiff wird bis zum letzten Termin gehalten."
Der Kapitän sah ihn an: "Gut." Zwei Tage lang hielt die Ordnung. Der erste Navigator sagte: "Wenn wir in einer

Woche nicht unser Wunder haben, können wir die Sache laufen lassen. Dann hat es keinen Sinn mehr; dann passieren wir den äußeren Ereignishorizont."
"Gut, gib diese Botschaft aus, dann wissen die Leute, wie lange sie durchhalten müssen." befahl der Kapitän.

Vierundzwanzig Stunden später befand sich der Sicherheitsoffizier und der Navigator auf dem Kontrollgang. Schweigend gingen sie durch die Gänge. Auf einmal hörten sie trotz Ausgangssperre Stimmen. Sie überraschten ein Viertel der Mannschaft im Halbdunkel eines Konferenzraumes. Schwarzrotes Licht beleuchtete die apokalyptische Szene immer brutaler werdender sexueller Ausschweifungen. Der Sicherheitsoffizier sagte: "Wir haben die Pest an Bord. Wenn wir jetzt nicht schwefeln, ist alles verloren." Beide nickten sich zu und machten dem Spuk ein Ende, ohne den Kapitän noch vorher zu informieren. Noch drei Tage bis zum Termin aber schon war die halbe Mannschaft tot.

Die Alarmsirenen kreischten auf. Sofort waren alle an ihren Plätzen. Gebannt starrten sie auf die Bildschirme. Ein roter Feuerball, etwa halbe Sonnengröße hatte die Staubschicht durchbrochen und ein Loch hinterlassen. Sofort liefen alle Rechner heiß. Zehn Minuten später kam das Ergebnis. Der Navigator strahlte: "Na bitte. Da haben wir unser Wunder! Die Chance, hier rauszukommen, beträgt 25% Prozent, wenn ein Schiff die erste Hürde nicht schaffen sollte, und 50%, wenn alle die erste Passage schaffen. Der Rest hängt dann vom Können der Navigatoren und von der Risikobereitschaft der Kapitäne ab."

Alle warteten gespannt auf die Holographie. Ein gewaltiger Strudel, der aussah wie aus einem Netz gebildet, entstand wieder im Raum. Ein zweiter wesentlich kleinerer Strudel umrundete ihn ganz stark elliptisch. "Sieht aus wie ein Roulettespiel," witzelte einer.
Der Navigator hatte es gehört und gab zurück: "...und wir sind die Kugel. Nur: Jetzt gibt es zwei Löcher, wo vorher nur eines war – und das macht den Unterschied."
Die Mathematiker und Astronomen aus dem Off: "Der Einfachheit halber haben wir das Ganze wieder zweidimensional abgebildet. Die Höhe stellt logarithmisch die Massen beziehungsweise die dazugehörige Raumkrümmung dar. Auf unserem Weg gibt es vier Berührungspunkte mit dem Reststern. Die erste Passage stellt sich recht einfach dar. Sie dürften hoffentlich alle Schiffe schaffen. Denn vor der zweiten Passage, haben wir einen Gegner, den wir nur mit der Feuerkraft aller fünf Schiffe mit hoher Wahrscheinlichkeit ausschalten können, ein Rest aus unserer Vergangenheit. Unser geliebter Phaeton hat eine große Restmasse durch einen erstaunlichen Zufall auf einer semistabilen Umlaufbahn geparkt. Wir haben nach der Passage eine höhere

Geschwindigkeit als er und mit hoher Wahrscheinlichkeit würden drei von uns auf das Ding aufprallen. Die Splitter, die dann frei würden, würden dann noch mal mindestens ein Schiff zerstören. Alles hängt vom ersten Mal ab. Wir haben ja Gott sei Dank einigermaßen verlässliche Daten über die Zusammensetzung unseres kleinen Lieblings. So können wir auch sagen, dass wir ihn mit 90% Wahrscheinlichkeit wegpusten können. Der Rest ist dann ins Belieben jedes einzelnen Schiffes gestellt, denn von der zweiten Passage hängt ab, ob ihr die dritte und wenn noch nötig vierte Passage bekommt oder nicht. Fliegt ihr zu weit an unserer Sonne vorbei, habt ihr verloren. Zu nah daran vorbei und euch zerreißt es. Also, wir schalten jetzt alle Schiffe für die erste gemeinsame Passage zusammen. Ohne unseren kleinen Liebling würden wir hier ziemlich sicher rauskommen, weil wir dann beim ersten Mal mit einem stärkeren Schwenk hätten fliegen können. Dies hätte den Druck vom zweiten Mal genommen."
"Können wir ihn nicht von hier aus wegblasen?"
"Nein, er ist zu weit weg. Die Bruchstücke, wären außer Kontrolle und wir würden die russische Variante von Roulette spielen. Also, alles in die Warteschleife."
"Käpt'n, auf ein Wort." Der Navigator wartete bis der Kapitän sich vom Befehlsstand losgerissen hatte.
"Ja, bitte?"
"Auf dem Schiff zwei haben wir unter den noch

Lebenden eine Frau von der Kriegsflotte. Sie war erster Kanonier. Sie wissen ja: Nach der Abrüstung war die einzige verbliebene Aufgabe der Sternenkreuzer die Beobachtung, Markierung, Ablenkung oder Zerstörung potentiell gefährlicher Meteorite, Kometen und Asteroide. Ich würde darum bitten, dass dieser Frau das Kommando für den Schuss übertragen wird. Sie hat jahrelang so einen Schrott weggepustet."
"Gut, veranlassen Sie alles Nötige!" Alle gingen in die Notsessel. Die Druckanzüge schlossen sich. Außen erloschen die Lichter und alle nicht notwendigen Aggregate wurden abgeschaltet, um Energie für den Schuss zu sparen. Was da gleich als Laserimpuls frei werden würde, reichte um jedes Schiff verdampfen zu lassen. Die Triebwerke brachten die Schiffe in die optimale Position für den parallelen Vorbeiflug, um dann möglichst rasch in optimaler Schussformation zu sein. Immer größer wurde der Stern. Unheimlich, bedrohlich nah, jetzt füllte er den gesamten Bildschirm aus. Alle hatten den Eindruck hineinzustürzen. Für die Psyche der Menschen nur unendlich langsam schob sich der Stern nach rechts aus dem Bild heraus, weg vom schwarzen Loch. Jetzt hatten die Triebwerke kurz auf halbe Kraft gestellt. Kurz vor dem Wirksamwerden der Fliehkraft schalteten sie sich ab. Eine gewaltige Faust presste sie für einige Minuten in die Sessel. Geschafft. Die Kraft ließ spürbar nach und die Triebwerke beschleunigten noch zusätzlich. Da waren auch schon

die Lieblinge. Winzige Pünktchen auf dem Bildschirm, Originalentfernung. Der Navigator und der Kapitän waren die einzigen, die nun in der Steuerzentrale Platz nahmen. Der Navigator zoomte die Objekte heran. Jetzt war es soweit. In genau angegebener Reihenfolge und Richtung feuerten die Bordgeschütze, die man auch Schwert nannte. Im selben Augenblick schlugen Fontänen sublimierten Gesteinsplasmas in das Weltall. Aber noch hing der große Brocken ihnen im Weg. Zwei Schiffe würden zerschellen, ihres war auch dabei. Im rechten Feld zeigte sich die regenerierende Energie. Der Navigator schaltete auf automatischen Zoom. Die Brocken wurden wieder zu Punkten. Der automatische Zoom erzeugte ein virtuelles Bild von der Annäherung als führen sie mit einem Auto auf eine Mauer zu, um ein emotional richtiges Gefühl für die Gefahr zu vermitteln. Denn diese Gesteinsbrocken wären auf dem Bildschirm erst Bruchteile von Sekunden vor dem Aufprall vernünftig sichtbar. Bei dreißig Prozent Energie, begann der Punkt auf dem Bildschirm zu wachsen. Unter 50% hatte es überhaupt keinen Sinn zu feuern. Bremsen oder vom Kurs abweichen bedeutete genauso den Tod, nur später. Jetzt waren die 50% erreicht. Jedes weitere Warten, so der Computerwarnton, bedeutete Gefahr. Warum schoss sie nicht? Ein Viertel schon des Bildschirms war ausgefüllt von diesem Brocken. Der Navigator griff schon nach dem Steuerpult, als ihn die Hand des Kapitäns abhielt: "Wir haben delegiert. Sie

haben auf das Können der Frau vertraut. Jetzt vertraue ich auf das, was sie jahrelang eingeübt hat."
"Käpt'n, sie hat die Zielmarkierungen verändert. Das haben unsere Computer anders berechnet!"
"Sie trägt die Verantwortung."
60%.
Alle drei Schiffe feuerten zugleich und trafen die geänderten Ziele.
Navigator: "Da haben wir's! Nichts!"
Kapitän sah auf den Bildschirm. Nach einer Weile: "Warte. Sieh da! Unglaublich. Die Frau ist spitze!"
Sie rasten auf einen sich öffnenden Spalt im Felsen zu.
Kapitän: "Schalte die Sensoren ein, aber noch nicht das Schwert. Das Schwert soll sich erst einschalten, wenn der Raum vor uns groß genug zum Durchflug ist."
"Und den Schild?"
"Weiß nicht. Ich mach das nicht so oft. Wenn die Energie reicht zur selben Zeit. Vorrangschaltung aber für das Schwert."

Gespanntes Warten. Nur von Zeit zu Zeit mussten die Laserkanonen größere Gesteinsbrocken zerteilen. Jetzt begann der Countdown für den Durchflug bei zehn. ... Null, geschafft. "Buh. Das nenne ich Präzisionsarbeit. Die Kleine ist gut. Unsere Sensoren haben den Brocken nicht richtig erfassen können. Sie hatten seine Masse mit zehn Prozent zu niedrig veranschlagt. Wenn die sich nicht auf ihre jahrelang erprobte Erfahrung verlas-

sen hätte, wären wir mit halber Lichtgeschwindigkeit gegen diesen Brocken gerast. Das hätte ein Mords Feuerwerk gegeben. So Steuermann, jetzt ist's an dir. Der nächste Swingby gilt. Pass auf, dass Du nicht in den Materiestrom gerätst, den das schwarze Loch vom schon Stern abzieht. Cool sieht das aber schon aus, oder?"
Der Navigator lächelte säuerlich und sagte: "Der dadurch entstehende Gammastrahl des Quasars da ist aber auch nicht ohne. Der würde nicht nur ihre Familienplanung abrupt beenden."
Er aktualisierte die Bahndaten aller Schiffe und beteiligten Himmelskörper. "So Kapitän, 12g wären die absolut sichere Seite, aber das wäre auch absolut ungesund. Schon bei siebenfacher Erdbeschleunigung waren einige gestorben. Jedes g entscheidet über Leben und Tod. Was soll ich festlegen?"
Sieben war ihm zu unsicher, weil zu nah an der 6,8g heran, was so viel hieß wie sicher nicht geschafft, selbst bei einer vierten Passage. Der Kapitän fragte: "Bei 9g gehen vermutlich 50% drauf und wir schaffen es mit 73% Wahrscheinlichkeit. Was sind, sagen wir, 60% Rettung?"
"Moment... 8,3g und 37% Tote."
"Dann schreib. 8,5g"
"Ha, ein Schiff klinkt sich aus. Sie versuchen es mit 8,1g, sagen sie."
"Alles in die Druckanzüge. Vergiss nicht Schild und

Schwert hinter der Sonne einzuschalten. Wir wissen nicht, was genau da auf uns zukommt."

Und wieder rasten sie auf die rote Kugel zu. Als die Riesenfaust sie packte, gab es keinen, der nicht die Besinnung verlor.

11 *Gewaltige Artefakte ragten auf in der düsteren Landschaft wie Fassungen gigantischer Perlen. Noch leer war ihre Schönheit unfassbar. Die ausgelaugten Ritter am Fuße der Fassung mühten sich unendlich, die wogenden Wellen der Dämonenreiter zurückzudrängen. Müde sahen sie aus, todmüde, wie das letzte Aufgebot in den Breschen der letzten freien Festung. Aus: Krieger der zwei Welten*

Verteidiger der leeren Festung

Er hatte sich sehr an diese Theorieklasse gewöhnt. Nun neigte sich die gemeinsame Lehrzeit endgültig dem Ende zu. Ester Cohen hatte darum alle zu sich nach Hause eingeladen. Ihre Eltern waren an diesem Wochenende nicht da. Megild und Matthäus gehörten mit zur Vorbereitungsgruppe. Gestern waren sie einkaufen gewesen. Für zwanzig Euro pro Person konnte man schon einiges besorgen. Megild und Matthäus waren auserkoren worden, weil beide bei den Frauen als relativ gemäßigt angesehen waren. Den anderen, die sich gemeldet hatten, trauten die Frauen bei den Alkoholika nicht über den Weg. Zwar wollte ursprünglich auch Lydia mit einkaufen kommen, aber kurz vorher hatte sie angerufen, dass ihr ein Termin dazwischen gekommen sei und sie würden das schon schaffen. Sie hätten ja außerdem den Einkaufszettel. Megild war es recht, zwei einigten sich eher als drei.

Gleich nach der Messe war Megild zu Ester gefahren. Matthäus hatte ihn schon erwartet. Jetzt waren die beiden dabei, den Wein zum Bowleansatz zu geben. Als Ester die Mengen sah, fragte sie die beiden: "Wer soll denn das alles trinken? Die Hälfte trinkt doch Bier. Und wir sind nur elf Frauen minus mich."
Megild sagte: "Das geht doch prima auf. Das sind ein paar Früchte und neun Liter Wein. Nachher noch drei Pullen Schampus rein und schon ist die Sache geritzt."
"Ihr seid doch nicht ganz sauber. Wenn auch nur die Hälfte des Alkohols getrunken wird, der hier versammelt ist, wird's heftig. Ich habe keine Lust meinen Eltern zu erklären, warum der Perser so streng riecht."
"Sag doch einfach, der Perser sei halt ein perverser." schlug Matthäus vor.
Und fügte Megild noch schnell an: "Mensch, Mädel, du weißt doch: Ein Elektroniker der nich' säuft, is wie'n Motor, der nich' läuft."
"Ihr könnt euch eure blöden Sprüche sparen. Durch ständiges Wiederholen werden sie auch nicht besser. Helft mir lieber mal die Kuchenbleche hoch tragen."
Ester folgend sagte Megild darauf halblaut zu Matthäus, so, dass Ester es hören musste: "Mensch, das artet ja in Arbeit aus."
Matthäus bestätigte in der selben Art: "Ach ich sag's dir. Das is' alles nich' mehr so, wie's früher mal war. Da wal-

tete noch die züchtige Hausfrau in ihrem Reiche und versorgte ihren Mann, der Abends abgekämpft nach Hause kam, müde vom Kampf in der feindlichen Welt."
"Laberheinis!"
"Ja, da war der Mann noch unumschränkt Herr im Hause und konnte schalten und walten wie er wollte."
Ester drehte sich um und sagte: "Das muss aber vor der Erschaffung Evas gewesen sein."
"Kann sein." grummelte Megild.

Es war phantastisch, was die Mädels gezaubert hatten. Megild kannte die koschere Küche ja nur vom Hörensagen. Esters Eltern waren liberale Juden, ziemlich liberal. Das passte Ester nicht so recht. Um nun aus ihrer Sicht richtig mitfeiern zu können, hatte sie halt die Bedingung gestellt, dass sie die Organisation übernähme. Der einzige Kompromiss, den sie eingegangen war, bestand darin, dass der Wein in der Bowle aus Kostengründen nicht koscher war. Sie hatte für sich aber eine koschere Flasche tiefroten Karmelweines besorgt.

Im Hintergrund spielte irgend ein wohl recht bekannter Mann israelische bzw jiddische Volksweisen auf der Oboe. Eigentlich war für Megild nur noch das Depression verströmende Saxophon schlimmer. Aber dieser Mensch brachte die Oboe zum Lachen und Weinen. Das war phantastisch. Aus Gründen der Werbung tranken Megild und Matthäus nach einem

Anstandsbier, das verdammt gut schmeckte, nur noch Bowle. Anfangs saß noch alles einigermaßen gesittet auf den dafür vorgesehenen Möbelstücken. Aber je höher der Alkoholpegel stieg, desto tiefer sanken die Leute. Matthäus und Megild hatten schon längst die Sessel gegen den Perser getauscht. Als sie das Tongefäß mit der Bowle auch darauf stellen wollten, schrie Ester laut auf: "Seid ihr bekloppt oder was! Das Ding kostet 3000 Euro. Stellt das gefälligst auf den Boden davor! Und nehmt euch Untertassen!" Grummelnd und stöhnend wie ein Achtzigjähriger erhob sich Megild.
Er winkte Matthäus zu, der sich ebenfalls erheben wollte: "Lass ma, bleib ruhig liegen. Ich mach das schon. So'n Scheißservice!"
"Ja, ich sach's dir." pflichtete ihm Matthäus bei.
Megild schlurfte in die Küche. Das Klassenpärchen stand vor dem Küchenschrank quasi in der Tür und knutschte schon.
"Ej, könnt ihr mal 'n bisschen den Weg freimachen und eure Zahnfüllungen woanders ertasten? Ihr knutscht hier mitten auf der Autobahn." Langsam verschwanden die beiden von der Tür.
"Ich danke vielmals für euer Verständnis." Megild bückte sich und holte einen Stapel Untertassen raus, weil er sich dachte, dass andere auch bald dieselben Probleme bekommen würden.
Plötzlich hörte er: "Ej", er richtete sich lächelnd auf und schaute zur Decke und murmelte mit, "seid ihr

bekloppt, oder was? Das Ding kostet 3000 Euro. Nehmt euch gefälligst Untertassen." Er grinste und nahm auch noch ein Dutzend Teelöffel mit. "Untertassen, schöne Untertassen." Er verteilte sie an die Bedürftigen.

Als sich mal eine Gesprächspause mit Matthäus eingestellt hatte, schaute er in die Runde. Es hatten sich überall kleine Gruppen gebildet, die sich unterhielten. Einige tanzten auch frei im Raume schwebend, die einen grazil, andere eher grotesk torkelnd zu einer chilligen Elektronikmusik. Ab und an wurde der Grundgeräuschpegel durch die Kampftrinker am Fass unterbrochen. Einer der Bierathleten sprang auf und rief laut: "Leute, man muss auch mal Nein sagen können. Hi..." Die anderen hatten sich ebenfalls erhoben und riefen zurück: "...nein!" Dann nahmen alle einen tiefen Zug zur Brust, den Arm rechtwinklig vom Körper haltend und gingen wieder zu Boden. Megild grinste und sah weiter. Sein Blick blieb bei Alfred und Michael hängen. Mit glasigen Augen und den Gläsern voller Whisky beziehungsweise Whisky-Cola versuchte einer den anderen zu überzeugen.
Alfred: "Und ich sach dir Hasch is eine Einschiegsdroge."
Michael: "Quatsch. Hasch is viel unjefählicher als Aluhol."
Alfred: "Guck dir doch nur die Zahlen an. Die meisten ham vorher jehascht."

Michael: "Wer?"
Alfred: "Na, die, die Abhängijen."
Michael: "Man laberst du'n Scheiß zusamm."
Alfred: "Doch, doch."
Michael: "Ej, Mann schon die olln Äjypter haben och jehascht und kein Schnee jenomm."
Alfred: "Ach, die olln Äjypter. Die sin doch längst tot. Außerdem war's ne Kulturdroge, jawoll Kulturdroge."
Michael: "Quatsch,... natürlich. Bei uns ja och."
Alfred: "Blödsinn, du hast ja keene Ahnung. Bei uns is das Zeuch illejal."
Michael: "Ja, aber nur wejen der Scheiß... hicks ... Scheiß Schemie. Die wissn doch, dass die ihr Zeug nich mehr loswerden..."
Alfred: "Sach mal, was redest'n wieder für'n Müll zusamm'n? Bist'e besoffn oder was? Was hat'n die Schemie damit zu tun."
Michael: "Jawohll, die Schemie, die haben Angst vor der Naturfaser Hanf..."

"Mann, sind die breit..." Megild seufzte, sah dann tief in sein Glas und sagte zeitversetzt. "Mann, das is schon wieder leer. Das wird ja langsam lästig."
Matthäus: "Gib mir auch noch was! Man darf Freunde nich im Stich lassn."
Matthäus streckte ihm das leere Glas hin. Unvermittelt fragte er Megild: "Sach ma, warum tauft ihr eigentlich kleene Kinder, die noch nicht ma das Amen zur Taufe

sagn könn'n?"
Megild reichte ihm das Glas und entgegnete: "Warum denn nich?"
"Ich meine, davon steht doch in der Bibel nix?"
"Na und? In der Bibel steht och nich, dass die Apostel scheißn war'n. Und das willst du doch nich wirklich bestreiten?"
"Ach was, jetz mal im Ernst."
"Was fragst'n mich? Bin ich der Moses?"
"Nee, aber'n Papist."
"Na und, und du bist'n Lutherbock."
Matthäus ließ sich aber nicht auf die Blödelschiene ablenken: "Hast'e dich das nie jefracht?"
Megild ließ den Kopf zurücksinken und ließ ihn ebenso wieder nach vorn klappen und schleuderte raus: "Nee... Das war schon immer so."
"Eben nich! Da muß's doch'n Grund jeben?"
"Mann, du stellst Fragen. Da könnte ja jeder kommen. Frag mich das doch mal, wenn ich nüchtern bin." Kurzes Schweigen:
"Und überhaupt... Warte mal, da fällt mir ein, das hatten wir vor kurzem erst beredet. Mal sehn, ob ich das jetzt auf die Reihe kriege. ... Ähhh ... Genau. Unser Pope laberte was von Ökotaufe oder sowas als Beispiel. Er sagte auch, dass es wohl zwei Beispiele gegeben hat, wo ein ganzes Haus sich hat taufen lassen mit irgendwelchen Hauptmännern und Witwen. Dann sagte er, dass es bei den damaligen Großfamilien fast undenkbar war, dass

so ein Haus ohne Kleinkinder war. Dann war'n da noch irgendwelche Soziaspekte."
"Was für Dinger?"
"So... so sozologisch Aspekte."
"Du meinst soziologische... man, bist du breit."
"Genau die Dinger. Und dann hat'er noch von Beispielen aus Afrika erzählt, wo die Baptisten, die hier ja auch dagegen sind, auch Kleinkinder taufen, weil, wenn die Stammesältst'n erst mal überzeugt sind, sagn: alle oder keener. Die sagen: Wenn wir gerettet werden, dann auch unsere Zukunft. Alle auf einen, alle gegn alle. Prost."
Ein bisschen spielte Megild jetzt auch die Betrunkenheit. Matthäus hatte ihn kalt erwischt. Er hatte damals nicht zugehört, als der Vikar das erklärt hatte, weil es für ihn vollkommen nebensächlich war, wann einer getauft wurde, wenn er nur glaubte. Letzteres war ja zur Zeit sein Problem. Das man auch mit dem anderen seine Probleme haben könnte, war für ihn ein vollkommen neuer Blickwinkel. In jedem Fall wusste er weder, was Ökotaufen oder so ähnlich sein sollten, noch welche soziologischen Aspekte für oder gegen die Kleinkindtaufe sprachen. Zumindest war ihm das jetzt auch wirklich egal. Als darum in der Küche ein Glas zerbrach, war er höchst beglückt: "Da is woll wieder so'n besoffnes Schwein."
Er stand auf und merkte, dass sein Weg nicht gerade verlief. Wacker wankte er den Weg zur Küche entlang.

Alfred versuchte gerade die Bruchstücke seines Glases vom Boden aufzuheben und griff voll in die Scherben hinein, als er sich am Boden abstützen musste, weil er vornüber kippte. Er richtete sich auf, sah verwundert auf seine stark blutende Hand und sagte nach einer Weile: "Oh,... da habe ich mich wohl geschnitten."
Megild hatte Halt an der Wand gefunden und gab seinen Senf zur Situation: "Alfred, Junge, du bist ein Pöt."
"Hä?"
"Ein Pöt, Goethe, Schiller, ... ein Pöt."
Ester kam rein, sah wie Alfreds Hand sehr stark blutete und fragte: "Sagt mal, habt ihr alle nur Koprolith im Hirn? Der blutet hier aus wie ein geschächtetes Schaf und ihr labert nur dummes Zeug zusammen; aber was noch schlimmer ist, der versaut mir hier die ganze Küche."
Megild sagte: "Ach, Ihr Frauen versteht das nich, man muss auch mal Prion... Priotätn... Prioritäten setzn."
Maria war hereingekommen. Sie war wahrscheinlich die Einzige, die heute Abend nüchtern war. Schnell hatte sie die Scherben beseitigt. Sie sagte zu Ester, die sich gerade an der Hand Alfreds zu schaffen machte: "Lass mich mal, bring mir lieber etwas Verbandsmaterial."
Megild gab Alfred aus seinem reichen Erfahrungsschatz einen guten Rat: "Alfred, lerne daraus. Wenn Du deine Grenze erreicht hast, trinke nicht weiter." Dann nahm er wieder einen Schluck Bowle. Alfred starrte Megild an,

als käme er aus einer anderen Welt. Auf einmal fragte er: "Wo is'n das Klo?" Maria schaltete blitzschnell, nahm ihn bei der Hand und brachte ihn um die Ecke, wo ein kleines Klo war. Inzwischen war Ester wieder da: "Wo ist Alfred?"
"Der führt gerade eine Konvis.. eine Konvi... ein Gespräch ... mit deinem Klo." Er sah Ester an: "Braucht Ihr sonst noch Hilfe?"
"Nee, nee du. Geht ma' nur wieder rein; allein ist schon schwer genug."
Als Megild sich wieder zu Matthäus gesetzt hatte, sagte er: "Ach, es gibt keine Männer mehr in Deutschland. Alles nur Memmen, Weicheier und Waschlappn." Wenn er sich aber gedacht hatte, Matthäus damit abgelenkt zu haben, hatte er sich nun aber geschnitten: "Also, was is mit den soziologeschn Aspektn?"
"Ah, Mann, was weiß ich. Komm doch einfach ma wieder am Sonntag mit zur Teatime, da hat der Pope Zeit zum Labern, wenn er da is. Apropos Tee, trinkst du 'nen Tee mit?"
"Ej, Mann, bist Du bekloppt? Das is jetzt Zwei durch."
"Na und, morgen is frei."
"Nee du, lass ma. Das wirft mich um Stundn zurück."
Megild fand dann doch noch ein paar, die Tee trinken wollten. Während sie den tranken, dämmerten die anderen nach und nach ein. Zuletzt schliefen auch sie.

12

*Niemals gehst Du von uns,
und doch kommen wir oft nur schwer zu Dir.
(Aurelius Augustinus, Bekenntnisse 8,4)*

Der Stab des Pilgers

Megild ging es in der nächsten Zeit sehr schlecht. Er mied die Feste und Feiern, die jetzt so kurz vor dem Karneval überall wie die Pilze aus dem Boden schossen. Er verwies immer darauf, dass er vor kurzem zu viel getrunken habe und nun sein Magen nicht mehr so richtig mitspiele. Megild ekelten die Feste an und er verabscheute die Gemeinschaft. Er half bei deren Vorbereitung mit, fröhlich wie immer, aber allein schon der Gedanke jetzt, um den anderen die Stimmung nicht zu versauen, immer Fröhlichkeit heucheln zu müssen, erregte in ihm ein Gefühl, wie kalter schwarzer Tee, einfach nur widerlich.

Immer und immer wieder hörte er in dieser Zeit Wagners Tannhäuser. Dies verlieh ihm einen gewissen Trost – wenigstens einer, der ihn verstand. Einmal, bei der Verweigerung der Vergebung und den Worten des Papstes, dass er nie wieder Vergebung finden würde, ebenso wenig, wie der Stab in der Hand des Papstes wieder grünen werde, drückte Megild bei der Fernbedienung auf Pause. Er ging in den Keller hinunter und kramte in seinen Sachen. Da war er. Er zog einen alten entrindeten Stab hervor, den er sich im zarten Alter von vierzehn einmal besorgt hatte. Im nahen Naturschutzgebiet musste eine junge Esche dran glauben, seine Weltesche *Yggdrasil*. Sie war kerzengerade gewachsen. Megilds Faust umschloss sie knapp. Damals wollte er sich einen Bogen daraus bauen. Diesen Stab nun hielt er in der Hand. Er war schon ein wenig eingestaubt. Megild musste lächeln, wenn er daran dachte, wie er ihn entrindet und zum Trocknen unter das Bett gelegt hatte. Sorgfältig hatte er ihn daraufhin eine Woche in der Badewanne getränkt bis seine Mutter ihm gedroht hatte, den Stab zu zerhacken, wenn dieser nicht in fünf Minuten aus der Badewanne verschwunden sei. Um diesem „frevlen Mut" der Mutter zuvorzukommen, hatte er ihn dann gerettet. Er ließ ihn nun wieder für eine Weile unter dem Bett trocknen bis seine Interessen wieder andere waren. Diesen Stab nun nahm er mit hoch auf sein Zimmer. Er sah zu, dass ihn niemand sah.

Am Aschermittwoch hatte er sich frei genommen. Als wolle er zur Besinnung angeln fahren, hatte er sich von seinem Vater dessen kleine Ausrüstung ausgeliehen. Den Stab hatte er mit den Ruten zusammen eingewickelt. Er würde natürlich auch angeln. Er packte daneben noch seine kleinformatige Nahkampfbibel ein und seinen mp3-Player. Dann schwang sich Megild auf seinen Drahtesel und verschwand.

Seit drei Jahren aß und trank er Aschermittwochs und Karfreitags nicht mehr. Darum war es egal, dass in dem kleinen Landhaus, das seine Eltern am See besaßen, nichts da war. Er las die Texte, die er am Abend hören würde: Joël 2,12-18, aus dem 2. Korintherbrief 5,20 - 6,2 und aus dem Evangelium nach Matthäus 6,1-18. Danach nahm er sich das 5. und 6. Kapitel des Paulusbriefes noch mal ganz vor. Sie berührten ihn irgendwie, aber er konnte sich auf die Texte doch nicht so richtig einlassen. Am See steckte er die Route zusammen und warf Schwimmer und Haken ohne Köder ins Wasser. Er holte den mp3-Player heraus, legte eine Speicherkarte mit dem Tannhäuser ein, setzte sich auf ein kleines Lehnstühlchen und schaute auf den See. Im Tannhäuser erkannte er sich wieder. Würde ihm aber auch Erlösung zuteil? Er hatte keine Elisabeth. Kein anderes Werk hatte ihn je so angerührt wie dieses. Dies war keine Musik mehr; das war Schicksal.

Ein zweiter Angler, der sich in der Nähe niedergelassen hatte und bei dem in regelmäßigem Abstand irgend etwas an der Angel zupfte, wunderte sich, dass bei Megild so gar nichts geschah. Irgendwann fragte er: "Petri Heil, bei dir beißen sie wohl heute überhaupt nicht."

Megild grinste und rief: "Petri Dank, nein ich bin tierlieb und warte nur auf einen lebensmüden Fisch. Ich habe keinen Köder dran."

"Ach so. Dann noch viel Spaß!" Der Mann schüttelte lächelnd den Kopf.

Es war kalt gewesen am See. Eine Stunde vor der Rückfahrt saß Megild vor dem Kamin und wärmte sich noch ein wenig auf. Dabei schnitzte er seinem Stab eine Spitze. Ein riesiges Messer leistete ihm dabei gute Dienste, das gehärtete Holz zu bearbeiten. Endlich war es fertig. Noch hatte er ein wenig Zeit. Er ging in den Garten und suchte nach einem netten Platz in der Sonne, der aber der Mutter nicht sofort auffallen würde. Hier prüfte er noch einmal die Spitze und ergriff dann mit beiden Händen den Stab. Hoch holte er aus, atmete tief durch, noch immer erfüllt von der Oper, und rammte den Stab tief in den feuchten Grund.

13 Das Volk, das im Dunkel lebt, sieht ein helles Licht; über denen, die im Land der Finsternis wohnen, strahlt ein Licht auf. Jesaja 9,1

Der Prophet

Das Gespräch mit dem Vikar hatte ihm nur kurz geholfen. Die Fragen, die Leere alles kam wieder. Sie wuchsen in seinem Bauch und verzehrten langsam alles. Alles erschien ihm zusehends wie hinter einer riesigen Käseglocke aus Glas. Hatte er sich mit der Situation abgefunden, sich daran gewöhnt? Wie kann sich der Ertrinkende an das Wasser gewöhnen oder der Verbrennende sich mit dem Feuer abfinden? Aber die Seele braucht länger bis sie ertrinkt; und das Herz verbrennt nicht so schnell. Megild begann sich langsam zu wundern, wie lange er tauchen können musste. Es war ihm fast, als träte er neben sich, um sich erstaunt beim Sterben zuzusehen. Er wusste auch nicht, warum er weiter schwamm, warum er alles aufrecht erhielt. Vielleicht wirklich nur, "weil es schon immer so war" und er nicht wusste, "wo er da sonst hinkäme". Er blieb treu, wusste aber eigentlich nicht mehr wem.

In dieser Situation stand er wieder einmal an allem

zweifelnd hinten in der Kirche. Es war mittlerweile der 3. Sonntag in der Fastenzeit. Der Vikar erhob sich. Aber anstatt wie gewöhnlich zu beginnen, sagte er: "Liebe Gemeinde, heute, am dritten Fastensonntag schenkt uns Christus durch die Kirche ein sehr langes Evangelium. Es ist fast das ganze 4. Kapitel des Johannesevangeliums. Mir liegt daran, dass sie es gut hören. Darum bitte ich sie, sich nach der Einleitung zu setzen. Der Herr ist mit euch!"
"Und mit deinem Geiste."
"Aus dem heiligen Evangelium nach Johannes."
"Ehre sei dir, o Herr." geräuschvoll setzte sich das Volk Gottes.

Es folgte nun dieses eigenartige Evangelium, in welchem Jesus nach Sychar in Samarien kommt. Dort gibt es einen Jakobsbrunnen. Jesu Jünger ziehen los, um was Essbares zu besorgen. Jesus ist müde. Es ist um die sechste Stunde. Megild fiel auf, dass dies dieselbe Zeitangabe war, wie etwas später im selben Evangelium, wo Jesus, um die sechste Stunde, wahrscheinlich auch müde nach den Verhören der Nacht und des Vormittags, auf dem Richtplatz vor Pilatus und dem Volk stand. Jedenfalls kommt dann eine Frau aus dem Dorf, die es schon arg im Leben gebeutelt hatte, um Wasser zu holen. Es gibt dann ein Gespräch über Wasser und wahres Wasser und die Frau rafft erst einmal überhaupt nichts. Als Jesus ihr dann aus ihrem

Leben erzählt, ist sie schwer beeindruckt und glaubt, dass er der Messias ist. Sie rennt zurück, trommelt die Leute zusammen und verkündet, was ihr da draußen geschehen war.

Seine zurück gekehrten Jünger hatten sich das Gespräch angehört. Sie fanden das ziemlich daneben. Ein Rabbi kann ja schließlich nicht mit irgendwelchen fremden Frauen reden, schon gar nicht mit Frauen aus Samaria. Man muss ja auch ein bisschen auf seinen Ruf achten. Aber sie schwiegen. Als sie ihm zu essen geben wollten, redet er zu ihnen von Speise und wahrer Speise. Auch seine Jünger verstanden wie so oft nichts.

Megild war ganz froh, dass schon ein wenig Wasser den Jordan hinunter geflossen war seit jener Zeit, denn wenn ihm jemand immer so kryptisch antworten würde, hätte er wahrscheinlich auch nichts verstanden. Zwar hatte ihnen der Vikar im Bibelkreis auch mal was von verdichteten Reflexionen gerade auch im Evangelium nach Johannes erzählt, aber das Ganze klang für ihn ein wenig eigenartig. So komplex kann doch kein Mensch denken mit so viel Querverweisen in der Struktur, mit den ganzen wohl ausgesuchten Zeichen, die alle ihre besondere Aufgabe im Gesamtzusammenhang haben. Jedenfalls läuft das Dorf zusammen, hört Jesus zu und bittet ihn, als er schon wieder weiter will, doch noch ein wenig zu bleiben.

Jesus tut das. Am Schluss glauben alle, nicht mehr weil das Mädel die Geschichte mit der offenbarten Lebensgeschichte erzählt hat, sondern weil sie ihn selbst gehört hatten.

Hm, alles klar. Ihn würde ja die Sache mit der wahren Speise und dem lebendigen Wasser interessieren, aber so lang wie das Evangelium war, wird er noch nicht mal den ganzen Text für die, die beim Zuhören trotzdem gepennt hatten, zusammenfassen können. Und so war es auch. Leider spezialisierte sich der Vikar auf einen anderen Vers.

"Liebe Schwestern und Brüder,

Sie sehen selbst, dass es kaum möglich ist über diesen ganzen Text zu reden. Ich würde hier zwei, drei Stunden stehen und hätte immer noch nicht viel mehr als die Einleitung gesagt. Bei diesem Text kann man aus vielen Versen abendfüllende Predigten machen. Ich möchte mich darum nach einer ganz kurzen Vergegenwärtigung der für meine Predigt wichtigsten Punkte auf den letzten Abschnitt des Textes beziehen..."

Der Kaplan erzählte jetzt mit anderen Worten und anderen Akzenten das Evangelium nach und bezog es dabei immer auch auf das Geschehen um Ostern herum. Was Megild schon ein wenig beeindruckte war, wie die Kaplan in wenigen Sätzen den Text ganz neu erzählte. ... Jesus war der Brunnen, aus dem schon Jakob trank... Das Wasser aus der Seite, war das lebendige Wasser, dass uns in der Taufe besprengte und immer neu nährt... Aber jetzt kam er zum eigentlichen Zentrum seiner Predigt...

"... darum reicht es nicht, liebe Schwestern und Brüder, wenn wir nur rein physisch hier versammelt sind. Wenn wir das Wort Gottes hören, wie wir irgend eine Nachricht hören. Es genügt nicht, keine besondere Sünde getan zu haben." Er hielt inne in seiner gewaltigen Bewegung und Stimme, sah eine Weile in die Gemeinde: "Nein, lernt aus dem, was die Samariter tun."
Er zitierte das Evangelium: *39Viele Samariter aus jenem Ort kamen zum Glauben an Jesus auf das Wort der Frau hin, die bezeugt hatte: Er hat mir alles gesagt, was ich getan habe.* Dies war nur der erste Schritt. Sie verließen ihre eingefahrenen Bahnen und kamen zum Glauben, nur auf Grund der Aussage jener Frau. Sie änderten ihr Leben. Das muss man sich einmal auf der Zunge zergehen lassen. Ich hinterziehe nicht mehr Steuern, wie das so viele "im vernünftigen Maße" tun. Ich nehme nicht mehr selbstverständlich hin, was meine Frau, mein Mann, meine Kinder oder sonst wer für mich tun, nein: Ich danke. Ich beginne jeden Tag neu ein Leben der Dankbarkeit. Und das drücke ich auch aus.

Liebe Schwestern und Brüder, aber die Samariter blieben nicht dabei stehen. Sie baten ihn dazubleiben: ^{40}*Als die Samariter zu ihm kamen, baten sie ihn, bei ihnen zu bleiben; und er blieb dort zwei Tage.* Es genügte ihnen also nicht das, was geschehen war, sondern sie wollten mehr. Sie wollten mehr von dem Hören, was sie veranlasst hatte, ihr Leben zu ändern. Wieso blieb Jesus? Es hatte doch alles prima geklappt. Die Leute glaubten und waren damit gerettet."
Er sah die Leute der Reihe nach an und fuhr fort:
"Nein. Es war noch nicht alles prima. Denn jetzt wären sie halt nur auf einer anderen Stufe gläubig gewesen. Gut, sie hatten sich zum Messias bekannt, wie wir auch. Aber Glaube, der nicht wächst, geht ein. Es geht Jesus aber nicht so sehr um ein Strohfeuer, eines das sich am Morgen schnell über das Stoppelfeld ausbreitet und am Mittag schon wieder vom Winde verwehte Asche ist. Nein, Jesus geht es um das Wachsen seiner Botschaft in jedem Einzelnen. Darum muss er da bleiben. Er erzählt selber, wird selber zum Grund und Brunnen ihres Glaubens. Jesus selbst redet zu den Samaritern. Er schenkt ihnen dadurch das lebendige Wasser in Strömen, was nun ihren Glauben reichlich wachsen lassen kann. ^{41}*Und noch viel mehr Leute kamen zum Glauben an ihn aufgrund seiner eigenen Worte.*"
Wieder machte er eine Pause und wiederholte dann ganz langsam: "Und noch viel mehr Leute kamen zum Glauben an ihn aufgrund seiner eigenen Worte." Er ließ

diese Worte ein wenig im Raume nachhallen.
"Jeder der Menschen hatte zwei Tage Zeit, ihn selbst zu hören. Liebe Schwestern und Brüder, das ist auch der Kern des heutigen Evangeliums. Klar ist es schön, dass wir glauben. Die meisten von uns glauben, weil sie schon immer katholisch waren, weil unsere Eltern und Taufpaten uns – wie jene Samariterin – zu Jesus gebracht hatten. Das ist ja auch nicht schlecht. Aber christliche Religion soll sich nicht auf Tradition oder Amtsträger rückbeziehen - wie es das Wort "religio" so wunderschön ausdrückt - , sondern auf Jesus selbst rückbezogen sein. Warum soll ich immer nur auf die Spritzer lebendigen Wassers warten, die ich vom Priester bekomme, warum nicht selber aus den riesigen Strömen des Heiles schöpfen und selber trinken bis der Durst gestillt ist, trinken, bis Jesus in mir zur sprudelnden Quelle geworden ist. *^{42}Und zu der Frau sagten sie: Nicht mehr aufgrund deiner Aussage glauben wir, sondern weil wir ihn selbst gehört haben und nun wissen: Er ist wirklich der Retter der Welt."*
Der Vikar schlug das Evangeliar zu.
"Jesus, der Christus, ist wirklich der Retter der Welt. Und dieser Retter der Welt hat uns hierher gerufen. Vielleicht weißt du nicht, warum du hier bist. Vielleicht ärgerst du dich wie jeden Sonntag, oder jeden dritten, aufgestanden zu sein, um hierherzukommen. Aber vielleicht hast du heute gehört, dass dieser Retter, dieser Jesus dich heute angesprochen hat. Heute an diesem 3. Sonntag in

der Fastenzeit. Vielleicht merkst du, dass er dich heute fragt: *Hey, du, warum lässt du dir mein Wort nicht zu Herzen dringen? Warum kehrst du nicht um aus deiner leeren Wüste? Warum trinkst du nicht lieber aus den Fluten meines Heiles, das ich dir sofort schenke? Glaubst du dein Durst lässt nach, wenn andere dir vom Wasser nur erzählen oder wenn du dir Wasser nur vorstellst? Oder stillen die vielen bunten Glitzerflüssigkeiten in exotischen Flaschen der Esoterik wirklich Deinen brennenden Lebensdurst? Komm und rede mit mir! Jeder kann mich erfahren. Jeder kann mit mir reden. Finde deinen Weg, mit mir zu sprechen. Nur dafür schicke ich die Samariterin zu dir. Ihr Wasser soll nur reichen, bis du bei mir bist; denn sie ist auch nur ein Mensch und kann nicht mehr tragen als ein Mensch. Aber du kannst sie nach dem Weg fragen, deinem Weg zu mir. Die Samariterin, das ist der Priester, das sind deine Nächsten, die dir ein freundliches Wort sagen. Komm! Komm zur Quelle des Heils, zum Tisch, dem nie das lebendige Brot ausgeht! Dieses Brot, das du gleich isst, das ist wirklich eine Speise, mein Leib, hingegeben für dich. Und mein Blut ist wirklich ein Trank. Doch bedenke wohl, was du tust; denn wenn du es unwürdig, also gedankenlos, in tiefer Sünde verstrickt, isst, isst du dir das Gericht, wie ich dir durch meinen Apostel gesagt habe. Und dieses Gericht besteht darin, dass du mich nicht mehr erkennen kannst, obwohl ich bei dir bin, weil du mich isst, als wäre ich nur Brot. Komm also mit offenen Augen und einem bereitetem Herzen. Sieh und glaube, dass du bist, was du isst, damit du immer mehr wirst, was du bist – Leib Christi. Amen."*

Immer wieder stiegen zu Hause Fetzen dieser Predigt in ihm auf. "Ihn selber erfahren." "Mit ihm reden." "Er wartet, dass ich umkehre, mich also hinkehre zum wahren Leben." "Er ist der, der jede Wunde heilen, jedes Loch auffüllen kann, das mich von Gott trennt, klopft an meine Tür. das, was mich von Gott trennt, das nennt die Schrift "Sünde".

14

*Nur wer stirbt, bevor er stirbt,
stirbt nicht, wenn er stirbt.
(Abraham a Santa Clara)*

Der Weg

Malerisch gelagert tranken sie bei Megild im Zimmer Tee. Markus zeichnete von den anderen unbeachtet das gurrende Pärchen Rolf und Susanne. Im Hintergrund liefen die Cembalosuiten von Händel, allerdings nicht die alte Platte seiner Eltern, die Megild so liebte, sondern eine mittelmäßige Einspielung eines Künstlers, der wahrscheinlich Händel nicht so mochte. Lukas spielte an der Kerze herum. Johannes, Matthäus und Megild tauschten Allgemeinplätze über die Vorzüge des Tees gegenüber den Nachteilen des Kaffees aus. Als diese ihnen ausgegangen waren, saßen sie nur da und tranken aus ihren Schalen. Plötzlich fragte Lukas: "Wann ist dieses Jahr eigentlich Jugendbeichte?"
Johannes: "Ich glaube Donnerstag Nachmittag, ab 17.00 Uhr, oder so was in dem Dreh. Du kannst aber auch extra einen Termin mit dem Popen ausmachen. So viele werden da sowieso nicht hingehen. Die meisten gehen doch zur Bußandacht und denken, das wäre genug."
Matthäus fragte: "Beichte? Das gibt's noch bei euch?"

"Jo, Mann." sagte Johann.
"Und was bringt dir das, wenn du da hingehst und irgendwelche Sprüche runter rasselst, ich habe genascht, bin unartig gewesen, habe meine Schwester nicht genügend gezüchtigt?"
Lukas spielte weiter an der Kerze herum und antwortete: "Woher willst denn du wissen, was bei der Beichte so geschieht?"
"Mein Vetter ist auch katholisch. Er erzählt mir einmal, was da so abging. Er geht jetzt nicht mehr, weil ihm die Beichte nichts gibt."
Lukas spielte weiter und sagte: "Das, was du dir unter Beichte vorstellst, hat so viel mit Beichte zu tun, wie ... wie Schönheit und ... und Wiland, nämlich nichts."
"Du, Arsch" tönte es aus Dreier Munde.
"Ich habe zwar nur Megild gemeint, aber getroffene Hunde bellen."
"Sag mal, man kann auch höflicher um Dresche betteln." schob Rolf rüber.
Megild sagte: "Ich war, glaube ich, auch seit meinem Bußkurs nicht mehr zur Beichte. Mir geht das genauso."
"Würdest du die Güte haben", griff Matthäus den Faden auf, "auf die Frage eines getrennten Bruders, der sein Ding mit dem Heiland selber ausmacht und bisher keinen Dritten brauchte, um mit seiner Schuld fertig zu werden, etwas präziser zu antworten, möglichst in ganzen Sätzen."
Lukas ließ nun ab von der Kerze, ergriff seine Schale,

leerte den Rest in einem Zug und schob sie zu Megild, bei dem die Kanne zum Nachfüllen stand. "Gut. Also, ich bin auch eine ganze Weile nicht gegangen, auch nicht das vorgeschriebene eine Mal pro Jahr."
Johannes sah ihn an und sagte: "Lass bitte diese Bemerkungen; du bist Jugendsprecher, aber nicht unser Kindermädchen."
"Entschuldigung. Also für mich ist Beichte das Sakrament der Heilung und Wiederherstellung meiner Beziehung zu Gott. Mich kann ja nur meine Sünde von Gott trennen, aber wie das nun mal so ist, gibt es viele Dinge in mir und außerhalb von mir, die mich zum Sündigen verleiten."
Susanne fragte: "Was meinst du, wenn du Sünde sagst, dasselbe wie Schuld?"
"Ich denke nicht ganz. Schuld lade ich zwar immer auf mich, wenn ich sündige, im Wort Schuld ist für mich aber meine Beziehung zu Gott noch nicht angesprochen. Schuldig kann ich auch sein, wenn ich nicht gesündigt habe. Schuldig kann sich jeder fühlen, auch unabhängig von Gott, selbst unabhängig von einem Grund. Sünde dagegen zerstört meine Beziehung zu Gott. Wenn ich etwas tue oder lasse, was mich von Gott wegbringt, sündige ich, egal ob ich mich schuldig fühle oder nicht. Wenn mir der Nächste egal ist, wenn ich nicht mit meinem Freund rede, egal ob es einer von euch oder Jesus ist, wenn ich mich bewusst in Situationen begebe, in denen ich mich besser nicht auf-

halte, dann trenne ich mich ein Stück mehr von Gott.
Wenn ich dann zur Beichte gehe, sehe ich zurück auf die letzte Zeit, um zu sehen, wo ich meine Beziehung zu Gott vernachlässigt habe, wo ich Gottes Wunder an mir zurückgewiesen und ihm nicht gedankt habe. Ich sehe auch auf meine Schuld, sehe, was ich wieder falsch gemacht habe.
Häufig weiß ich aber auch nicht genau, wie ich mein Verhalten zu bewerten habe, oder ob ich mir nicht etwas vormache. Dann gehe ich zu meinem Beichtvater und wir denken gemeinsam darüber nach. Häufig hilft mir es schon viel, einem anderen gegenüber laut meine Schuld, aber auch Zweifel zu artikulieren, um darüber klar zu werden, ob es auch Sünde ist oder wie ich es werten soll."
"Gut, aber dafür kann ich mir auch genauso gut einen an mich selbst Brief schreiben, oder zum Psycho gehen oder mit einem guten Freund sprechen." sagte Matthäus.
Johannes sagte: "Das habe ich auch immer gesagt. Aber irgendwann habe ich mir dann mal überlegt: Wann hast du das letzte mal mit einem Freund darüber geredet? Weißt du, mir fiel nicht ein einziges Mal ein."
Auch Lisa klinkte sich jetzt ein: "Ich schon. Ich rede schon ab und zu mal mit meiner besten Freundin darüber. Aber der Unterschied zur Beichte ist für mich der, dass meine Freundin mir meist zu nahe ist, um mir helfen zu können. Ich ziehe sie dann meist nur noch in so

was rein. Der Priester hat da etwas Abstand."

Susanne setzte sich jetzt auf: "Aber ich kann mit einem fremden Mann – und es sind ja nur Männer – nicht alles bereden. Ich war auch seit dem Bußkurs nicht mehr beichten, aber ich kann mir das auch nicht vorstellen. Außerdem lebt der ja zölibatär, wenn er treu ist. Wie soll mir so einer zum Beispiel in Beziehungsproblemen helfen können, wo ich Schuld auf mich geladen habe?"
Rolf sah sie an: "Wer ist es?" und musste lachen.
Susanne sagte angenervt: "Ha, ha – sehr witzig."
Lisa antwortete: "Weißt Du Susi, ein Priester lebt auch in Beziehungen. Wenn er die nicht hätte, wäre er nicht fähig Priester zu sein. Beziehungen hängen zwar mit der Sexualität zusammen, aber sie gehen nicht darin auf. Ich habe mit den meisten hier gute Beziehungen und habe trotzdem noch mit keinem von ihnen geschlafen."
"Ja, du hast recht..." Johannes wurde in seinem Redeansatz durch das Lachen der anderen unterbrochen "... Was ist?!" fragte er verwirrt. Dann dämmerte es ihm, was er gerade gesagt hatte. Er zog die Augenbrauen hoch, seufzte und fuhr fort: "O man, seid ihr vielleicht fixiert! Ist das noch spätpubertär oder schon frühsenil? But back to the topic. Vielleicht hilft ja auch in Konflikten, in denen man steht, wenn der Priester einfach nur zurückgibt, wie er mein Problem sieht."

Lisa griff den Faden auf: "Genau, ein Arzt muss ja auch nicht alle Krankheiten selber gehabt haben, um mir zu helfen. Viele Probleme und Sünden sind ja ähnlich strukturiert und kommen wiederholt und in vielen Beziehungen vor."
Jetzt schaltete sich Matthäus wieder ein: "Na und? Da kann ich aber auch zum Psychoonkel gehen, der studiert auch so etwas."
Jetzt mischte sich auch Markus ein, immer noch malend: "Ein guter Psychoanalytiker, wird dir helfen können herauszufinden, wo bestimmte Probleme bei dir auftauchen. Er wird vielleicht auch durch Therapien helfen können, neue Verhaltensweisen einzuüben oder Klippen zu umgehen; denn nicht alle Probleme lassen sich durch Erzählen allein aufarbeiten. Was er aber nicht kann, ist dir die Schuld zu nehmen. Er kann dich ruhig stellen oder dir, wenn er ein Quacksalber ist, versuchen die Schuld auszureden, aber die Schuld bleibt. Außerdem wird er dir selten helfen können, deine Beziehung zu Gott wiederherzustellen. Ich meine jetzt, als Psycho. Das ist auch nicht sein Job."
"Genau", nahm ihm nun Lukas das Wort wieder aus dem Mund, "der Priester kann vielleicht nicht in dem Maße erkennen, wo Probleme herkommen, wenn er nicht dafür geschult ist, aber er kann dir helfen, oder sollte es zumindest, deine Schuld einzugestehen, und dir Gottes Vergebung zusprechen."
"Moment, Moment", warf Matthäus ein, "das kann aber

auch genauso gut der Psychiater machen, mir die Schuld oder die Schuldgefühle nehmen."
Markus legte Papier und Bleistift weg und sah Matthäus an: "Es ist nicht dasselbe, ob ein Richter zum Angeklagten sagt Ich spreche dich frei, oder ob das der Anwalt, Ankläger oder Kumpel sagt. Mein Vater ist Psychoanalytiker. Er sagt, wir können im besten Fall die Ursprünge von krankhaften Erscheinungen aufdecken und vielleicht mit viel Glück und Können heilen. Wo aber Schuld am Wirken ist, da kann er vielleicht noch den Weg bereiten, aber nur noch der Pfuscher macht hier weiter. Katholiken rät Vater dann zur Beichte bei einigen Priestern, die er kennt, denn der Kirche gab Jesus den Auftrag Sünden zu vergeben in seinem Namen. Nichtchristen sagt er, schau'n sie zu, dass sie mit Gott oder was sie da sonst haben, ins Reine kommen."
"Richtig", fiel Lukas ein, "auch der verantwortungsvolle Priester wird in seinem Gebiet bleiben und dem Menschen, bei dem er Krankheit, statt Schuld vermutet zum Psychonkel schicken."
Johannes sagte: "Ein Problem ist nur zu erkennen, ob ein Priester fähig und willens ist, mir zu helfen oder ob er selber so verschlossen ist, dass er mir nur rituell antworten kann aus einer verkorksten Weltsicht heraus."
Megild sagte: "Das Problem hast du aber auch bei jedem Psycho, eigentlich bei jedem Arzt. Woher weißt du als Laie, ob der Arzt sein Fach beherrscht?"

"Na gut", sagte Matthäus, "in der Schrift heißt es, Bittet, so wird euch gegeben." und an einer anderen Stelle: "Wenn ihr bittet, dann dankt als wenn ihr es schon empfangen habt. Wenn ich also meine Schuld sehe, kann ich sie doch auch so vor Gott bringen: Ich bitte ihn direkt persönlich und er verzeiht mir, oder siehst du das anders?"

"Im Prinzip hast du schon recht. Wenn ich voll Reue vor den Thron des Allerhöchsten trete, ihm meine Sünde bekenne und um Verzeihung bitte, wird er sie mir natürlich auch gewähren. Immer natürlich vorausgesetzt, ich habe mich bemüht, die Folgen meiner Schuld schon so weit wie möglich zu mildern. Aber es ist, zumindest für mich, ein Unterschied, ob mir ein Bevollmächtigter des Herrn sagt: *Deine Sünde ist dir vergeben.* oder ob ich mir das selber sage, schon allein rein psychologisch."

"Ich sage es mir ja nicht selber! Sondern ich vertraue dem ewigen Wort der Schrift. Beichte und das Ganze drum herum klingt für mich doch sehr nach Ritualismus, Werkegerechtigkeit und Kleinglaube." hielt ihm Matthäus entgegen.

"Nicht ganz. Ich möchte dir ein extremes Beispiel erzählen, weil man an Extremen immer sehr schön etwas darstellen kann. Angenommen ich bin ein Terrorist, der glaubt, die Welt verbessern zu müssen, vielleicht sogar mit Bomben alle Leute wegsprengen zu müssen, die dem Reich Gottes auf Erden entgegenstehen. Es lässt

sich nun nicht vermeiden bei der Streuwirkung von Bomben, dass immer auch relativ Unschuldige mit draufgehen. Dieser jemand kommt dann in seinem Gewissen vor Gott und sagt: *Herr, ich danke dir, dass ich heute diesem Drogenboss samt seinen Unterteufeln wegsprengen konnte, die so viele Menschen ins Unheil gestürzt haben. Leider sind auch wieder einige Unbeteiligte gestorben. Das tut mir unendlich leid, aber die gute Sache fordert halt Opfer, und du kennst ja die deinen. Bitte verzeih mir. Danke für dein Verständnis."*
"Das ist doch an den Haaren herbeigezogen." warf Matthäus ein.
"Nicht ganz. Meines Erachtens ist der ganze Terrorismus unter dem Siegel Heiliger Krieg oder denk an Nordirland nichts anders. Aber worauf ich eigentlich hinaus wollte mit der Geschichte: Beichte gehört auch mit zum Themenkomplex: Wie berichtige ich mein – vielleicht – irrendes Gewissen. Außerdem wenn ich mit einem anderen über mein Verhalten spreche, der die Erfahrungen vieler Gespräche und das Wissen einiger Studienjahre mit einbringen kann, kann ich Hilfe erlangen, wo ich sie gar nicht vermute. Vielleicht weist er mich dann auf Zusammenhänge hin, die ich mir allein gar nicht offenlegen könnte. Und wo sonst soll ich mein vielleicht irrendes Gewissen schulen, an der öffentlichen Meinung?! Weißt du, ich glaube, meine Schuld, die ich anderen gegenüber auf mich lade, ist nicht nur hier

drinnen", Lukas klopfte sich an die Brust, "sie hängt vergiftend in meinen Beziehungen. Wo ich auf die Menschen zugehen und sagen kann, hör mal, da habe ich Mist gemacht, kannst du mir verzeihen, da ist das sicher das beste Mittel. Was aber nicht mehr feststellbar ist, wer alles durch meine Zunge zu schaden kam, und was, wenn der Schaden irreparabel ist? Viel zu oft bemerke ich zum Beispiel, dass ich ein Gerücht weiterverbreite, das ich nicht nachgeprüft habe, einfach, weil es mir als sehr plausibel erschien oder weil ich mich hervortun will. Gut, wenn es sich um eine Person handelt, kann man auf sie zugehen und ansprechen, wie oft kann man das aber nicht? Außerdem gibt es da noch was. Wie häufig erfahre ich selber Kränkungen und Wunden von anderen, manchmal von den besten Freunden."

Megild sah kurz auf um zu prüfen, ob er gemeint war mit seinem Verhalten der letzten Zeit, konnte aber das Gesicht nicht recht deuten.

Lukas fuhr fort: "Manchmal reizt es mich, zu vergelten. In der Beichte erfahre ich auch hierin Heilung. Darum rede ich auch vom Sakrament der Heilung. Meine eigenen Wunden können mir auch den Blick zu Gott verstellen. Darum halte ich auch sie vor Gott."

Matthäus fragte: "Was ist eigentlich ein Sakrament bei euch?"

Johannes sagte: "Ein Anker der Ewigkeit Gottes in unserer Vergänglichkeit. Hier wirkt Gott, was wir in Wort und

Geste sagen. Im Sakrament sprechen und tun wir Vergängliches und erben darin gleichzeitig Ewiges, die Gnade Gottes, Seine verlässliche Nähe, wie immer du es ausdrücken willst."
Susanne sagte: "Ich verspüre aber nicht die innere Notwendigkeit zur Beichte. Wenn ich beim Bußgottesdienst war, habe ich auch eine Lossprechung. Das reicht mir."
Markus mischte sich wieder ins Gespräch. "Ich kann da nur von meiner kleinen Erfahrung reden. Ich wiederhole mich jetzt für einige, aber ich muss soweit ausholen. Als ich vor drei Jahren, eine neue Beziehung zu Gott fand, merkte ich auf einmal, dass selbst die ganzen kleinen Sünden wirklich mein Verhältnis zu ihm belasten. Das liegt auch weniger an der Größe meiner Sünde als vielmehr an der großen Heiligkeit Gottes. Wisst ihr, es war wie bei diesem Tisch hier. Er ist für Megilds Verhältnisse relativ sauber, man kann sogar durch das Glas hindurch den Müll in der Tiefe der Ablage sehen. Stellt euch aber vor, hier unten, quasi als Symbol meines Innersten, liege ich und schaue in den Himmel. Oder auf gut deutsch ich bete und erfahre mich in der Nähe Gottes. Wenn der Tisch nicht benutzt wird, ich also nicht bete, kommen so kleine Teilchen und setzen sich zu einer Schicht zusammen."
Er zerbröselte zwei, drei Kartoffelchips über dem Tisch: "Aber selbst wenn Megild diesen Tisch regelmäßig benutzt, sammelt sich Staub an. Und dann gibt es da

noch was."
Er nahm seine Schale und tropfte den Rest auf die Glasplatte. "Wenn ich das jetzt nicht wegwische, solange es frisch ist, trocknet es ein. Stellt euch jetzt noch Butterflecke, Tinte und was weiß ich vor. Das sind die verschiedenen Arten der Sünde. Wenn ich Gott nicht persönlich kennen gelernt habe, vermisse ich ihn nicht bewusst. Ich habe nur das Gefühl, dass irgend etwas Wichtiges in meinem Leben fehlt. Aber wenn ich eigentlich weiß, wie nahe er mir ist und ihn trotzdem nicht spüre, muss das nicht immer eine seiner Prüfungen meiner Treue sein. Meist ist es einfach nur meine Sünde, die meinen Blick zu Gott hin trübt. Ich kann mich nicht einfach in einen Gottesdienst stellen, an meine Sünden denken und mir dann einfach vom Jesus da vorn die Vergebung zusprechen lassen. Ich käme mir vor wie ein Schwein. Gewiss, ein Bußgottesdienst hat etwas Gutes. Ich erfahre, dass ich in der Gemeinschaft der Sünder stehe. Wir suhlen gemeinsam im Dreck. Aber wenn alle zusammenstehen, kommt der reinigende Wasserstrahl nicht überall hin, weil einer des anderen Dreck deckt."
"Na komm, jetzt bitte keinen Gnadenmaterialismus. Luther würde sich im Grabe umdrehen. Außerdem denkt das zu klein von der Gnade." warf Lukas ein.
Markus aber fuhr fort: "Sünden, die ich begangen habe, trennen mich von Gott. Ich muss sie bekennen, damit sie mir vergeben werden. Wie soll ich außerdem zum

rechten Bußmaß finden? Bußgottesdienste mit Generalabsolution, wie das vor einigen Jahren noch üblich war, taugen meines Erachtens vor allem für Sünden der Gemeinschaft oder für Kleinigkeiten und natürlich in absoluter Todes- oder Kriegsgefahr, aber nicht, um mir jeweils einen neuen Anfang zu schenken."
Lisa sah Markus an: "Mann, wo hast du das denn her? Du redest ja wie ein Alter!"
Diesen Blick Lisas neidete Megild Markus als er fragte: "Mag noch jemand Tee?"

15

Wir hören viel, aber wir hören erst eigentlich, wenn wir die wirren Stimmen haben sterben lassen und nur noch eine spricht. Wir sehen viel, doch wir sehen erst eigentlich, wenn wir die wirren Lichter alle ausgeblasen haben und nur das eine klare, große in der Seele leuchtet. (Meister Eckhart)

Graue Nebel

"Meine Eltern sind ziemlich sauer." sagte Matthäus.
Megild sah ihn an: "Warum?"
"Weil ich so oft bei euch Papisten abhänge. Sie sehen mich schon im Vorhof der Hölle."
"Aber du hast doch gar nicht vor zu konvertieren?"
"Sie sagen mir: Sage mir mit wem du umgehst und ich sage dir, wer du bist. Ich rede schon wie ihr, sagen sie."
Sie blieben bei der Ampel stehen.
Megild: "Und?"
"Ich weiß nicht. Bei euch ist mehr los, darum bin ich auch öfter da. Wenn bei uns mehr los wäre, wären sicher auch von euch mehr da. Aber das ist kein Kriterium. Stell dir einmal vor, du wärst ständig bei uns, lebst da, betest da, bleibst aber formal in deiner Gemeinde. Wie würdest du das nennen?"
Megild zuckte mit den Schultern: "Vielleicht inkonsequent? Sonntags sind bei uns regelmäßig mindestens 5% Evangelen in der Messe. Viele gehen auch zur Kommunion. Sie sind bei unseren evangelischen

Nachbargemeinden gemeldet und zahlen dort Kirchensteuer. Weißt du, das ist nicht mein Problem. Die müssen damit klarkommen."
"Und du? Würdest du das machen?"
Megild sagte zögernd: "Ich glaub, eher nicht."
"Richtig; du hast damals, als du bei uns zu Gast warst, nicht das Abendmahl mit uns gegessen, weil du sagtest, solange wir nicht eine Kirche sind, heuchle ich hier nicht Einheit mit dem tiefsten Zeichen der Einheit. Eucharistie schafft keine Einheit, sondern feiert sie, wenn sie schon besteht. Du hast auf den ersten Korintherbrief 11 Vers 15 und folgende Bezug genommen, wo Paulus ihnen den Kopf wäscht und sagt, dass sie unter den Bedingungen der beschämenden Spaltung in arm und reich ja nicht auf die Idee kommen sollten, unversöhnt Eucharistie zu feiern, weil sie sich dadurch das Gericht essen würden."
"Naja, heucheln habe ich nicht direkt gesagt; und du hast gesagt: Als Jesus das Abendmahl eingesetzt hat, gab es nur eine Christenheit und das Mahl Abends war offen gewesen für alle Armen und darum kommst du auch bei uns zur Kommunion."
"Und du hast gesagt, dass man unterscheiden müsse zwischen dem Sättigungsmahl und dem Abendmahl unter Verweis auf dieselbe Stelle im Korintherbrief."
Megild sagte: "Du hast aber damals auch gesagt: Einheit beim Abendmahl sei keine Übereinkunftsfrage von Organisation zu Organisation, sondern die Antwort auf

den Aufruf Jesu, also Kommunion von Geist zu Geist."
Matthäus: "Du hast gesagt, das Abendmahl würde die Einheit feiern, sie aber nicht herstellen; und solange wir nicht dasselbe meinen, können wir es eigentlich auch nicht gemeinsam feiern."
Beide schwiegen und nutzten die dritte Grünphase: "Ich weiß nicht. Es kommt mir alles ein wenig wie Heuchelei vor. Das andere aber erscheint mir als ... als ... Treuebruch. Ach, ich weiß nicht!"
Beide gingen schweigend weiter: "Außerdem liebe ich meine Eltern sehr."

Bei der Tea-Time waren schon einige Leute versammelt. Megild und Matthäus setzten sich aber diesmal nicht zu ihrem Trupp, sondern suchten den Vikar auf. Der las gerade ein Märchen von Oscar Wilde vor, das von dem Riesen und seinem Garten. Eine kleine Schar vom Kleinen und Mittleren Ring saßen drum herum und hörten ihm zu. Aus dem anderen Zimmer klang Gesang herüber. Fünf, sechs mussten dort wohl zusammen sein. Der Schlag der Gitarre klang nach Markus. Matthäus und Megild setzten sich auf den Boden in die zweite Reihe. Megild kam neben Lisa zu sitzen, die er zuerst gar nicht bemerkt hatte: "Hi!"
"Gruß! Psst" Lisa legte ihren Finger auf ihren Mund.
Jetzt war das Märchen zu Ende.
"Oh, noch eins!"
"Nein, ich bin heiser."

"Oh, bitte, bitte..."
"Hier ist das Buch." Peter ließ sich auf keine zweite Geschichte ein. Er griff nach dem Tee und grüßte die neu Hinzugekommenen. Ein Teil der Traube zog mit dem Buch ab, denn ihnen schwante schon, was nun kommen würde. So sagte denn auch Rita, eine Sechzehnjährige, zu ihrer Freundin: "Komm wir gehen. Die Jünger haben sich schon in gewohnter Manier zu Füßen des Meisters niedergelassen, um zu labern. Das ist zu hoch für unsereins." Megild schnitt Rita eine Grimasse.
"Und wie geht's?" fragte der Vikar.
"'s muss." antwortete Megild. "Du, Matthäus hat da eine Frage, die ich nicht beantworten kann."
"Raus damit."
"Warum tauft ihr kleine Kinder und Säuglinge, die noch nicht mal das "Amen" dazu sagen können. Megild hat irgendwas von Ökotaufen erzählt." Der Vikar verschluckte sich, weil er lachen musste. Während er hustete, war Lisa aufgestanden: "Soll ich euch einen Tee bringen?"
Megild sagte: "Ja du, das wär' ganz lieb." Auch Matthäus nickte. Beide zogen ihre Jacken aus und setzten sich darauf.
"Megild hat wirklich nicht gut zugehört. Ich sagte "Oikostaufe". "Oikos" heißt "Haus" und spielt auf die beiden Taufen in Apostelgeschichte 16 an, bei der nach der Bekehrung des Hausvorstandes, sich das ganze

Haus taufen ließ." Der Vikar wandte sich um: "Melissa, kannst du mir bitte mal die Bibel hinter dir geben, eine Etage höher, ja da."
Melissa sah jetzt die Bibel im Regal darüber: "Ah ... bitte."
"Danke. Moment ich hab's gleich. Ah hier: 16,15 Lydia, die Purpurhändlerin und ihr Haus in Thyatira und 16,33 der Gefängniswärter und sein Haus in Philippi."
"Ja ich kenne die Stelle, aber da steht nichts von Kleinkindern."
"Diese Stellen sind indirekte Belege. Damit kann man nicht nachweisen, dass Kinder getauft worden sind. Man kann aber damit ausschließen, dass jemand sagt, Kinder seien nicht getauft worden."
"Wieso?"
"Weißt du, was Haus in der damaligen Zeit bedeutet?"
"Du wirst es mir sicher gleich erklären."
"Nun", begann der Vikar, "so ein Haus in Griechenland war eine Großfamilie unter einem Dach. Drei bis vier Generationen lebten da zusammen. Mit den Sklaven kam man auf etwa 30-50 Personen. Es ist fast ausgeschlossen, dass keine Kinder im Hause gelebt haben sollen und sehr unwahrscheinlich, dass bei der antiken Geburtenrate keine Kleinkinder und Säuglinge im Haus gewesen sein sollen. Man kann also nicht sagen, dass sich in diesem Haus ganz sicher keine Kinder befunden haben. Aber du kennst ja den Haken bei Statistiken."
Matthäus und Megild warfen gleichzeitig ein: "Ja, glau-

be keiner Statistik, die du nicht selber gefälscht hast."
"Darum kann man ebenso wenig sagen, dass sich Kleinkinder im Hause befunden haben, weil ja durch Unfruchtbarkeit oder so was, zufällig in diesem Haus keine Kinder hätten sein können. Das wäre aber als Besonderheit sicher erwähnt worden. Es ist also kein Beweis für die Kindertaufe, sondern nur einer, der sagt, dass es biblisch nicht unmöglich ist."
Matthäus erwiderte etwas irritiert: "Komisches Argument, aber geschenkt. Gut mag sein, aber etwas anderes spricht doch gegen die Taufe, wenn auch kein ausdrückliches Verbot besteht: Sonst immer in der Schrift heißt es, dass die Menschen die Botschaft hörten, sich bekehrten und dann taufen ließen. Bei der Babytaufe ist dies aber nicht möglich. Babys können die Botschaft weder hören, noch sich bekehren also auch nicht getauft werden."
"Darauf ist zweierlei zu antworten. Erstens ist die Situation damals und heute ein wenig anders. Damals war die Botschaft so neu, dass sich natürlich zuerst einzelne Erwachsene bekehrten und dem Neuen Weg folgten. Zweitens: mit den erwähnten Haustaufen hast du auch andere Signale in der Schrift, die andere Traditionen andeuten. Hier in der Apostelgeschichte heißt es, dass der Gefängniswärter fragte, was muss ich tun, um gerettet zu werden? Sie antworteten: Glaube an Jesus den Herrn, und du wirst gerettet werden, du und dein Haus."

Matthäus unterbrach den Vikar: "Wenn ich mich recht entsinne heißt es weiter: *Und sie sagten ihm das Wort des Herrn und allen, die in seinem Hause waren.*"
Der Vikar griff das Wort wieder auf: "Wichtig ist erst einmal, dass du hörst, was hier durch den Apostel gesagt ist: *Glaube und du wirst gerettet werden, du und dein Haus.* Auf den Glauben dieses Mannes kommt es also an, wie es vorher auch auf den Glauben der Purpurhändlerin Lydia aus Thyatira ankam. Sie bekehrte sich. Von der Bekehrung der anderen ist erst mal nirgendwo die Rede. Die anderen hörten das Wort und ließen sich taufen, aber wo liest du von deren Bekehrung vor der Taufe? Ganz abgesehen mal davon, dass dich die eigenartige Reihenfolge im Text stutzig machen müsste. Im Gefängnis fragt der Mann, nach seiner Rettung, dann verkünden sie seinem Haus, danach nahm er sie in dieser Nachtstunde auf und ließ sich mit seinen Angehörigen taufen."
"Es ist doch klar, dass man sich nicht taufen lässt, wenn man sich nicht bekehrt hat." sagte Matthäus.
Der Vikar sagte: "Siehst du, jetzt hast du einen Schluss gezogen, aber wo machst du das im Text fest? Du schlussfolgerst aufgrund einer neuzeitlichen individualistischen Theorie, die nichts mit der Bibel zu tun hat. Du liest es da hinein."
Megild lehnte sich zurück. Warum redet der Vikar hier so sonderbar? Warum argumentiert er nur aus der Schrift? Das macht er doch sonst auch nicht? Glaubt er

etwa, Matthäus sei so verbohrt, dass er den anderen Argumenten nicht auch aufgeschlossen sei?
Lisa hatte sich an seinen Rücken gelehnt, wahrscheinlich weil das bequemer war. Auch seinem Rücken tat es gut; außerdem roch sie gut. Lukas war leise dazugekommen. Matthäus schaute nach, fand aber an dieser Stelle nichts. Er schaute den Vikar an und fragte: "Ja und weiter? Was folgt daraus?"
"Zum ersten, dass die Reihenfolge, die du *als sonst immer in der Schrift* aufgezählt hast nur eine Theorie ist. Das einzige, was du sagen kannst, ist, dass es häufig so geschieht. Zum zweiten, dass hinter dieser Theorie eine neuzeitliche Vorstellung vom Menschen steht, die der Welt der Bibel vollkommen fremd ist. Wenn der Hausherr oder die Hausherrin sich von etwas Neuem, Gutem überzeugen ließ, entschieden sie natürlich für die anderen, die ihrer Obhut anvertraut waren, mit; denn wie sollten sie allein gerettet werden wollen? Ein Beispiel aus der Neuzeit kannst du in Afrika sehen. Dort taufen die Baptisten, die ja hier in Deutschland auch streng gegen die Kindertaufe sind, in einigen Gegenden auch die Säuglinge. Denn wenn sich so ein Ältestenrat erst einmal zu Jesus durchgerungen hat, sagen sie aus ihrem Denken völlig verständlich alle oder keiner, wir werden doch nicht unsere Zukunft nicht taufen. Dieses Modell, ein Mensch, ein völlig unabhängiges Entscheidungszentrum, ist eine neuzeitliche Erfindung, die aber auch heute nicht so unum-

schränkt herrscht, wie man gemeinhin glaubt. Kinder übernehmen zum Beispiel, nach einer gewissen Revoluzzerzeit, die Wertehaltungen ihrer Eltern, wenn diese sie einigermaßen erträglich vorgelebt haben."
"Jo, das mit den Spiegelneuronen, habe ich auch schon mal gelesen. Die Dinger, die dafür verantwortlich sind, dass am Spruch: Du bist im Verhalten ganz der Vater! was dran ist." sagte Matthäus.
Megild wollte zwar nachfragen, was das sei, aber er war jetzt etwas abgelenkt. Lisa legte nämlich ihren Kopf auf seine Schulter. Er dachte: *Will die jetzt hier abpennen oder was? Es war aber sehr, sehr angenehm und sein Herz begann hörbarer zu schlagen, wie er meinte.*
Matthäus fragte: "Na und weiter? Ich versteh nicht, worauf Du hinaus willst."
"Mensch, wenn damals ein Hausvater die Wahrheit gefunden hatte, dann hat er natürlich seine Angehörigen mitgenommen, wenn sie nichts dagegen hatten. Der Hausvater oder Patriarch im Osten oder die Matriarchin wie im Fall der Lydia war rechtliches und religiöses Oberhaupt des Hauses, des Familienverbandes nach außen. Wenn er oder sie den *Neuen Weg* ging, kamen die anderen natürlich mit, ob sie nun im ersten Moment glaubten oder nicht; denn der Glaube, der das Oberhaupt überzeugt hat, würde die Abhängigen, Kinder wie Sklaven, sicher auch noch überzeugen."
"Ja und eine Generation danach gab es nur noch Kindstaufen oder was?" entgegnete Matthäus skeptisch.

"Nein, ich will dir nur klarmachen, dass nicht jede Theorie, die uns heute als plausibel erscheint, in der Bibel gründet. Auch in unserer Kirche basiert übrigens jede Taufe auf der Erwachsenentaufe. Die Kindertaufe in breiter Form ist ein Phänomen der Volkskirche, wo alle Christen waren und Christ und Vollbürger zu sein fast identisch wurde. Ich rede hiermit auch nicht für die Kindertaufe, sondern nur gegen die Verurteilung der Kindertaufe. Origenes blickt schon zu Beginn des dritten Jahrhundert auf eine lange Tradition der Kindertaufe in Ägypten und Palästina zurück, wie wir aus einer Stelle als Beispiel in einer seiner Argumentationen wissen."
"Überzeugt haben Sie mich nicht von der Richtigkeit, aber gut. Ich glaube ich bin nicht mehr aufnahmefähig. Außerdem haben wir die anderen alle vertrieben."
Der Vikar fragte nun Megild: "Weißt du schon, wie du die Karwoche angehst? Feierst du mit dem Stamm?"
"Ich weiß noch nicht. Ich glaube nicht. Ich brauche jetzt Zeit. Wahrscheinlich stoße ich erst am Gründonnerstag dazu – zur Beichte." Er sah den Vikar tief an.
"Gut. So sei es." antwortete dieser.

Brigitte kam rüber: "Sagt mal, wollt ihr hier ein Buch schreiben? Wir warten drüben auf euch. Wir wollen gemeinsam ein wenig singen. Außerdem will Markus gleich gehen, seine Eltern kommen heute aus London zurück. Wir brauchen einen Gitarrero."

"Ach, immer ich!" maulte Megild gespielt, „Ihr braucht also nur einen Gitarrensklaven. Was meinst du Lisa?" Megild tippte mit seiner Nase an ihren Kopf.
"Ich finde es ungerecht, dass Biggi mir mein Kissen rauben will." schmollte sie.
Matthäus: "Los auf! Der Gruppenzwang, er lebe hoch!"
Brigitte sagte: "Na, keine Beleidigungen! Peter kommst du auch?"
"In zwanzig Minuten, ich bete jetzt immer die Vesper. Singt schon mal schön, ja? Ich lehre euch dann nachher vielleicht noch ein neues Lied."

Megild griff zur Gitarre und löste Markus ab. Kurz vorher fragte ihn Matthäus: "Fandest du nicht auch, dass er ein wenig schwamm?"
"Ich habe mich gewundert, warum er seine Argumente fast nur von der Bibel her entwickelte. Das ist sonst unüblich für ihn, sonst betont er immer, dass wir in der Kirche im selben Geist leben, wie die ersten Christen und dass wir darum bei der Beantwortung der Fragen von heute, nicht nur auf die Bibel, sondern auch auf die übrige Tradition zurück sehen müssen, die freilich immer gemessen werden muss am Maßstab der wichtigsten Tradition, der Bibel, den Ergebnissen der Wissenschaft und dem Lehramt."
"Er wusste vielleicht, dass ich als Methodist, das so nicht akzeptiert hätte. Du kennst ja Luthers Sola-Prinzipien, oder?"

Megild sagte: "Nur, so la, la." und musste als einziger über seinen Kalauer lachen.
Matthäus erläuterte kurz: "Luther hatte die vier Sola-Prinzipien gegen das katholische Lehramt aufgestellt. *Sola Scriptura*, also die Schrift erklärt sich selbst; und es braucht eben kein Lehramt dazu. *Sola Gratia*, allein aus Gnade sind wir gerettet, nicht wegen irgendwelcher Werke. *Solus Christus* Christus allein genügt, um gerettet zu werden. Es braucht also keine Heiligen oder andere Vermittler. Eins fehlt noch. Das fällt mir jetzt aber gerade nicht ein; ach ja, wie blöd, *Glaube allein*."
Lukas sagte: "Vielleicht noch ein kurzes, unerleuchtetes, praktisches Argument: Die Kinder starben in früheren Zeiten ja wie die Fliegen, oft nur kurz nach der Geburt. Da man aber früher, wie heute manche Sekten, annahm, dass die Taufe die Eintrittskarte in den Himmel sei, hat man die Kinder möglichst gleich nach der Geburt getauft um die Erbsünde abzuwaschen, damit nichts schiefgehen kann mit ihrem ewigen Heil. Sicher ist halt sicher."
"Hey, wollt ihr philosophieren oder was? Dafür sind die Gesprächskreise und Jugendwochenenden da. Wir wollen singen."
"Singen, singen, singen..." Immer mehr stimmten ein.
Megild sagte: "Ok ok, Friede, hey! Unter diesen Umständen kann ich nicht arbeiten. Hallo, ich sagte. Friede, ja?!"
Der Krach legte sich: "Na also, geht doch! Nummer? Und

macht mal ein bisschen Licht, man sieht ja nicht mal den Dreck unter den eigenen Fingernägeln." Lisa hielt ihm das Buch. Sie roch so gut.

Am Abend lag er auf dem Bett. Sein Kopf dröhnte. Was war das für ein Tag! Er kriegt hier die immer heftigere Krise mit dem Verein, Matthäus weiß nicht mehr, ob er Fisch oder Fleisch ist, dann labern die sich mit Kindertaufe und so einem Zeug zu. Jetzt hatte er Kopfschmerzen. Er stand auf, ließ etwas kaltes Wasser ablaufen und trank dann drei Gläser aus dem Hahn. Dann legte er sich wieder auf das Bett. Irgendwie musste er die Karwoche anders gestalten, und zwar allein. Er musste irgend etwas tun, dass ihn Gott näher brachte. Aber was? ... Ha, der Tannhäuser... danke, alter Knabe, für den Tipp... eine Wallfahrt! Schnell zog er sich um und ging zu Bett. Schnell noch sein Vater-unser, Gegrüßt seist du Maria, Schutzengel mein... Er schloss die Augen und es wurde schwarz.

16
Megilds Traum vom Ursprung der Schatten

Als sich der Druckanzug hob, hatte der Kapitän Blut im Mund. Er fühlte sich gerädert, aber er lebte. 80% der Leute auf dem Schiff hatten überlebt. Der erste Navigator saß schon wieder am Pult und rechnete. Nach dem Bildschirm zu urteilen hatten es alle Schiffe geschafft. Aber das hieß nichts. Der Kapitän trat hinzu.
"Und?"
"Schwer zu sagen. Die Bahn des Reststernes und die Auswirkungen der Raumkrümmung sind etwas instabiler und anders als angenommen. Die Astronomen sind noch am Rechnen." Jetzt kamen die Daten auf den Bildschirm. "Halleluja. Wir sind draußen mit 95%. Die anderen auch. Nur bei der Rhea sieht es nicht ganz so gut aus."
"Wieso?"
"Die können die Passage vielleicht erwischen, aber auf ihrem Kurs brauchen sie eine Passage mehr, aber dann rasen sie mit fast zwei Drittel der Lichtgeschwindigkeit durch ein Asteroidenfeld. Der Schild ist bei der

Geschwindigkeit wirkungslos und das Schwert nur schwer zu handhaben. Wir müssen versuchen von unserer jetzigen Bahn aus, so viele Meteorite und kleine Asteroiden wie möglich zu zerlegen und die Bahnparameter der bedrohlichen Trümmer zu erfassen versuchen, dann haben sie vielleicht eine etwas größere Chance."
"Unser berühmter Kanonier soll die Koordination der Aufgabe übernehmen."

Mit relativ hohen Energiedosen wurden erst einmal die kleinen und mittelgroßen Brocken pulverisiert. Der Kapitän sah den Navigator fragend an: "Was macht sie?"
"Sie testet die Waffen auf diese Distanz. Sie muss wissen, welche Energiedosis was bewirkt, um die Kanonen nachher möglichst effektiv zu bündeln. Sie sagt, die Schwerkraftfelder und die Relativgeschwindigkeiten hätten eine gewisse Auswirkung auf die Laserstrahlen, die sie genauer erspüren muss."
Jetzt trat eine gewisse Feuerpause ein. Sie wartete bis die Waffenschwingkreise wieder die volle Energie hatten. Alle fünf Schiffe feuerten gestaffelt auf den größten Brocken...

"Wie sieht es aus?
"Immer noch schlecht. Sie haben jetzt zwar keinen richtig großen Brocken mehr im Weg, aber alles was die Größe einer Faust hat, ist für sie tödlich. Und davon

gibt's noch Tausende. Wenn wir wenigstens die ganz genauen Bahnparameter der Teile und dieses Schiffes nach der Passage hätten, wäre uns viel geholfen. Aber diese Antwort liegt genau im Unschärfebereich der Rechnungen." Ununterbrochen feuerten die Geschütze. Zwar war jetzt die optimale Feuerenergie gefunden, aber ohne den ganz genauen Kurs, war das eigentlich nur Glücksspiel.

Die Stunde der Wahrheit war da. Alle Schiffe hatten die nächste Passage geschafft. Fieberhaft arbeiteten die Astronomen, während die Bordgeschütze wieder ihre Arbeit aufnahmen. Bald waren die genauen Bahndaten ermittelt. "Theoretisch können die eine stabile Umlaufbahn um das schwarze Loch einnehmen durch das Meteoritenfeld hindurch bis zum nächsten Swingby. Es gibt einige Löcher im Feld."

Der erste Durchflug verlief gut, einige Staubpartikel hatten den Schirm durchschlagen. Auch beim zweiten Mal verlief alles gut. Einer der Astronomen atmete tief durch und sagte: "Wisst ihr was? Die sind gerade zwanzig Meter an einem etwa kopfgroßen Brocken vorbeigeschossen." Beim dritten Durchflug aber hatten gleich zwei größere Brocken keine Zeit mehr sich vor dem Schiff in Plasma aufzulösen. Sie durchschlugen den mechanischen Schild und explodierten im Schiff. In einer gewaltigen Explosion löste sich das Schiff im All

auf. "Tja, das wäre auch zu unwahrscheinlich gewesen." löste der erste Navigator das Schweigen.
"Kann das sein, dass das jetzt etwas unpassend war?!" fragte der Kapitän. Der Navigator hämmerte auf seiner Tastatur herum und murmelte: "Entschuldigung."

Zwar freuten sich alle, dass auch die vierte Passage klappte, aber es herrschte eine gedrückte Stimmung. Das Wissen um Wahrscheinlichkeitsrechnung war etwas anderes, als das Wissen um den Untergang eines ganzen Schiffes mit Mann und Maus. Sie traten in das Loch ein, das der Reststern in die Wolke gerissen hatte.

Als sie diese durchflogen hatten befahl der Kapitän: Alle auf ihre Posten. Alle erschienen. Die zweite Navigatorin setzte sich auf ihren Platz und auch das fünfte Schiff, die Rhea, erschien wieder auf den Bildschirmen. Der Kapitän glaubte seinen Augen nicht trauen zu können und sah zweifelnd den Navigator an. Dieser fragte ihn: "Begreifst du noch immer nicht? Mann ist nicht Mann, und Frau nicht Frau. Sie können nicht endgültig sterben, und sie können nicht endgültig leben. Was du siehst, ist so nicht real und was real ist, siehst du so nicht. Öffne endlich die Augen und sieh nach dem Ursprung der Schatten!"

Megild richtete sich auf und sah auf die Uhr, zwei durch. Er sprang auf und hielt auch diesen dritten Traum fest.

17

*Das Böse ist nichts, und führt zum Nichts.
Auch die Dunkelheit ist nichts.
Und all dieses Nichts dieser Welt,
so mächtig es uns auch erscheint,
kann das Licht einer einzigen kleinen Kerze
nicht auslöschen, weil es eben nichts ist.* (AK)

Maria

Megild hatte sich ein Ein-Mann-Zelt gekauft. Sein Schlafsack hielt angeblich warm bis -25 Grad Celsius. Außerdem war es schon März und draußen herrschten schon angenehm feuchte 6 Grad. Als seine Mutter das Zelt sah, ahnte sie etwas. "Du willst doch nicht etwa bei diesem Wetter zelten fahren?!"
Megild sagte: "Quatsch, Mutti. Auf so eine blöde Idee würde ich nie kommen. Ich will wandern gehen."
"Sag mal, spinnst du?"
"Wieso?"
"Bei der Kälte!"
"Das ist doch nicht kalt. Außerdem gibt es Gegenden, wo es noch viel kälter ist."
"Das kommt mir hier überhaupt nicht in die Tüte. Und nachher hat mein Herr Sohn eine Lungenentzündung."
"Reg dich doch nicht auf, Mama. Du kannst mich nicht davon abhalten."
"Das werden wir ja noch sehen!" Megild verzierte weiter seine Kerze mit christlichen Symbolen. Von unten

hörte er, wie die Mutter mit dem Vater zeterte.
Er: "Was hast du denn? Er ist doch alt genug."
"Bei der Kälte?!"
"Das ist doch sein Problem."
"Nein, das ist nicht sein Problem. Das ist unser Problem. Wenn er nachher mit einer Lungenentzündung irgendwo erfriert, dann wirst auch du lamentieren. Du gehst jetzt sofort hoch und treibst deinem Herrn Sohn diese Flausen aus!"
Der Vater seufzte tief und schlurfte herauf: "Is ja schon gut."
Megild musste grinsen als es klopfte.
"Herein." Er ordnete sein Gesicht zur Regungslosigkeit.
"Hör mal, Megild, deine Mutter erzählte mir gerade, dass du vor hast, jetzt wandern zu gehen. Stimmt das?"
"Ja, das hat sie richtig wiedergegeben."
"Findest du es nicht auch etwas albern um diese Zeit wandern zu gehen? Das kann man doch auch im Sommer machen."
"Nein, dieses Wandern kann ich nicht im Sommer machen."
"Warum nicht? Mit wem gehst du überhaupt?"
"Ich werde allein gehen."
"Allein? Ich glaube deine Mutter hat wirklich recht." Sein Ton wurde scharf: "Du bleibst hier."
Megild wandte sich um, sah ihn an und sagte mit fester Stimme: "Vati, ich bin alt genug, um allein entscheiden zu können, was ich wann tue oder lasse."

Dieser entgegnete: "Solange...",
Megild sprach mit, "... du deine Füße unter meinen Tisch steckst..."
"Ich gehe auf jeden Fall, Vati." unterbrach er ihn.

Es war das erste Mal, dass es wirklich Knatsch zwischen ihm und seinen Eltern gab. Zwei Tage vor der Abfahrt war auf einmal sein Zelt und sein Schlafsack verschwunden. Zorn kam in Megild auf. Er biss die Zähne aufeinander und wollte im ersten Moment zu seiner Mutter stürzen, aber damit erreichte er jetzt nichts. Er machte sich erst einmal einen Tee und erwog, was er weiter tun wollte.

Beim Abendessen herrschte eine gespannte Ruhe. Als dann alle fertig waren mit dem Essen und gerade aufstehen wollten, sagte Megild: "Mein Schlafsack und mein Zelt sind weg. Wahrscheinlich will jemand verhindern, dass ich gehe. Ich könnte mir natürlich einen Schlafsack und ein Zelt neu kaufen oder ausleihen. Das werde ich aber nicht tun. Ich werde auch nicht im Hause danach suchen. Die Ostereierzeit habe ich hinter mir. Ich werde, wie vorgesehen losgehen, ob mit oder ohne Zelt. Mein Plan war sicher und gesund. Durch diese Abänderung kann es aber sein, dass ich wirklich krank werde. Überlegt, was euch besser scheint. Ende der Sendung. Kein Kommentar." Er räumte sein Zeug in die Spülmaschine und verschwand.

Am Abend saß Megild wieder über seiner Kerze. Es klopfte. Gespannt sagte Megild: "Herein."
Seine Schwester Susanne schob sich herein. "Willst du wirklich gehen?!"
"Mein Entschluss ist unabänderlich."
"Ich habe gesehen, wo Mami den Schlafsack und das Zelt hingelegt hat."
Megild sah sich um und sagte: "Nein, danke Susi. Das ist ein Konflikt zwischen denen und mir. Die Zeiten, wo man mir vorschrieb, wie ich mein Leben zu gestalten habe, sind vorbei, ein für alle mal. Ich bitte dich, jetzt nicht zu vermitteln! Mutti hat den Schlafsack weggenommen. Ich will mich nicht auf diese kindischen Spielchen einlassen. Wenn ich jetzt den Schlafsack selber nehme, bestätige ich das alte Rollenspiel nur. Die neuen Grenzen müssen jetzt geklärt werden, ein für alle mal. Entweder sie legt ihn wieder hierher oder ich gehe ohne ihn. *Faule Kompromisse machen aus akuten Krisen nur chronische Leiden*, wie mein Lieblingsdichter zu sagen pflegt. Mein Entschluss steht felsenfest."
Bedrückt verschwand seine Schwester wieder. Vielleicht war es wirklich unklug jetzt zu zelten. Aber erstens war ihm das egal und zweitens hatte die Mutter jetzt blank gezogen. Jetzt ging es um das Prinzip.

Später am Abend klopfte es noch einmal. "Herein!" Er wandte sich zur Tür. Die Mutter trat herein und schloss sie hinter sich. "Ja, bitte?"

Sie fing an: "Weißt du, dass du ungehorsam bist? Du legst doch sonst immer so viel wert auf Religion und Bibel. Du kennst doch das vierte Gebot: Ehre Vater und Mutter."
"Ich bin nicht ungehorsam, sondern du überschreitest deine Zuständigkeit."
"Nein, du bist ungehorsam. Deine Eltern haben dir verboten, jetzt zelten zu gehen. Du aber tust es trotzdem. Das macht mich traurig."
Megild heulte innerlich laut auf: *Die Betroffenheitsmasche! Ich krieg die Krise!* Äußerlich blieb aber vollkommen ruhig. Er legte Messer und Lineal aus der Hand und wandte sich seiner Mutter zu:
"Nein. Als ich ein Kind war, hattet ihr zu entscheiden und ich zu gehorchen, auch wenn ich etwas nicht verstand; denn ich war ein Kind und wusste nicht, was richtig und falsch für mich ist, was gut und was böse. Elterliche Erziehungsautorität endet aber, wo das Kind erwachsen, volljährig ist. Mutti, ich kann seit vier Jahren heiraten! Seit drei Jahren könntest du jetzt Oma meines Kindes sein, das zu mir Papi sagt. Ich stehe weiter unter eurer Autorität, ohne Zweifel. Ihr seid weiter meine Eltern, denen ich auch gerne Gehorsam und Dankbarkeit schulde; aber nicht mehr wie ein unmündiges Kind. Ich stehe nicht mehr unter eurer Erziehungsautorität. Euch zu gehorchen und zu ehren bin ich auch weiter gern bereit in allem, was dieses Haus und unsere gemeinsame Lebensplanung betrifft.

Ich höre auch gern eure Meinung und suche dankbar euren Rat für meine Lebensplanung; denn ihr habt mehr Erfahrungen als ich. Aber", hier machte er eine bedeutungsschwangere Pause und zählte innerlich bis drei, "nun entscheide ich über *mein* Leben, *meine* Gesundheit, *mein* Schicksal und *meinen* Lebensweg, ich allein, auch auf die Gefahr von Fehlern hin."
Megild war es gelungen diesen Text, den er sich vorher sorgfältig zurechtgelegt und sogar vor dem Spiegel geübt hatte, ganz ruhig und bestimmt auszusprechen. Seine Mutter sagte nur: "Gute Nacht, Megild." und verschwand etwas traurig.

Als er am nächsten Tag vom Spaziergang wiederkam, musste er lächeln und dachte: Jetzt nur kein triumphierendes Gesicht zeigen. Dort lag sein Schlafsack und sein Zelt. Er legte alles bereit; denn morgen, nach der Palmsonntagsmesse wollte er aufbrechen: Bibel, Kerze, Taschenlampe, etwas Waschzeug, Fahrtenmesser, Feldspaten, seine Feldflasche, Zelt, Schlafsack, etwas Wäsche zum Wechseln, einen Topf, Vitamintabletten, Streichhölzer und seinen Benzinkocher mit einer feuerfesten Brennstoffflasche. Susanne öffnete die Tür und kam herein. "Megild, hast du etwas Zeit?"
"Ja, bitte."
"Megild, wo gehst du hin?"
"Ich mache eine Wallfahrt."
"Eine..."

"Ja, du hast richtig gehört. Kennst du die kleine Kapelle Maria vom Guten Rat?"
"Ich kenne nur eine Kapelle dieses Namens und die ist mehr als hundert Kilometer von hier entfernt. Wenn du dahin laufen willst, hast du einiges zu tun. Soll ich mitkommen?"
"Nein lass mal. Ich möchte den Weg alleine gehen. Ich komme morgen auch nicht mit zu unserer Messe. Ich gehe nach St. Uschi, dort feiern sie schon um 8.00 Uhr eine. Sage bitte keinem, wohin ich gehe."
Susanne sah ihn ein Weilchen an, ergriff seinen Nacken und sagte dann:
"Wiland, du hast dich sehr verändert."

18 *Ungeheures und ungewisses Schicksal,*
rollendes Rad, von böser Art bist du,
das eitle Glück muss immer wieder vergehen;
überschattet und verschleiert ergreifst du auch mich;
durch das Spiel deiner Bosheit
geh' ich jetzt mit nacktem Rücken.
carmina burana; o fortuna, 2. Strophe

Die Schlacht im Wald

Schon seit drei Stunden lief er durch diesen Wald. Ein frischer Wind fegte durch die Kronen der Bäume. Die Winde spielten mit den grauen Hochnebelschwaden und zogen Megilds Blick immer wieder nach oben. Unwillkürlich suchte er nach den Walküren. Er musste über seine Assoziationen grinsen. Ein wenig unheimlich war ihm schon. Bisher war er immer nur tagsüber als Ausflügler im Wald unterwegs gewesen, meist zudem mit Freunden entweder im Sommer oder im Schnee. Abends saßen sie dann im Winter vor dem Kamin oder im Sommer am Lagerfeuer und erzählten einander die Märchen aus dem deutschen Wald. Zur Nacht hatte er dann ein Bett oder wenigstens einen Zeltplatz mit einem Mindestmaß an Komfort.

Doch nun würde es wohl seine erste Übernachtung hier sein, und das ohne doppelten Boden. Gespenster tauchten auf, Wölfe, Räuber, Mörder, Vampire. Er musste lachen. Doch so ganz lustig fand er diese Gedanken nun auch wieder nicht. Er wollte auf andere Gedanken kommen, denn er machte ja eine Wallfahrt. So versuchte er sich eines der Texte zu entsinnen, die heute vorgelesen worden waren. Als ihm das nicht hinreichend gelang, griff er im Laufen nach links hinten und zückte seine Nahkampfbibel. Sie befand sich gleich oben in der kleinen Außentasche seiner Kraxe. Dieses Exemplar passte notfalls auch in die Hosentasche. Megild hatte auf einem Blatt die Texte der nächsten Tage vermerkt. Heute war ein langer Text dran; die Heilige Woche hatte begonnen. Diesen konnte man gut für den Weg aufteilen. Mt 26,14-27,66. Er blätterte, blieb stehen und begann halblaut den Text aus der Bibel zu murmeln:

Darauf ging einer der Zwölf namens Judas Iskariot zu den Hohenpriestern und sagte: Was wollt ihr mir geben, wenn ich euch Jesus ausliefere? Und "sie zahlten" ihm "dreißig Silberstücke". Von da an suchte er nach einer Gelegenheit, ihn auszuliefern.

Der Text traf ihn ins Herz. Tränen kamen ihm. Er rief laut: "Judas, warum tust du das?" und nach einer Weile leiser und nachdenklicher: "Warum?" In Gedanken ging das Überlegen weiter: Bin ich nicht Judas? Bin ich nicht gerade dabei den Herrn zu verraten für diese scheiß Zweifel? Nein, ich will kein Verräter sein. Ich will es

nicht. Er stampfte vor sich hin. Dreißig Silberstücke. Wie viele verraten ihn für dreißig Silberlinge, für ihre Karriere, ihren Besitz, für Selbstverwirklichungsphantastereien. Im Schuh hatten sich Blasen gebildet. Er hatte es provoziert als er sich ein neues Paar Strümpfe angezogen hatte. Er wollte selber ein Stück dieser Tannhäuser werden, der büßte. Soweit zu gehen, ein härenes Gewand zu kaufen, wollte er doch nicht. Er hatte noch nicht mal eine Ahnung, woher man so ein kratziges Bußgewand aus dem Haar kilikischer Ziegen beziehen könnte. Aber es gab ja auch andere Arten der Kasteiung. Er dachte sich: *Gott muss mich doch hören. Warum redet er nicht mit mir. Sieht er nicht das ich leide? Ist es ihm egal? Wo bist du? Bist du nicht der, den sie den Barmherzigen nennen?! Komm und zeige Dich!* Megild blieb stehen und rief in die Wolken hinein: "Ich will dich sehen! Hallo, hörst du mich! Haaallooo!"
Er musste lachen und ging weiter. *So die nächsten tausend Schritte gehe ich ganz bewusst für Gott. Eins, zwei, drei...du bist blöd, Megild ... vier, fünf, ... sau-dumm ... sechs ... dreihundertsechsundachzig, nee fünfundachzig, ach dreihundertundachzig ... sechshundert.*
Megild blieb stehen, knöpfte seine Feldflasche von der Seite nahm einen Schluck, befestigte sie wieder, *sechshunderteins... neunhundertachtundneunzig, neunhundertneunundneunzig*
"Hallo, Tausend."
Er lief weiter. Schritt für Schritt. Er musste heute bis an

den Waldrand kommen, denn er hatte kein Wasser mehr. Auch das war kein Zufall. Er wollte fragen müssen, aber nicht heute.
Warum hat Judas Jesus verraten? fragte er sich. Er hatte verschiedene Deutungen gehört. Die Sache mit dem Dieb im Johannesevangelium. Andere sagten, weil er als Zelot enttäuscht war, dass Jesus nach dem Einzug in Jerusalem nicht die Herrschaft an sich gerissen und den Römern eine auf die Mütze gegeben hat. Er selber sagte sich, dass Judas Jesus vielleicht hat zwingen wollen, seine Macht zu zeigen. Aber all das befriedigte ihn nicht. Aber vielleicht wollte Megild auch nur nicht akzeptieren, dass Judas einfach böse gehandelt hat, einfach nur dem Bösen nachgegangen ist. Hatte er selber nicht oft genug solche, einfach nur ganz bösen Impulse? Warum haben die Nazis so viel Elend über die Menschheit gebracht? Warum produzieren und stützen die US-Amerikaner in Südamerika so viel Ungerechtigkeit und Menschenverachtung? Wenn es Gott gibt und wenn die Welt einen Sinn hat, warum gibt es dann das Böse? Das war die Frage. Er blieb kurz stehen und dachte: *Ist das wirklich meine Frage?*
Ihm war als würde er beginnen nur noch mit dem Kopf zu denken. Das Herz schaute ratlos zu, wie er sich einen Weg durch ein Dickicht bahnte; aber stimmte die Richtung?
Theoretisch war ihm das mit dem Bösen in der Welt schon klar. Wenn Menschen nicht wirklich zwischen

Gut und Böse wählen könnten, wären sie auch nicht wirklich frei, sich für oder gegen Gott zu entscheiden. Sie wären damit auch nicht frei, ihn zu lieben. Diese innere Freiheit, die der Mensch mit Gott und den Engeln gemein hat, ist aber die Voraussetzung dafür, dass der Mensch lieben kann; denn Bedingung echter Liebe ist ja das freie Ja-sagen zum Anderen in seiner Andersartigkeit. Damit konnte der Mensch aber auch Nein zu Gott sagen und damit eintreten in das Reich Satans. Beide von ihnen hatten ihre Strukturen in der Welt, um Menschen für sich zu gewinnen. Gott hatte seine Kirche, das Gewissen, die Schöpfung, die Freiheit und Liebe, Ordnung im Genuss und Macht als Vollmacht, als Angebot dem Menschen dargeboten.
Satan lockte mit schnellem Spaß statt andauernder Freude, Macht als selbstgenügsamer Anmaßung, schneller Befriedigung außerhalb der Ordnung. Aber vor allem nutzte Satan die menschliche Schwachheit aus, auch im Guten das Böse zu sehen und zu tun. Er war der Lichtengel, der gegen die rechte Ordnung Angstordnungen aufbaute, Verwirrung stiftete und Irrlichter setzte sowie Abhängigkeiten erzeugte.
Auf primitiver Ebene war es das blanke Verbrechen. Alle die organisierte Kriminalität und Ausbeutung von Menschen, alles, was Menschen abhängig machte, die Korruption, die mit ihren subtilen Schlingen auch nach der legalen Macht griff. All das war letztlich ein Angriff auf den Menschen und seine Würde, letztlich auf Gott

selber. Megild konnte sich nicht vorstellen, dass ein Mafioso auch Heil erlangen konnte. Wer in solchen Organisation starb, sich nicht von ihnen losgesagt hatte, war verloren. Satan arbeitet mit Mitteln, die den Menschen zu Fall brachten, ihn unter seine Würde sinken ließen. Gott aber richtete Menschen auf und schenkte die Möglichkeit, umzukehren, selbst dem bezahlten Mörder und dem Dealer, der vom schleichenden Tod und der Zerstörung der Schicksale seiner Kunden lebte und dem Zuhälter, der die Frauen in Abhängigkeit für sich arbeiten ließ. Selbst diese Menschen wären nicht ausgeschlossen, wenn sie von den Werken, die sie für Satan taten, abließen. Der einzige für Megild plausible Grund, warum Gott die Bösen nicht schon jetzt in dieser Zwischenzeit vernichtete und selbst nur selten in diese bösen Strukturen strafend eingriff war, dass er den Menschen Zeit geben wollte, sich zu bekehren.

"Aber so viele Unschuldige leiden dann. Es ist ja schön, dass du keinen zum Heil zwingen willst, aber so setzt du das Gute doch nie durch! Menschen ändern sich nur schwerlich, eigentlich erst, wenn sonst die eigene Vernichtung ins Haus steht, und dann auch – wenn überhaupt – nur widerwillig."

Megild sah auch nicht, wie einerseits menschliche Liebesfähigkeit erhalten bleiben und andererseits das Böse in der Welt verschwinden sollte. Es hing alles an

dieser blöden Freiheit, die jeder Mensch hatte. "Aber wer Böses tut, glaubt doch nicht an Gott. Ihm ist es doch letztlich egal. Klar, wenn Megild sich vorstellte, in was für einer beschränkten Welt des Luxus und der Angst diese Menschen lebten, dann würde er auch nicht mit ihnen tauschen wollen. Aber diese Menschen zogen andere mit in den Bannkreis des Bösen. Sie waren die eigentliche Macht dessen, der selber nur Macht vortäuschen konnte. Diese bösen Menschen hatten keine blasse Ahnung von der Gegenwart Gottes. "Du bist doch für sie nur eine Luftblase der Schwachen, über die sie lachen, wenn sie davon hören. Und dass ihre Ängste nur Vorboten ihrer ewigen Zukunft sind, kommt denen doch nicht in den Sinn; denn jeder Unbußfertige erleidet ewig die Folgen dessen, was er angerichtet hat."
Megild dachte: *Und ich sitze mal wieder zwischen allen Stühlen. Ich bin nicht böse und nicht gut. Ich atme weder die Luft Satans, noch die Luft Gottes. Ich ersticke einfach. Das ist doch alles Gesäßpaste!*
Jetzt war eingetreten, wovor er sich gefürchtet hatte. Diese blöden Grübeleien gingen wieder los. Was kümmerten ihn jetzt diese lebenden Leichen, die die anderen Schwachen mit Tod überzogen. Die würden schon ihre Strafe bekommen – wenn es den Richter denn gab. Was kümmerten ihn auch die Heiligen. Die hatten es geschafft – wenn es den Richter denn gab.
"Doch ich stehe dazwischen! Oh Gott, ich stehe auf

einer dünnen, schmelzenden und knisternden Eisplatte, die das Reich der Hölle auf Erden von meiner Welt trennt. Ich schwebe hier in dieser Anderwelt und habe nur einen dünnes Fädchen in der Hand, das ich nicht einmal richtig zu fassen kriege. Und das soll mich retten?!"
Er streckte Gott die Bibel entgegen.
"Das ist doch keine Sicherheitsleine. Ich darf gar nicht nach unten schauen, dann wird mir schlecht!"
Er nahm den Arm wieder herunter, schloss die Augen öffnete sie wieder. Eine Träne stand in seinen Augen als er schrie:
"Herr! In mir ist Krieg", leise aber bestimmt schloss sich an, "und Nacht! Zwei Heere sind in mir aufeinander geprallt. Ich weiß weder wer kämpft, noch wer gewinnt. Wo sind die Banner?! Ich höre im Nebel nur das Klirren der Waffen und weiß: es geht um mein Leben."

Er öffnete die Bibel und las weiter im 26 Kapitel:

17Am ersten Tag des Festes der Ungesäuerten Brote gingen die Jünger zu Jesus und fragt Wo sollen wir das Paschamahl für dich vorbereiten? 18Er antwortete: Geht in die Stadt zu dem und dem und sagt zu ihm: Der Meister lässt dir sagen: Meine Zeit ist da; bei dir will ich mit meinen Jüngern das Paschamahl feiern. 19Die Jünger taten, was Jesus ihnen aufgetragen hatte, und bereiteten das Paschamahl vor.

²⁰Als es Abend wurde, begab er sich mit den zwölf Jüngern zu Tisch. ²¹Und während sie aßen, sprach er: Amen, ich sage euch: Einer von euch wird mich verraten und ausliefern. ²²Da waren sie sehr betroffen, und einer nach dem andern fragte ihn: Bin ich es etwa, Herr? ²³Er antwortete: Der, der die Hand mit mir in die Schüssel getaucht hat, wird mich verraten. ²⁴Der Menschensohn muss zwar seinen Weg gehen, wie die Schrift über ihn sagt. Doch weh dem Menschen, durch den der Menschensohn verraten wird. Für ihn wäre es besser, wenn er nie geboren wäre.
²⁵Da fragte Judas, der ihn verriet: Bin ich es etwa, Rabbi? Jesus sagte zu ihm: Du sagst es. ²⁶Während des Mahles nahm Jesus das Brot und sprach den Lobpreis; dann brach er das Brot, reichte es den Jüngern und sagte: Nehmt und esst; das ist mein Leib. ²⁷Dann nahm er den Kelch, sprach das Dankgebet und reichte ihn den Jüngern mit den Worten: Trinkt alle daraus; ²⁸das ist mein Blut, das Blut des Bundes, das für viele vergossen wird zur Vergebung der Sünden. ²⁹Ich sage euch: Von jetzt an werde ich nicht mehr von der Frucht des Weinstocks trinken, bis zu dem Tag, an dem ich mit euch von neuem davon trinke im Reich meines Vaters.

Er steckte die Bibel wieder weg. Bei den ersten paar mal lesen, hatte er immer gedacht, der arme Judas, es war doch vorherbestimmt. Er dachte immer: dann hat er ja

gar nicht anders handeln können. Aber er wurde belehrt, dass dies ein neuzeitliches Missverständnis von Prophetie und Vorsehung war. Er erinnerte sich an jenen Bibelkreis. Der Vikar sagte: "Als erstes gibt es einen ganz wichtigen Schlüssel in der Bibel und im Glaubensleben. Dieser Schlüssel heißt Freiheit, genauer eigentlich noch: Befreiung. Damit gehen zwar nicht alle Schlösser in der Bibel auf, aber die meisten. Manchmal braucht man noch einen anderen, den Generalschlüssel, die Liebe. Den lernt man aber erst handhaben, wenn man den ersten verwenden kann. Sonst verwechselt man die wahre Liebe zu leicht mit den Nachahmerprodukten. Ein Text muss euch zu größerer innerer Freiheit und damit Liebes- und Bindungsfähigkeit führen. Wenn ein Text euch droht, euch Angst macht oder fatalistisch, dann habt ihr noch nicht verstanden, was Gott damit sagen will."
"Was ist fatalistisch?"
"*Fatum* ist lateinisch und heißt *Schicksal*. Bei vielen Völkern gab es einen strengen Vorherbestimmungsglauben. Die Götter haben demnach für jeden genau etwas festgelegt und die Freiheit ist nur eine menschliche Einbildung. Eine Beispiel habt ihr im Sagenkomplex um Ödipus. Als Ödipus erwachsen ist, erfährt er unter ziemlich dramatischen Umständen von der Pythia in Delphi, dass er vom Schicksal bestimmt ist, seinen Vater zu erschlagen und seine Mutter zu schwängern. Das sind zwei Verbrechen, die in fast allen

Kulturen mit als die schlimmsten Vergehen überhaupt betrachtet werden. Um seinem Schicksal zu entgehen, kehrt er nicht in das heimatliche Königshaus in Korinth zurück, sondern flieht. Unterwegs kommt ihm ein Wagen mit drei Männern entgegen. Da keiner dem anderen den Vortritt lassen will, kommt es zum Kampf. Ödipus erschlägt zwei der drei und zieht weiter. Einige Zeit später befreite er Theben von der Sphinx, heiratet zur Belohnung im nächsten Ort die Königin, deren Mann vor kurzem erschlagen worden war, und zeugt mit ihr Kinder. Dann kommt eine Pest über das Land und man sucht nach dem Schuldigen. Es stellt sich heraus, dass Ödipus das Kind war, was man dereinst ausgesetzt hatte, um die Verheißung des Schicksals zu durchbrechen, dass dieser dereinst seinen Vater töten und seine Mutter heiraten würde. Er war dann als Findelkind im benachbarten Königreich aufgewachsen. Solche Geschichten gibt es ähnlich in vielen Völkern. Das ist aber nicht das Verständnis des alten Israels oder der Kirche von Prophetie und Vorherbestimmung."
"Ja, wie sind denn die Prophezeiungen dann zu verstehen?"
"Israel hat eine Geschichte und entdeckt in ihr immer mehr, dass Gott an ihm handelt. Dieser Gott hat einen Plan für Israel, einen Heilsplan. Israel erfährt aber auch, dass es immer wieder von diesem Gott abfällt, nicht das tut, was Gott will. Das wäre nach einem strengen Vorherbestimmungsglauben im eben beschriebenen

Sinne unmöglich. Der Mensch könnte gar nicht anders handeln als Gott es will, er wäre nicht frei dazu; er wäre nur eine Marionette Gottes, die sich einbilden könnte, frei zu sein. Dann machen aber auch Strafen und Verheißungen keinen Sinn."

"Aber Gott könnte doch wissen, vorher wissen, wie die Menschen sich entscheiden und seinen Plan darauf abstellen."

"Ein solches Modell macht aus Gott einen innerweltlichen Supercomputer, der alles vorherberechnen kann, um dann sein Programm durchzuziehen. Freiheit wäre trotzdem Illusion."

"Könnte mir mal einer erklären, was das jetzt noch mit unserem Prophetentext zu tun hat?"

"Wir versuchen uns gerade klarzumachen, wie die Offenbarung Gottes nicht gemeint ist, damit wir sein Wort nicht willkürlich lesen, sondern so, wie Gott es für uns gemeint hat.

Also es bleibt festzuhalten: Das Verständnis der Einzeltexte darf dem Gesamtverständnis nicht widersprechen. Gott will die Schöpfung und den Menschen wieder mit sich versöhnen und Schöpfung und Menschen aus der Sklaverei der Sünde heraus wieder in die heile Beziehung mit sich führen, in die Gerechtigkeit also. Das will er aber nicht gegen den Menschen, sondern mit ihm machen. Dies geschieht in der Liebe. *Himmel* ist ein anderes Bild für dieses *ganz bei Gott sein*. So, das wäre das erste."

Lukas hatte dann übernommen, denn auch er hatte sich seine Gedanken dazu gemacht. "In der Bibel sind Geschichten aufgeschrieben, in denen Menschen ihre Beziehungen zu Gott ausdrücken und die Entwicklung dieser Beziehung, und wie sie die Beziehung Gottes zu den Menschen erfahren. Dazu werden viele literarische Formen verwendet; für unsere Fragestellung der Prophetie in unserem vorliegenden Text hier sind zwei Formen wichtig. Die Typologie und die Apokalyptik."
Lukas sah den Vikar an.
Dieser sagte: "Lass bitte die Fremdwörter weg oder erkläre sie."
"Gut. Ein Typos ist ein Vorbild eines Geschehens. Das nimmt man, um künftiges Geschehen zu verstehen. Beispiel: Die Schlachtung der Osterlämmer in Ägypten. Warum geht der Engel der Vernichtung an den Häusern vorbei, die ein bisschen Blut an den Balken geschmiert haben? Hat er Angst vor dem Blut, das er jetzt gleich tausendfach vergießen wird oder kennt Gott die Seinen nicht? Christen lesen diese Stelle so: Im Tod der unschuldigen Lämmer und im Blut am Holze der Türen wird das Leiden und Sterben Jesu am Holze des Kreuzes, der Tür zum wahren Leben, als Bild vorweggenommen, damit wir heute verstehen können, was da auf Calvaria geschehen ist. Der Engel der Vernichtung damals schreckte zurück, weil er schon die wahre Bedeutung dessen sah, was für die Menschen noch verborgen in der Schlachtung der Lämmer und dem Blut

am Türsturz in seiner wahren Bedeutung ausgedrückt worden war. Oder der Durchzug durchs Rote Meer. Wo Israel aus tödlicher Gefahr und sklavischer Knechtschaft auf Gottes Wort hin durch ein Meer hindurch lief und am anderen Ende gerettet und befreit ans Land und in die Verheißung trat. Die aber, die nicht auf Gottes Geheiß, sondern aus eigenem Willen und um zu töten und zu versklaven in das Meer rannten, diese verschlang der Tod. Das Meer war ja in der Antike der Ort der lebensfeindlichen Chaosungeheuer und Symbol des Todes schlechthin.
Diese Durchzugsgeschichte erzählen wir doch heute nicht nur, weil sie so schön krass klingt. Christen erkennen, dass sie es sind, die Jesus in der Wolkensäule nachfolgen. Alles in mir, was zu Gott gehört, entrinnt der Macht des Todes und der Versklavung. Die Sünde des alten Menschen aber, die mich immer wieder versklavt und letztlich töten will, ihre Macht kommt in den Fluten der Taufe um. Ich bin mit Christus auf seinen Tod getauft, damit ich jetzt schon in dieser Welt in seinem Himmelreich lebe. Jetzt in dieser Zwischenzeit noch in Glaube, Hoffnung und Liebe, dann aber offenbar in Macht und in Herrlichkeit.
Die Bibel ist voll solcher Vorbilder. Bis zum Mittelalter nahm man an, dass alle Stellen des Alten Testamentes so von Jesus sprächen. Man schränkte Prophetie also stark auf diesen Vorherbestimmungsaspekt ein. Von daher wird auch verständlich, warum einige Leute in

späterer Zeit zu einer Vorhersehungs- oder Prädestinationslehre kamen, die in den Köpfen vieler mit denen einiger Lehren der heidnischen, griechischen Antike fast identisch waren. Ich glaube auch, dass alle Texte in der Bibel von Jesus sprechen, aber nicht so wie das bis zum Mittelalter von vielen geglaubt wurde, das heißt nicht so eingeengt auf den historischen Jesus von Nazareth.
Für mich sind die vielmehr Vorbilder auch für den ganzen Leib Christi, für die Kirche, gegeben; denn nicht alle Prophezeiungen der Schrift über den Messias sind eingetroffen. Manche widersprechen sich sogar, zum Beispiel sprechen einige Texte von zwei Messiassen, einem politischen, das schwingt im Titel Sohn Davids mit, und einem religiösen, davon lesen wir in Deuteronomium 18,15 und folgenden Versen. Aber nur Menschen ohne Erkenntnis können denken, dass sich die Bibel in dem Sinne widerspricht, wie wir heute von Widerspruch sprechen. An Jesus sollte sich zeigen, wie die Bibel auch von uns zu benutzen und zu verstehen ist, damit wir dadurch immer stärker verstehen, wer dieser Jesus ist und was er gemacht hat und heute tut."

Megild nahm die Kraxe ab und setzte sich auf einen Baumstumpf; denn diese Erinnerungen waren ihm jetzt doch wichtig.
"Beispiel: Mir begegnet in meinem Leben Unverständliches vielleicht sogar, Böses, was mich von

Gott wegführt. Vielleicht weil ich die Schrift selber kenne - oder weil es mir im Gespräch mit Leuten, die die Bibel sehr gut kennen, geschenkt wird - erkenne ich nun, dass mich irgendeine Stelle in meiner Situation anspricht. Wenn ich zum Beispiel merke, wie meine Arbeit und Karriere meine Familie zerreißt, vielleicht begreife ich dann, dass ich der reiche Jüngling bin, dem Jesus in Lukas 18,22 sagt, *Verkaufe, was du hast, und gib das Geld den Armen... Dann komm und folge mir nach!* Jesus sagte das nicht zu jedem. Das hat er noch nicht einmal von seinen zwölf engsten Mitarbeitern verlangt. Denn diese gingen zunächst unmittelbar nach seinem Tode wieder ihrer Arbeit nach. Das heißt, sie hatten noch ihre Boote und Netze. Nicht jede Stelle gilt für jeden gleich. Darum können auch nur Unerleuchtete sagen, die Bibel widerspräche sich. Nein, es sind Blickpunkte und Aspekte für jeden Menschen dabei, damit jeder in jeder Generation seinen Weg mit Gott erkennen und ihm folgen kann. Nicht jeder ist zum Wanderapostel berufen, nicht jeder zu radikaler Armut. Nicht jeder muss heiraten, nicht jeder zölibatär leben, um auf seinem Weg mit Gott zur Vollendung zu kommen. Aber jeder hat seine Berufung, die er finden muss. Jeder hat seine Vorbilder in der Bibel, die ihn auf Gott hinweisen. Insofern glaube ich, dass die ganze Bibel von Christus und seinem geheimnisvollen Leib spricht, der Kirche.

So war das auch mit den ersten Christen. Sie haben die

Erfahrung gemacht, dass einer von ihnen, einer sogar aus dem Zwölferkreis ein Schwein war. Er hat die absolute Liebe, die Vollkommenheit der Zuwendung Gottes zu den Menschen, verraten für dreißig Silberlinge, für Dreck. Wie sollte man damit umgehen?
Die junge Gemeinde begriff nun, dass das Böse aus der Gemeinschaft der Heiligen nicht weg war. Auch die Freiheit der Christen bleibt immer dadurch bedroht, dass sich jeder jederzeit für das Böse entscheiden kann und das selbst im Angesicht der absoluten Liebe Gottes. Sie fanden diese Stelle in der Schrift. Judas war nicht notwendig, damit das Schicksal Jesu erfüllt würde. Vielleicht hätten die Spitzel der Hohenpriester ihn früher oder später auch so entdeckt. Aber das, was hier geschehen ist, gleich am Anfang, dass ein Mensch aus ihrer Mitte sich entschließt das Böse gegen den absolut Guten zu tun, einer, der Jesus selber kannte, ihn angefasst, ihn gehört hatte, das war es, was sie so erschüttert hat. Aber sie fanden eben dieses Vorbild, diesen Typos in der Schrift. Sie erkannten, der Mensch hat diese Möglichkeit zum Bösen. Der Mensch hat sie nicht, weil sie in der Schrift steht, sondern die Schrift macht dem Menschen deutlich, wie weit seine Vollmacht reicht Gutes zu tun oder Böses. Im übrigen glaube ich persönlich, selbst Judas hätte Erbarmen vor Gott finden können, wenn er daran geglaubt hätte. Das, warum es für Judas besser gewesen wäre, nie geboren zu sein, ist meines Erachtens die Tatsache, dass er nie fähig oder

willens war, sich diesem grenzenlosen Erbarmen Gottes in Jesus ganz auszuliefern, solange er noch gegenwärtig war. Jesus sah deshalb auch, dass dieser ihm erst recht dann nicht würde trauen können, wenn Jesus tot sein würde, durch Judas' Schuld ausgeliefert. Judas nahm ja auch zum Schluss selbst sein Schicksal in die Hand und erhängte sich, wie es in Matthäus 27,3-10 heißt. Prophetie heißt darum für mich: Gotteswort erscheint jetzt und hier für mich; entweder als Schriftwort, was mir jetzt zugesagt wird, oder als ein Bild oder als ein Wort eines Menschen für mich, dass mir als Typos, also als Vorbild der Wahrheit dienen kann, um meine oder auch unsere Situation besser zu verstehen. So kann mir der Typos da weiterhelfen, wo ich stehe, meinen Weg mit Gott zu finden.
Auch heute gibt es Menschen, die Seite an Seite mit uns leben, arbeiten und lieben – und die trotzdem heute den Grundstein dafür gelegt haben, wie sie uns morgen verraten werden."

Megild starrte ins Unendliche. Leise sprach er vor sich hin: "Es gibt halt die Möglichkeit zum Bösen, weil sie die Kehrseite der Medaille der Möglichkeit zur Liebe ist. Der Mensch kann sich mit seinem Leben für oder gegen Gott entscheiden. Gott akzeptiert die Entscheidung des Menschen, selbst die Letzte gegen ihn, so weh ihm diese Entscheidung des Einzelnen auch tun mag. Diese Annahme und Bestätigung meiner

Lebensentscheidung durch Gott nennt die Bibel Gericht. Das Böse und das Gute sind die zwei Banner. Das sind die zwei Heere. Das ist die Schlacht in mir."

Er stand auf und schritt rüstig aus. Nach seiner Karte, müsste er da vorn nach der Biegung das Ende des Waldes sehen. Dem war auch so. Er suchte nun im Unterholz dieses Laub-Misch-Waldes eine kleine, versteckte Lichtung und wurde auch bald fündig. Auf der kleinen, leider etwas moosigen Wiese baute er sein Zelt auf und sicherte es gegen etwaigen Regen. Das Holz und die Wiese ringsum waren feucht. So meinte er es verantworten zu können, hier ein kleines Feuer zu entzünden. Er hob in einem kleinen Kreis die Grasnabe ab und legte die Grasstücke rings um das entstehende Loch als Wall auf mit dem Gras nach unten. Mit seinem Fahrtenmesser kappte er dann einige kleine Birken in der Nähe und zerhieb sie in handliche Stücke. Zum Anmachen nahm er auch etwas Nadelgehölz, obwohl die Birke ja auch so gebrannt hätte.

Es qualmte zwar anfangs mächtig, aber nach einer Weile hatte er ein kleines Feuer, dass sich selber erhielt. Das feuchte Holz, das er rings um das Feuer gesteckt hatte, trocknete denn auch schon gut an, bevor er es hineinwarf. So allein am Lagerfeuer, das hatte auch was, wenngleich es mit Freunden doch schöner wäre. Als nur noch Glut vorhanden war, hob er in der Nähe ein kleines Loch aus und übertrug die Restglut mit seinem Feldspaten. Dann warf er eine dünne Schicht Erde darüber. In klassisch-männlicher Weise verhinderte er einen möglichen Waldbrand. Anschließend zog er sich in sein Zelt zurück, verrammelte den Eingang mit seiner Kraxe und vergrub sich in seinem Schlafsack, der wirklich ziemlich warm war. Als er nun in dieser Nacht in diesem Walde so allein da lag und den unsichtbaren und fremden Stimmen der Nacht lauschte, war ihm schon etwas unheimlich zumute. Hier sollte es wieder Wölfe geben. Diese fraßen aber keine Menschen – sagte man. Aber wussten die Wölfe das auch? So hielt er denn sein Fahrtenmesser fest in der Hand als er bei seinem Vater-unser einschlief.

19

Wenn ihr nicht sät und hingebt, was ihr liebt,
werdet ihr nicht erlangen, wonach ihr euch sehnt.
Dies ist das alte Gesetz von Aussaat und Ernte.
(AK)

Mahlgemeinschaft

Als Megild sich erhob, hatte er Kopfschmerzen. Seine Kehle war trocken wie eine Scherbe. Er packte alles zusammen. Schon wollte er losgehen, da kam ihm eine Idee. Er setzte den Rucksack noch einmal ab. Schnell war ein Bäumchen gekappt und entzweigt, "das sowieso ausgelichtet werden würde". Sein Fahrtenmesser war ein halbes Beil. Es hatte ja auch einiges gekostet, nichtrostender Chrom-Vanadium-Stahl. Er würde heute zwar solche Summen für ein bisschen Blech nicht mehr ausgeben, aber jetzt er war doch froh, dieses Messer zu haben. Rasch hatte er ein Kreuz mit etwas Schnur zusammen gebunden. Er spitzte es unten noch etwas an und rammte es in den Boden. Mit ein paar Steinen sicherte er es gegen allzu schnelles Umfallen. Er betete ein Gesätz des Rosenkranz und zog los.

An den ersten Häusern ging er zögerlich vorbei. Aber irgendwann fasste er doch Mut und klingelte. Eine Frau erschien an der Tür. Megild rief ihr von der Tür des

Vorgartens zu: "Könnte ich bitte an ihrem Wasserhahn da meine Flasche nachfüllen?" Er wies auf einen Wasserhahn, der außen an der Mauer an der Wand angebracht war, wahrscheinlich zum Rasensprengen.
"Ja, kommen Sie rein. Es ist offen." Megild ging hinein, setzte den Rucksack ab und öffnete den Hahn. Er machte sich ein wenig frisch, spülte die Flasche aus und füllte sie mit Wasser. Dann trank er daraus in großen, gierigen Zügen ein paar Schluck. Die Frau trat heran. Sie sah ihn an und sagte: "Sie sehen nicht aus, wie ein Penner. Was machen Sie, wenn ich fragen darf?"
Megild antwortete: "Ich mache eine Wallfahrt."
"Eine was?"
"Ich wandere zu einer kleinen Kapelle hier in der Nähe, um dort eine Kerze aufzustellen und zu beten."
Sie schaute ein wenig ungläubig.
"Sind sie von irgendeinem buddhistischen Orden oder so 'ner esoterischen Sekte?"
Megild lachte:
"Nein, ich bin katholisch getauft, gehe sonntags zur Kirche und zahle brav meine Kirchensteuer."
"Und sie sind allein?"
"Ja."
"Das interessiert mich. Haben Sie schon gefrühstückt?"
"Nein."
"Wollen Sie etwas frühstücken?"
"Wenn es keine allzu großen Umstände macht."
"Kommen Sie bitte herein."

"Wissen Sie, ich bin auch katholisch. Ich bin aber letztes Jahr aus der Kirche ausgetreten, weil ich mit dem, was die Institution Kirche macht, nicht einverstanden bin. Ich kann mich damit nicht identifizieren. Das ist eine verlogene Bande. Mich würde nun interessieren, was einen jungen Mann dazu treibt, solche Sachen zu tun? Sie sehen geistig eigentlich ganz normal aus", begann die Frau als alles am Tisch in der Wohnküche stand, "Sie entschuldigen meine Offenheit."
Megild nahm viel Milch in seinen Kaffee, damit er ihn hinunter bekam. Während er so sein Brot schmierte, sagte er: "Wissen Sie. Ich bin auch lange nicht zur Kirche gegangen bis ich achtzehn war. Dann fing ich wieder an. Bei uns in der Gemeinde ist viel los. Außerdem suchte ich nach einer vernünftigen Gestaltung des Sonntags. Mit der Zeit aber kam dazu, dass ich immer stärker nach dem Sinn meines Lebens suchte. In unserer Gemeinde finde ich wahnsinnig viele Möglichkeiten, mich mit anderen darüber zu unterhalten. Warum glauben die anderen an Gott, warum ich? Glaube ich überhaupt."
Er biss in seine Erdbeermarmeladenschnitte, nahm einen Schluck des dampfenden Kaffees und fuhr dann fort: "Ich merkte immer stärker, dass die Kirche einen großen Schatz hat, den sie aber irgendwie nicht an die Leute bringt. Aber irgendwann hatte ich den Sonntagsglauben satt."
Megild suchte jetzt für Umschreibungen seines

Problems, da er mit dieser Frau, die er ja überhaupt nicht kannte, nicht gleich von seinen Zweifeln reden wollte. Er fuhr fort: "Wenn es Gott schon gibt, dann soll er nicht nur Sonntags mein Leben durchdringen, sondern immer, zu jeder Stunde. Bei uns in der Gemeinde ist ohne Zweifel viel los, aber in diesem Jahr, genügte mir das nicht. Ich will endlich Gott so kennen lernen, wie er mir in der Bibel dargestellt wird, als den lebendigen Gott. Darum mache ich diese Wallfahrt. Ich begebe mich auf den Weg. Übrigens ist das auch ein Bild für Kirche für mich: gemeinsamer Weg zu Gott. Gott ist dabei unser Ziel und er begleitet uns. Er geht mit uns und dadurch verwandelt er uns. Ich erfahre Kirche in unserer Gemeinde als lebendige Gemeinschaft."
"Aber der Papst immer mit seinen vollkommen weltfremden Forderungen und Sprüchen zur Familienplanung. In Indien verhungern die Menschen, weil sie sich ungebremst vermehren."
"Gerade in Indien ist die Geburtenrate in dem einzigen größeren christlichen Gebiet am niedrigsten. Oder nehmen sie auch Südamerika. Allein Argentinien, dass siebenmal so groß wie Deutschland ist, hat nur eine Bevölkerung von 30 Millionen. Deutschland hat 80 Millionen. Brasilien, anderthalbmal so groß wie Indien, unvorstellbare Weiten, hat 160 Millionen. Bei uns war mal ein Missionar aus Südamerika, der sagte, dort besteht kein Problem der Überbevölkerung, sondern eher der Unterbevölkerung. Was es aber dort gibt, sagte

er weiter, es gibt für die Superreichen zu viele Arme, die auch am Wohlstand teilhaben wollen. Für die Reichen dort wie hier ist es bequemer diese Zahl der Armen zu verringern, statt zu teilen. Wir hier im Norden, nur ein Viertel der gesamten Weltbevölkerung, verbrauchen drei Viertel aller Ressourcen. Das ist das Problem. Die Wohlhabenden dort wollen nicht teilen. Sie wollen die Armen beseitigen, nicht die Armut. Armut aber geht mit Bevölkerungsexplosion einher; denn die Kinder sind die einzige Versicherung der Eltern."
"Mag ja sein. Aber für unsere Breiten redet der Papst doch nur Stuss. Immer wieder hackt er auf den selben Punkten rum."
"Diese Fixierung stammt aber nicht nur aus der Feder des Papstes, sondern auch mindestens zum Teil aus der Fixierung unserer Medien, denn egal was von Rom kommt, ausführlich berichtet und kommentiert werden nur Passagen, die über Sex oder Bischofsernennungen sprich Struktur berichten. Wissen Sie, was mich und den Papst verbindet?"
"Nein."
"Wir sind beide Volk Gottes. Aber eins unterscheidet uns auch. Er hat den Looserjob in unserem Verein. Denn egal, was er macht, er kriegt immer die Dresche. Wenn er Frauen als Priester erlauben würde, käme aus Europa und Nordamerika Jubel, und Buhrufe aus Asien, Afrika und Südamerika, von der Ökumene mit den Orthodoxen ganz zu schweigen. Eigentlich bräuchte

man für jeden Kulturkreis einen eigenen Patriarchen."
"Was ist ein Patriarch?"
"Der regelt das für uns Wichtige. So hat zum Beispiel der auch katholische Patriarch der auch katholischen assyrischen Christen, seinen Gläubigen empfängnisverhütende Mittel erlaubt. Die Patriarchen regeln auch alles, was so mit dem Gottesdienst, dem Priestertum und so zu tun hat. Eigentlich alles für das praktische Zusammenleben Bedeutsame."
"Mich würde es interessieren, noch mehr darüber zu erfahren. Hier ist ja nichts los."
Megild fragte: "Haben sie einen Internetanschluss?"
"Ja, natürlich", sie musste lachen, "wir wohnen hier zwar auf dem Lande, aber nur ein wenig hinter dem Mond."
"Ich lasse ihnen mal unsere Webadresse da. Sie können sich ja in unserem Pfarrbrief, der auch im Netz erscheint, informieren, und wenn sie wollen, an den Netzdiskussionen beteiligen. Wenn sie Lust haben, schauen sie doch einfach auch mal physisch vorbei. So weit ist das ja von hier aus nicht. So, jetzt muss ich aber weiter, sonst schaffe ich mein heutiges Pensum nicht. Vielen Dank für ihre Gastfreundschaft."
"Nichts für Ungut, ich habe zu danken."

Weiter ging die Reise. Heute nahm er sich vor, vor dem Zelten nach Wasser zu fragen. Ihm ging beim Laufen immer wieder das Gespräch, oder besser sein Monolog durch den Kopf. Es war wohl überwiegend alles richtig, was er gesagt hatte, aber musste er nicht auch stärker von sich, von seinen Zweifeln reden? Er wusste es nicht. Hatte er überhaupt die eigentliche Frage der Frau verstehen wollen und sie darum statt dessen so zugetextet? Es blieb ein schales Gefühl für ihn zurück. Naja, Gott kann auch auf krummen Zeilen gerade schreiben - vor allem dann, wenn es ihn gibt.

Heute hatte er sich den Text mit dem Mahl, der Eucharistie vorgenommen. Wie kann Jesus sagen Das **ist** mein Fleisch. Das **ist** mein Blut.? Was bedeutete das? Sie waren doch keine Menschenfresser. Das waren doch auch keine unblutigen Überbleibsel kultischen Kannibalismus' aus grauer Vorzeit. Er fand keine für ihn befriedigende Lösung. *Symbol, Realsymbol, Handlungssymbol, Dingsymbol, Mahl, unblutiges Opfer, Vergegenwärtigung des Kreuzesgeschehen, Essen, Trinken, Feier,* alle Wörter, die er in diesem Zusammenhang einmal gehört hatte, kreisten in seinem Kopf und wollten sich nicht so recht zusammensetzen.
Er stampfte vor sich hin.
Symbol, ihm fiel nur ein, woher das kam. Damals, bei den alten Griechen, gab es ja noch keinen Personalausweis. Wenn nun zwei Leute aus verschiedenen Städten einen Vertrag geschlossen hatten, zerbrach man eine Scheibe oder einen Würfel aus Ton. Die Bruchstücke passten dann nur zum anderen Teil. Jedes Bruchstück verwies damit aber nicht nur auf das ande-

re, sondern auch darauf, dass es überhaupt ein Ganzes gibt. Wenn jetzt der Vertrag erfüllt werden sollte, brauchten die Vertragspartner nicht persönlich zu erscheinen. Es genügte, wenn ein Bevollmächtigter die Scherbe vorweisen konnte, um in den Vertrag einzusteigen. Ein Symbol hat also etwas mit dem Symbolisierten, mit dem Bedeuteten, zu tun und ist keine freie Definition der Menschen wie ein Zeichen. Eine Ampel in der Sahara bedeutet nichts, wenn man ihre Bedeutung nicht gelernt hat. Sie ist ein Zeichen. Ein Symbol aber verweist durch eine seiner Eigenschaften auf das Ganze, das nicht als Ganzes greifbar, erfassbar oder abstrakt zugegen ist. Zum Beispiel ist ein Löwe ein starkes, mächtiges Tier. Darum wird es oft als Symbol für einen König gebraucht. Natürlich ist er nur ein Tier und jeder Jäger kann ihn erlegen. Er ist also ein Vergleich und übermittelt eine Botschaft von Hoheit und Kraft, obwohl ein Löwe nicht vernunftbegabt ist und ihm die menschlichen Gedanken dazu wohl auch ziemlich egal sein dürften. *Er bleibt halt nur 'ne Mietzekatze.*
Aber wie er auch grübelte, es fiel ihm keine befriedigende Antwort für die eigentliche Frage ein.

Es war schon spät geworden, aber noch hell. Diesmal klingelte er am Pfarrhaus. Er hatte extremes Glück, in diesem Landpfarrhaus wohnte noch jemand. Ein älterer Herr kam heraus. "Ja bitte?"
"Ich wollte fragen, ob ich bei ihnen meine

Wasserflasche nachfüllen kann." Es entspann sich dabei wieder ein Gespräch.

"Ah, auf Wallfahrt?" Der Pfarrer fragte nach dem woher und wohin. Als Megild wie zufällig einige Namen ins Spiel brachte, die der Pfarrer offensichtlich kannte, fragte dieser ihn: "Wo willst du denn heute übernachten?"

"Ach, ich hatte vor, ein wenig den Ort zu verlassen und da zu zelten." Der Mann sagte: "Wenn du willst, kannst du auch hier übernachten. Ich habe da noch ein Zimmer frei. Außerdem könntest du mir beim Abendessen etwas Gesellschaft leisten. Es ist abends immer etwas einsam hier, einsam hier. Und allein essen macht auch keine Freude."

"Ja, wenn ich darf, nehme ich ihr Angebot natürlich gerne an."

"Wie heißt du eigentlich? Ich darf doch du sagen?"

"Ja, natürlich, Megild."

"Ah ja, interessanter Name, interessanter Name. Nomen est omen, omen. Ich bin Pfarrer Weise, ja wie der Weise, nur nicht so weise. Komm rein."

Der Pfarrer hatte einfach eine Pizza für jeden bestellt und einen Salat. Den Tisch hatte er aber hergerichtet, als stünde ein großes Abendmahl ins Haus. Kerzen, Teller, Gläser und den Rotwein in einer Kristallkaraffe. Megild hatte unterdessen geduscht.

"Unser Italiener hier an der Ecke ist eigentlich ein Peruaner; er macht aber eine ausgezeichnete Pizza, du

wirst sehen. Er hat ein echtes Holzkohlenfeuer. Ich habe leider selten Besuch, der bei mir isst. Du musst mir darum schon die Pizza verzeihen. Wir können uns ja, bis die Pizza da ist, einfach schon mal einen kleinen Magenöffner genehmigen und den Wein etwas vorkosten. Etwas Brot habe ich schon in den Toaster getan."
Der Pfarrer schenkte ein. Megild spielte ein wenig mit dem Glas gegen die Kerze und sah dem zurück laufenden Wein zu. Er nahm ein Nase voll vom Bukett und prostete dem Pfarrer zu, der sich nun auch niedergelassen hatte. Dieser Speiseraum sah aus, wie aus dem 19. Jahrhundert, wahrscheinlich auch weil er unverändert aus dieser Zeit stammte. Den Tisch aus Wurzelholz schmückten Intarsien aus Perlmutt, Schmucksteinen und dunklen Hölzern. In den Motiven sprang exotisches Getier um fremdartige Pflanzenranken herum. Die geschwungenen Armlehnen der mit rotem Samt gepolsterten Stühle liefen in geschnitzten Löwenköpfen aus. Der rote Samt war schon etwas sehr durchgesessen und kündete davon, dass er aus einer längst vergangenen Epoche stammte. Es bereitete Megild viel Freude, mit der Linken diese Formen der Lehne zu erkunden. Ein Kristallleuchter spendete warmes Licht. Megild nahm jetzt einen Schluck. "Ist der Wein aus Umbrien?"
"Oh, du hast eine gute Zunge, gute Zunge. Ja, ich habe einen Freund dort, der mich aus seinen Beständen versorgt, damit ich nicht darben muss. Einmal im Jahr kommt er vorbei und bringt mir Mengen mit, dass ich

darin baden könnte, baden könnte. So hat sich mittlerweile schon ein beachtlicher Keller ergeben. Es sind zugegebenermaßen keine Spitzenweine, die mein Freund produziert, aber sehr solide, sehr solide. Sie lassen sich gut lagern. Vor allem, man schmeckt die Liebe darin. Mir selber gefallen die ganz alten Weine nicht so, vielleicht weil ich selber schon etwas alt bin. Ich freue mich zwar schon darauf, zum Herrgott zu kommen; aber das hat Zeit, hat Zeit. Da soll man nicht über die Gebühr drängeln. Genießen wir die Zeit, die uns hier im Jammertal geschenkt ist. Zum Wohle!" Er lächelte verschmitzt, nahm einen Schluck und schaute auf das Glas. Am liebsten mag ich sie, wenn sie sich ein wenig gesetzt haben, aber ihre Jugend noch nicht ganz verflogen ist. So zwischen drei und sieben Jahren dürfen meine Tischweine schon haben."
"Mir schmeckt er ausgezeichnet. Wissen Sie, wir trinken zu Hause auch viel Wein. Meine Eltern bevorzugen aber die spanischen Weine. Bei uns in der Nähe ist eine spanische Weinhandlung."
"Ah ja die sind auch nicht schlecht, nicht schlecht. Da können wir nachher vielleicht einen Jerez trinken, was meinst du?"
"Oh ja, ehe er schlecht wird!"
"Was magst Du für einen?"
"Nach Tischs, normalerweise Oleroso oder Dulce."
"Das trifft sich gut. Ich habe nämlich gerade noch einen Dulce auf."

Es klingelte an der Tür.
Megild fragte: "Soll ich gehen?"
"Nein, lass mal. Ich mach das schon." Der Pfarrer ging langsam zur Tür. "Guten Abend, Padre."
"Ja, einen wunderschönen guten Abend, Pedro, Abend. Vielen Dank, stimmt so."
"Ich habe zu danken. Schönen Abend noch, Padre."

Im Kamin prasselte ein lebhaftes Feuer. Megild hatte es entfachen dürfen. Der Pfarrer legte eine Schallplatte auf und setzte sich: "Ich liebe Telemann. Er ist zwar ein Vielschreiber, aber er hat auch einige nette Kostbarkeiten darunter."
Megild konnte dem innerlich nur bedingt zustimmen und dachte: *Der hätte mehr aussortieren sollen, bevor er was veröffentlicht.*
Es entspann sich ein nettes Gespräch. Irgendwann fragte dann Megild: "Könnte ich sie auch einmal etwas ganz anderes fragen? Etwas in Bezug auf die Heilige Messe, was mir bisher noch nie klar geworden ist."
"Immer heraus damit, mein Junge. Dafür gibt es unsereins ja."
Megild schilderte ihm nun das Problem des heutigen Tages.
"Mh, das ist einfach und schwierig zugleich. Was feiern wir, wenn wir *Dank sagen*? Ich sehe, du hast ein gewisses Vokabular. Aber es scheint dich doch eher zu verwirren. Tja, die heutigen Theologen versuchen auch

kaum, sich volkstümlich auszudrücken, wenn sie es überhaupt selber richtig verstanden haben. Ich will es mal wagen.

Das erste und wichtigste ist die Erfahrung des gemeinsamen Mahles. Was bedeutet so ein Mahl? Siehst du, ich freue mich, dass du heute da bist, weil ich nicht alleine essen muss. So ein Mahl hat etwas Verbindendes, Verbindendes. Du musst dir jetzt noch die Situation in der Antike vorstellen. Sich satt essen, war für die meisten nicht immer möglich. Fleisch kam nur selten auf den Tisch. Es war teuer und es gab kaum Kühlmöglichkeiten. Nur bei großen Festen, das heißt fast immer bei Opfern an Tempeln, gab es von allem reichlich. Die Menschen kamen zusammen und es wurde gegessen, getrunken, gesungen, getanzt und gelacht. Man hatte sich vielleicht längere Zeit nicht gesehen oder würde sich vielleicht für lange Zeit nicht mehr sehen. Da hatte man sich viel zu erzählen. Das Mahl war Gemeinschaft und ein Symbol schlechthin für Gemeinschaft und Freude, und Freude.

Jesus wusste, dass sein Tod bevorstand. Er sah das Ende dieser gemeinsamen Zeit mit den Jüngern. Und er sah sein Leiden vor sich. So will er mit seinen Jüngern noch ein letztes Mahl zusammen essen, Gemeinschaft leben angesichts des Todes. Es ist aber ein besonderes, ein symbolisch aufgeladenes Mahl. Es sind nach dem übereinstimmenden Zeugnis der Evangelien deswegen nur die Zwölf dabei. Sie stehen für die zwölf Stämme

Israels. Es geht also hier nicht nur um irgendeine Gemeinschaft, sondern um die symbolische Sammlung von ganz Israel, des wahren Israels. Einer klinkt sich aber innerlich schon aus, Judas. Er steht, nach Meinung einiger für das Israel, das verstockt ist und trotz der Worte und Taten Jesu nicht an ihn, den Retter, glaubt. Das heißt, die heutigen Juden wären dann wie Paulus es ausdrückt der abgeschnittene Ölzweig, die, die sich vom wahren Israel, der Kirche, losgesagt haben. Die Judenchristen wissen nicht, warum die anderen Juden nicht erkennen, was da in diesem Jesus passiert ist. Mir geht diese Auslegung aber ein bisschen zu weit.
Wichtig ist jedenfalls, dass Jesus ein Mahl mit den Zwölf feiern will, feiern will. Das soll nicht nur die normale Gemeinschaft miteinander ausdrücken. Du musst zu den zwölf Stämmen noch eines dazu wissen. Nach der Zerstörung des Nordreiches Israel 722/21 vor Christus durch die Assyrer, waren zehn dieser Stämme deportiert worden und in der Geschichte untergegangen. Es existierten also bis auf Reste und das Mischvolk der Samariter nur noch zwei Stämme weiter, eigentlich nur einer: Juda. Wenn Jesus hier die Zwölf zu diesem Mahl holt, dann macht er damit deutlich, dass er in diesem Mahl, auch diese zerstreuten Stämme, das sind die Glaubenden aller Völker, in sich sammeln will.
Jesus sagt ihnen, dass er jetzt gehen wird. Um sich an diese Botschaft zu erinnern, sollen sich die Jünger treffen und dieses Mahl halten. Dieses Mahl hat also zum

ersten einen Erinnerungscharakter an Jesus. Es ist eine Gedächtnisfeier.
Aber dieses Mahl ist mehr. Jesus greift jetzt zwei Ursymbole auf, die jeder Mensch im Mittelmeerraum kannte, Wein und Brot, sozusagen, die Symbole für das Lebensnotwendige und die Freude. Er bricht das Brot und verteilt es unter die Jünger, ebenso den Kelch. Sie alle essen von dem einen Brot und trinken alle aus der einen Schale. Beide, Wein und Brot, haben ihre Kraft durch Boden und Sonne. Damit kann der Mensch dann arbeiten. Viele Menschen müssen zusammenarbeiten, damit Brot und Wein auf dem Tisch stehen können.
Der Boden ist das Symbol für die Erdbezogenheit Jesu, seine menschliche Natur, die Sonne für seinen göttlichen Bezug. In Jesus vereint sich nun beides. Wein und Brot benötigen Sonne und Boden. Jesus hat in sich die Kraft Gottes. In Ihm zeigt sich Israels Gott. Insofern ist dieses Brot und dieser Wein ein Symbol für Jesus in seinem vollkommenen Bezug zu Gott und den Menschen. Indem aber Jesus sagt, *das **ist** mein Blut und das **ist** mein Leib*, setzt er diesen Wein und dieses Brot mit sich gleich. Wie kann man das vergleichen. Vielleicht so: Wenn zwei Menschen sich vor Gott das Jawort geben, dann sind sie verheiratet. Das ausgesprochene Wort bewirkt, was es gesagt hat, es ist Realsymbol oder Sakrament. Es schafft eine neue Wirklichkeit und deutet sie nicht nur an, wie das beim Symbol geschieht.
Die Jünger haben eine Zeit lang Erfahrungen mit dem

Herrn machen dürfen. Drei Jahre sind sie mit ihm durch das Heilige Land gezogen. Sie haben die Begeisterung der Massen gesehen, ihren Wankelmut, seine Wunder, seine Reden, haben immer wieder mit ihm gegessen, Gemeinschaft gehabt. Sie haben oft gesehen, wie dieser Jesus seinem Vater gedankt hat für Brot und Wein. Jetzt erfahren sie, dass dieser Jesus, seine ganze Geschichte mit ihnen in diese einfachen Dinge legt, in Brot und Wein. *Das ist mein Leib. Das ist mein Blut.*
Wenn sie jetzt davon essen, haben sie Teil an dieser Geschichte, nicht nur faktisch, sondern auch bewusst. Die Jünger erhalten vor dem Leiden Jesu in diesem Mahl auch ein Vorbild, ein Typos dessen, was Stunden später passieren würde. Dieser Typos unterscheidet sich aber gewaltig von den Symbolen des Alten Bundes; denn aus dem Symbol der Ganzhingabe Jesu in Leiden, Sterben und Auferstehung wird durch die Erfüllung des Auftrags Jesu durch seine Kirche in der Messe, das Geschehen selbst, es wird Realsymbol, ja Sakrament. Das heißt, es ist und bewirkt, was es ist, Leib Christi, der uns zum Leib Christi eint. Dieser Christus, den du in der heiligen Messe zu dir nimmst, prägt dir, in dem Maße, wie du dich ihm öffnen kannst, Sein Gesicht in die Seele, Sein heiliges Herz in dein sündiges ein; denn es ist nicht Belohnung für Gerechte, sondern Arzenei für die Sünder, wie der hl. Ambrosius so schön sagt. Matthäus lässt interessanterweise offen, wann Judas geht, ob er mit isst oder nicht.

Was die Jünger noch nicht wissen: sie essen auch seine Zukunft mit. In diesem Mahl vereinen sich seine Geschichte, die das Alte Testament zusammenfasst und im dreifachen hegelschen Wortsinn aufhebt, und seine Zukunft als der Herr, dem alles unterworfen ist im Himmel und auf Erden, im Jetzt dieser geschichtlich-endzeitlichen Gemeinschaft. Dieser geschichtliche Punkt, wird übergeschichtlich. Der Ewige küßt seine Schöpfung. Das Drücken auch die Maranatha-Rufe der frühen Christen aus. Übersetzt bedeutet der Ruf: *Herr komm!* Nicht erst einst am Ende der Tage, nein, jetzt am Ende der Tage, in diese Gemeinschaft. In den Johannestexten wird auch noch deutlich, dass die Jünger durch dieses Brechen des Brotes im Heiligen Geist immer tiefer Erkennen, was sie eigentlich mit Jesus erlebt haben. Sie essen, was sie sind – Leib Christi – um zu werden, was sie essen – Leib Christi. Wurde das Ganze jetzt ein bisschen klarer?" Der Pfarrer goss Megild und sich noch einmal nach während Megild noch zwei Holzscheite nachlegte.

Als Megild sich setzte, sagte er: "Ich weiß nicht, ich muss noch darüber nachdenken. Das war jetzt starker Tobak. Aber was ist mit dem *Opfercharakter.* Ich hörte, die Messe sei das unblutige Kreuzesopfer. Was ist mit dem Pascha? Das Ganze passiert doch am Paschafest."

"Ja, im Judentum war bis zur Zerstörung des zweiten Tempels im Jahr 70 n Chr das Opfer ganz zentral. Stiere, Ziegen, Schafe und Tauben wurden geschlachtet für alles mögliche, oft aber eben auch, um sich zu entsühnen, um Vergebung der Sünden zu erbitten, Gemeinschaft wieder herzustellen. Das Blut wurde dann vergossen oder wie am großen Versöhnungstag auf das Volk gesprengt zur Vergebung der Sünden. *Das Blut von Böcken und Stieren aber kann unmöglich Sünden tilgen* heißt es im Hebräerbrief. Es ist ein Vorbild, ein Typos, für das wahre Opfer, das nur Gott selbst für uns bringen kann, in Jesus eben. Jesus opfert sich, vergießt für uns sein Blut. Das Blut der Stiere und Böcke bleibt außen. Es besprengt die Kleider, vielleicht die Haut. Es wird immer wieder vergossen, weil es eben nur eine Bitte ist. Gott aber vergießt Sein Herzblut für uns in Jesus ein für alle Mal. Er nimmt nicht nur etwas, was Seine Ganzhingabe bedeutet, sondern Er gibt sich uns selber ganz hin. Das ist eben nicht nur eine Bitte, sondern ein vollgültiges Opfer, das eben ein für alle mal auf Golgota vergossen wurde. Dieses Blut bleibt nicht außen, sondern ergießt sich in der Eucharistie in unsere Herzen. Dort bewirkt es wahre Vergebung, wahres Heil. Es macht unsere Beziehung zu Gott wieder heil oder anders ausgedrückt, vergibt unsere Sünden und er sühnt sie. Eucharistie ist aber keine Wiederholung dieses Opfers, sondern eine Vergegenwärtigung desselben, einen unübertreffbaren Opfers Jesu. So viele Messen also auch bisher gehalten wurden und noch gehalten werden, es ist immer nur die Vergegenwärtigung des einen Opfers, das der Sohn dem Vater für uns im

Heiligen Geist gibt. Wir können mit unseren irdisch äußerlich oft armseligen Messen immer nur Teilhaben an und Eintreten in die eine immer währende Danksagung, oder nimm das griechische Wort für "Danksagung" "Eucharistie", die der Sohn dem Vater im Heiligen Geiste von Ewigkeit her gibt.
Diese Vergegenwärtigung der Ganzhingabe des Heilands geschieht aber nicht mehr in den blutigen Opfern des Alten Testamentes, als wäre nichts geschehen, sondern sie geschieht in dem unblutigen Opfer, das der Herr am Abend vor Seinem Tod als Vorbild des kommenden Geschehens eingesetzt hat, mit der Eucharistie. In ihr vergegenwärtigt Er uns, was uns Menschen wirklich heil macht, nämlich die Gegenwart Gottes unter uns und unsere ganzheitliche Ausrichtung auf Ihn. Das Hochgebet oder, wie wir früher in meinem Studium noch gelernt haben, die Wandlung, holt das Brot und den Wein, also alltägliche Dinge, hinein in die erlöste Schöpfungsordnung. Wenn man ganz genau im Griechischen liest, wird das Mahl gewandelt, also nicht nur die Einzelsubstanzen Brot und Wein. Es ist nicht nur ein wenig verdichteter Geist Jesu, der irgendwo im Raum rumschwebt und wie in einem Kompressor verdichtet wird, sich aber nach der Feier wieder auflöst. Sondern in der Feier holt Gott für uns zum Zeichen dieses Brot und den Wein in seine neue Heilsordnung hinein. Es ist unwiderruflich gewandelt, neue Schöpfung, Zeichen der Gemeinschaft, die der Sohn mit dem Vater

im Heiligen Geist hat.

Aber diese Wandlung geschieht nicht irgendwo getrennt, sondern im Gottesdienst, in dem wir für das Geschehene danken und für das noch Ausstehende bitten. Jesus gibt uns diese Speise, Sich selbst, um uns durch sie in diese neue Schöpfungsordnung hinein zu holen. Wenn Gott diese Gaben wandelt, macht Er damit aber keine neuen Dinge als wären die alten schlecht; sondern Er macht alles neu; denn es ist ja eigentlich alles gut geschaffen.

Jesus ist nicht nur für uns und unsere Sünden gestorben. Jesus ist gestorben, um den ganzen Kosmos, der durch die Sünde des Menschen einen Teil seines Hinweischarakters verloren hat, wieder mit Gott zu versöhnen und durch den Heiligen Geist zum Vater zu führen; denn Christus ist nicht nur das Haupt der Kirche, wie wir sie sehen, sondern das Haupt der ganzen erneuerten Schöpfung und das heißt der Kirche im universellen Sinne. Sie ist der Beginn und das Realsymbol der neuen Schöpfung, das Ursakrament.

Darum braucht es gläubige Augen, um die Gegenwart des Herrn im Zeichen von Brot und Wein zu erkennen. Wie will der unerlöste Mensch das können?! Für ihn bleibt Brot Brot und Wein Wein. Der Erlöste aber erkennt in diesem Brot den Leib Christi und im Wein Sein Blut, weil es den Erlösten hinein nimmt in die Liebe des Sohnes zum Vater, die der Heilige Geist ist. In jeder heiligen Messe werden die Erlösten hinein geholt in die erlöste Schöpfung. Sie ist die Wiederherstellung des ursprünglichen durch die Sünde verdorbenen Schöpfungswillen Gottes durch Gott. Erlösung macht also nicht ungeschehen, sondern stellt wieder her zur alten Würde der Kinder Gottes."

Es klingelte. Der Pfarrer erhob sich und ging zur Tür. "Einen schönen guten Abend, liebes Kind. Welche Freude zu so später Stunde! Komm herein. Leg doch ab."
"Schönen guten Abend, ich wollte mal vorbeischauen, um zu sehen, wie es ihnen geht?"
Eine junge Frau um die zwanzig trat ein. Megild schaute auf sein Glas und dachte: *Bin ich betrunken oder ist die wirklich so schön?* Er war schwer beeindruckt. Sie trug den Mantel und ihren Schal lässig über dem Arm. Ihr schlichtes durchgehendes Sommerkleid mit angedeuteten Ausschnitt war großflächig mit bunten Blumen bedruckt und umfloss ihre Silhouette. Ein roter Gurt fiel hinten als Schleife gefasst, geschwungen herab. Ihr braunes Haar baumelte, wie bei seiner Schwester, nur durch einen bunten Gummi zusammengehalten in einem Pferdeschwanz herunter. Ein Poster von ihr würde er sich sofort ins Zimmer hängen.
"Komm herein! Magst du etwas essen oder ein Gläschen Wein?" fragte der Pfarrer.
Sie entgegnete mit einer wunderbar weichen Stimme: "Nein, ich habe schon gegessen. Oh Entschuldigung,

ich störe?"
Du könntest nie stören! rief Megild innerlich aus.
Gott sei Dank sagte auch der Pfarrer: "Aber nein. Wir sitzen hier gemütlich zusammen. Das einzige was uns bisher zu unserem Glück noch gefehlt hatte, ist ein holdes Wesen wie du, mein Kind. Es ist doch so, oder?" der Pfarrer suchte nach einem bejahenden Blick Megilds.
Megild: "Ja,... äh selbstverständlich." Er dachte sich: *Boah, kann der Alte aber Süßholz raspeln!*
"Leg bitte ab. Was magst du trinken? Rot, weiß, süß, trokken, etwas Alkoholfreies?"
"Ist das süßer Sherry?"
"Ja, Jerez dulce, süßer Sherry, magst du etwas davon?"
"Gerne."

Der Pfarrer machte die beiden bekannt: "Megild Wiland, ist ein Pilger, der hier eine schlichte Herberge gefunden hat." Dann sah er zu Megild und sagte: "Elisabeth Seuse kenne ich schon ewig. Ich habe schon ihre Mutter getauft. Bis Elisabeth zum Studium ging, war sie auch hier in der Gemeinde sehr aktiv. Jetzt bist Du schon im dritten Semester", der Pfarrer fügte mit fragendem Unterton hinzu, "Medizin?"
Elisabeth lächelte errötend: "Ja, ich bin aber im achten Semester." dann fuhr sie fort zu Megild gewandt: "Der Pfarrer gehört bei uns quasi zur Familie."
Der Pfarrer zog überrascht die Augenbrauen hoch: "Ach, wie die Zeit vergeht, Zeit vergeht, und wir mit ihr."

Es war noch ein netter Abend. Megild hätte auch gerne etwas Süßholz geraspelt, aber konnte es nicht. So blieb er eher stumm, um nicht peinlich zu werden. Viele Fetzen aus den Minnegesängen und von "Tristan und Isolde" schossen ihm durch den Sinn und er musste sich beherrschen, nicht zu lachen. Er bemühte sich wenigstens, keine blöden Sprüche zu klopfen. Megild wollte sich eigentlich noch ihre Mailadresse geben lassen, als sie am Abend wieder zu ihren Eltern heimging, aber er war dann im letzten Moment doch zu feige. Naja, da war noch was, ihm schoss immer wieder mal Lisa durch den Kopf. Sie zog die Augenbrauen hoch.

Abends im Bett sagte Megild sich: "Das war bisher der erste wirklich vollkommene Abend meines Lebens. Vielleicht wird es sogar der einzige bleiben. *Zum Augenblicke möcht' ich sagen, verweile doch, du bist so schön...* Danke, Chef."

20 *Der Glaube ist das Eintauchen Jesu in die Seele. Und wie im Glauben des Mose durch das Eintauchen des Holzes das bittere Wasser süß und trinkbar wurde, so zerstört Jesus in dem, der ihn glaubend eingelassen hat, die Macht der Sünde und des Todes.*
(nach Origenes zu Exodus 15,23ff)

Die Erlösten

Auf dem Weg ging Megild noch einmal durch den Sinn, was der Pfarrer ihm auf den Weg mitgegeben hatte: "Die Schrift lehrt immer nur das eine, die Liebe. Immer von einer anderen Seite und aus einer anderen menschlichen Situation heraus lehrt sie den Weg dahin. Wenn dir eine Stelle das nicht sagt, hast du sie nicht verstanden. Zu jedem einzelnen Menschen sagt Gott durch die Schrift: *Mein Kind, ich liebe dich.* Egal was du tust und machst, er liebt dich. Auch wenn du dich in tausend Todsünden von ihm abwendest, wenn du sein Gesicht mit Füßen trittst, ihn verleugnest, er liebt dich. Er liebt dich, weil er dich gut geschaffen hat. Du musst nichts vor ihm verbergen, weil nichts seine Liebe zu dir zerstören kann. Gott sieht den Kern in dir, selbst da, wo du scheinbar alles getan hast, ihn zu verderben. Ein guter Kern ist in jedem Menschen, weil wir sonst das Gute überhaupt nicht wahrnehmen könnten. In jedem ist zumindest so viel Gutes, dass er nach dem Guten fragen kann. Jesus hat uns den Weg offenbart, wie wir aus jeder Situation umkehren können zum Vater, genauso wie der verlorene Sohn in *Lukas 15*. Keinem Menschen, auch nicht dem schlechtesten, verwehrt der Vater den Zugang zu Seinem Herzen. Das ist es auch, was die Schrift uns sagt und dessen wir in jeder Eucharistie gedenken. Mein Sohn, ich wünsche dir, dass du diese Erfahrung machst. Es gibt nur einen, der dich von der Liebe zu Gott ausschließen und dadurch in die Hölle werfen kann; der bist du selber. Suche Gott von ganzem Herzen und mit all deiner Kraft, nicht in der Ferne; denn Er ist dir ganz, ganz nah, viel näher als du dir selber bist. Der Vater hat dich geschaffen. Der Sohn kommt auf dich zu. Der Heilige Geist lässt dich Ihn erkennen. Nun geh und finde Seinen Frieden, Seinen Frieden." Der Pfarrer gab ihm den Reisesegen.

Megild war, als hätte der Pfarrer sein Innerstes offen wie ein Buch vor sich gesehen. Nun stampfte er durch die Felder und war voll des Geschehenen. Sicher, viele Fragen waren offen geblieben, vieles in der Messe nicht klar, aber er meinte im Verständnis ein gutes Stück vorangekommen zu sein. Außerdem, auf Erden wird die Erkenntnis nie ihr volles Maß erreichen. Das hatte auch der Pfarrer gesagt. Wir können uns dem Geheimnis mit dem Verstand nur annähern. Eintreten aber in das große Geheimnis, das kann nur das Herz. Der Verstand ist eine Machete, die dem Herzen den Weg durch die eigene Wildnis zu Gott frei schlagen kann. Und der Weg

des Verstandes ist nie länger als der Verstand reicht; selten aber kürzer. Wenn Menschen mit ihrem Kinderglauben ihr Leben lang auskommen, darf man ihn ihnen nicht nehmen. Der Vikar hatte ihnen dazu eine Geschichte erzählt aus einem Buch von Anthony de Mello, einem christlichen Inder, der die Weisheit der Völker – und nicht nur der Christen – in Form von Anekdoten und Geschichten sammelte. Das Buch hieß *Warum der Vogel singt*:
"Ein Missionsbischof war einmal unterwegs und kam auf seiner Reise auch an einer kleinen Insel vorbei. Dort wollte er sich einmal kurz die Beine vertreten. Am Strand traf er drei Fischer, einfache Leute, die nur ein wenig gebrochen Englisch redeten. Man kam trotzdem ins Gespräch und der Bischof war höchst erfreut, dass auch diese drei Männer nach eigenem Bekunden Christen waren. Er fragte sie, ob sie denn auch das Vater unser beteten, aber davon hatten die drei noch nie gehört. Der Bischof war nicht wenig irritiert: Ja wie betet ihr denn dann? Die drei sagten: *Wenn wir beten sagen wir immer: Wir sind drei! Du bist drei! Erbarme dich unser!* Der Bischof war entsetzt über dieses zutiefst ketzerische Gebet, das aus dem einen dreifaltigen Gott, scheinbar drei Götter machte. So verbrachte er den ganzen Nachmittag damit, ihnen das Gebet unseres Herrn beizubringen. Die Drei lernten schwer, denn sie hatten nie geübt, Texte auswendig aufzusagen. Sie gaben sich aber alle Mühe. Als der Bischof die Insel am Abend ver-

ließ, war er stolz, dass es nun auf dieser Insel, Dank seiner eifrigen Bemühungen, drei Männer gab, die richtig beten konnten. Monate später passierte der Bischof in einiger Entfernung wieder diese Insel und entsann sich voller Genugtuung der Drei, die nun durch seine Arbeit richtig beten konnten. Auf einmal kam von der Insel ein Licht auf das Schiff zu. Der Kapitän ließ das Schiff halten, um zu sehen, was das wäre. Nach einiger Zeit sahen alle zu ihrem Erstaunen, dass es die drei Fischer waren, die schnell über das Wasser auf das Schiff zuliefen. Als sie da waren, sagten sie: *Wir so froh, dass du wiedergekommen. Wir nämlich sehr traurig, weil wir vergessen haben schönes Gebet.* Der Bischof war erschüttert und beschämt. Er sagte: *Liebe Leute, kehrt zurück zu eurer Insel und bleibt bei eurem alten Gebet."* Der Vikar hatte dann gesagt: "Wenn ich manchmal durch unsere schönen Altstadtkirchen gehe, sehe ich ab und zu mal ein Mütterchen ihren Rosenkranz beten. Sicher kann sie das Wort "Trinität" nicht einmal aussprechen, geschweige denn weiß sie genau, was das ist. Aber in ihren Augen sehe ich einen Glanz, der mir sagt, dass sie unserem Herrn unendlich viel näher ist, als die meisten Theologen und Priester, die ich kenne, es je sein werden. Unser Verstand braucht von unserem Glauben nur das zu wissen und zu verstehen, was wir fassen können, nicht mehr und nicht weniger. Entscheidend aber ist, dass das Herz sich von der göttlichen Liebe erfassen lässt."

Eigentlich beneidete Megild diese Menschen, die so einfach glauben konnten. Er wusste aber, dass ihm dieser Weg versperrt war. Er wusste aber auch, dass man sehr aufpassen musste, solch einfachen Menschen, ihren schlichten Glauben zu nehmen und ihnen die eigenen oder fremden Fragen einzuimpfen. Denn von ihnen sprach der Herr in einer Bedeutung jenes Wortes in Matthäus 17.6: *Wer einen von diesen Kleinen, die an mich glauben, zum Bösen verführt, für den wäre es besser, wenn er mit einem Mühlstein um den Hals im tiefen Meer versenkt würde.*

Eine Böe riß Megild aus seinen Gedanken und lies ihn tief aufatmen. Er erfreute sich an der würzigen Luft. Sie schmeckte schon nach Frühling, nach sprossendem Leben. Das Grün in der Natur war aber noch vom letzten Jahr. Ein Kaninchen hoppelte davon und er musste darüber lächeln. Vögel, deren Namen er nicht kannte, flogen erschreckt auf. Sträucher säumten den Feldrain, noch in braun, aber schon mit vollprallen Knospen. Er griff in die frische Erde und atmete die unbändige Kraft erwachenden Lebens ein. Viel zu selten nahm er diese alltäglichen Wunder und Geschenke Gottes wahr.

Am frühen Nachmittag zog er wieder seine Bibel heraus und las an der Stelle weiter wo er aufgehört hatte. Matthäus 26.30-56:

Der Weg zum Ölberg:
³⁰Nach dem Lobgesang gingen sie zum Ölberg hinaus. ³¹Da sagte Jesus zu ihnen: Ihr alle werdet in dieser Nacht an mir Anstoß nehmen und zu Fall kommen; denn in der Schrift steht: Ich werde den Hirten erschlagen, dann werden sich die Schafe der Herde zerstreuen. ³²Aber nach meiner Auferstehung werde ich euch nach Galiläa vorausgehen. ³³Petrus erwiderte ihm: Und wenn alle an dir Anstoß nehmen - ich niemals! ³⁴Jesus entgegnete ihm: Amen, ich sage dir: In dieser Nacht, noch ehe der Hahn kräht, wirst du mich dreimal verleugnen. ³⁵Da sagte Petrus zu ihm: Und wenn ich mit dir sterben müßte - ich werde dich nie verleugnen. Das gleiche sagten auch alle anderen Jünger.

Die Nacht von Getsemani
³⁶Darauf kam Jesus mit den Jüngern zu einem Grundstück, das man Getsemani nennt, und sagte zu ihnen: Setzt euch und wartet hier, während ich dort bete. ³⁷Und er nahm Petrus und die beiden Söhne des Zebedäus mit sich. Da ergriff ihn Angst und Traurigkeit, ³⁸und er sagte zu ihnen: Meine Seele ist zu Tode betrübt. Bleibt hier und wacht mit mir! ³⁹Und er ging ein Stück weiter, warf sich zu Boden und betete: Mein Vater, wenn es möglich ist, gehe dieser Kelch an mir vorüber. Aber nicht wie ich will, sondern wie du willst. ⁴⁰Und er ging zu den Jüngern zurück und fand sie schlafend. Da sagte er zu Petrus: Konntet ihr nicht ein-

mal eine Stunde mit mir wachen? ⁴¹Wacht und betet, damit ihr nicht in Versuchung geratet. Der Geist ist willig, aber das Fleisch ist schwach. ⁴²Dann ging er zum zweitenmal weg und betete: Mein Vater, wenn dieser Kelch an mir nicht vorübergehen kann, ohne dass ich ihn trinke, geschehe dein Wille. ⁴³Als er zurückkam, fand er sie wieder schlafend, denn die Augen waren ihnen zugefallen. ⁴⁴Und er ging wieder von ihnen weg und betete zum drittenmal mit den gleichen Worten. ⁴⁵Danach kehrte er zu den Jüngern zurück und sagte zu ihnen: Schlaft ihr immer noch und ruht euch aus? Die Stunde ist gekommen; jetzt wird der Menschensohn den Sündern ausgeliefert. ⁴⁶Steht auf, wir wollen gehen! Seht, der Verräter, der mich ausliefert, ist da.

Jesu Amen zum Plan des Vaters
⁴⁷Während er noch redete, kam Judas, einer der Zwölf, mit einer großen Schar von Männern, die mit Schwertern und Knüppeln bewaffnet waren; sie waren von den Hohenpriestern und den Ältesten des Volkes geschickt worden. ⁴⁸Der Verräter hatte mit ihnen ein Zeichen verabredet und gesagt: Der, den ich küssen werde, der ist es; nehmt ihn fest. ⁴⁹Sogleich ging er auf Jesus zu und sagte: Sei gegrüßt, Rabbi! Und er küsste ihn. ⁵⁰Jesus erwiderte ihm: Freund, dazu bist du gekommen? Da gingen sie auf Jesus zu, ergriffen ihn und nahmen ihn fest. ⁵¹Doch einer von den Begleitern Jesu zog sein Schwert, schlug auf den Diener des

Hohenpriesters ein und hieb ihm ein Ohr ab. ^{52}Da sagte Jesus zu ihm: Steck dein Schwert in die Scheide; denn alle, die zum Schwert greifen, werden durch das Schwert umkommen. ^{53}Oder glaubst du nicht, mein Vater würde mir sogleich mehr als zwölf Legionen Engel schicken, wenn ich ihn darum bitte? ^{54}Wie würde dann aber die Schrift erfüllt, nach der es so geschehen muss? ^{55}Darauf sagte Jesus zu den Männern: Wie gegen einen Räuber seid ihr mit Schwertern und Knüppeln ausgezogen, um mich festzunehmen. Tag für Tag saß ich im Tempel und lehrte, und ihr habt mich nicht verhaftet. ^{56}Das alles aber ist geschehen, damit die Schriften der Propheten in Erfüllung gehen. Da verließen ihn alle Jünger und flohen.

Irgendwie war dieser Petrus Megild sympathisch. Er riss immer ziemlich weit den Mund auf, wagte sich weit vor und merkte erst sehr spät, dass seine Kräfte allein nicht reichten. Ging es ihm nicht oft ähnlich? Wenn es mir gut geht, ist es leicht sich schwere Dinge vorzunehmen. Aber wenn die Unlust an allem kommt, wird sogar das tägliche Mülleimer rausbringen eine unzumutbare Herausforderung. Er hätte doch auch diese Sprüche geklopft, genauso wie die Jünger. Den Jünger, der das Schwert zog, nach dem Johannesevangelium auch Petrus, konnte er auch gut verstehen. Ein Spruch kam ihm in den Sinn. *Es gibt Tausende, die für Jesus sterben würden, aber nur sehr wenige, die für ihn leben wollen.* Da ist was dran. Ist es nicht etwas Herrliches im Kampf für das absolut Gute sein Leben zu lassen? Er musste lächeln, wenn er daran dachte, wie ausführlich der *Heliand* diese Szene für die frischbekehrten Sachsen ausmalte. 150 Jahre nach ihrer Bekehrung versuchte diese Ineinanderschau der vier Evangelien den Sachsen verständlich zu machen, was da mit diesem Jesus geschehen war. Dabei änderte der Autor die örtlichen Gegebenheiten und die gesellschaftlichen Beziehungsgeflechte ein wenig, übersetzte sozusagen nicht wortwörtlich, sondern dem Sinne nach. So wurde halt aus „Nazereth" „Nazarethburg". Er versuchte sich an die altertümlichen Formulierungen zu erinnern: *Petrus aber war nicht blöde in der Brust und kam vor seinen Dienstherrn zu stehen.* Im Grunde war diese Übersetzungsarbeit in für diesen Germanenstamm verständliche Worte und Begriffe genial. Wenngleich sie sicher vieles vom Evangelium preisgegeben hatte, so war sie doch die erste Brücke, um den Germanen diese so vollkommen andere Welt nahezubringen. Danach gab es dann viele Versuche, die Bibel wieder ins Deutsche zu übersetzen, achtzehn wohl bis Luther. Aber erst der Buchdruck mit beweglichen Lettern verhalf letztlich der urwüchsigen Sprachgewalt eines zur Gnade Gottes bekehrten Luthers und seiner Bibelübersetzung zum Durchbruch. Aber er schweifte ab. Immer diese blöden Ablenkungen.

Megild hatte innerlich den Faden verloren. So las er den Text noch einmal.

Jesus hatte Angst, Todesangst. Er litt schon hier, wie ein Mensch nur leiden kann, der genau sieht, was auf ihn zukommt. Doch er weicht nicht aus, sondern bittet um Kraft. Was Megild dann schwer beeindruckte war der Satz: *Meinst du nicht, mein Vater würde mir nicht sofort zwölf Legionen Engel schicken, wenn ich ihn darum bitte?* Das war für ihn eigentlich das Unfassbare an diesem Jesus. Er wurde sich im Verlaufe seines Lebens immer stärker bewusst, wer er eigentlich war und welche Macht ihm gegeben ist im Himmel und auf Erden. Je mehr er sich dessen bewusst wurde, desto demütiger wurde er. Er wurde demütig, indem er immer stärker nicht nach seinem menschlichen Willen suchte und handelte, sondern nach dem Willen dessen, der ihn gesandt hatte. Es wäre für ihn ein Leichtes gewesen Leiden und Tod auszuweichen. Aber nie, auch nicht in der höchsten Not, gebrauchte er seine Macht, um sich zu verteidigen, anderen zu schaden oder zur bloßen Machtdemonstration, sondern immer nur zum Heil der Menschen, das heißt zur Verkündigung der Botschaft. Selbst als Menschen ihn menschlich verteidigen wollen, weist er sie zurück. Denn diesen Kreislauf von Gewalt und Gegengewalt aufzubrechen, sein Recht unter allen Umständen selber wahren zu müssen und eben nicht mehr auf Gott zu vertrauen, war er ja gerade gekommen aufzubrechen. Er kam, uns zu erlösen von den Strukturen, die uns immer wieder verknechten und verleiten, Böses zu tun. Jesus lehnte die Gewalt nicht ab. Er war kein Pazifist. Hatte er nicht die Händler aus dem Tempel hinaus geprügelt? Nein, er wusste sicher auch, dass es Momente gibt, wo man mit Waffengewalt das Recht anderer verteidigen muss oder wo der Staat die Pflicht hat, die staatliche Ordnung aufrecht zu erhalten gegen angemaßte Gewalt von Privatpersonen oder Gruppen. Aber was Jesus hier aufzeigt ist, dass da, wo ich betroffen bin, es immer und jederzeit an mir liegt, den Kreislauf der Gewalt zu durchbrechen. Durch Nichts lässt sich Jesus davon abbringen, Gutes zu tun. Keine Gewalt kann ihn zwingen, anderen zu schaden. Er erträgt alles, erduldet alles, hält in allem stand. Er zerbricht dadurch die Macht der Sünde, dass er sie seinen Leib zerbrechen lässt. Der Tod Jesu wird so zu seinem endgültigen Sieg über diese Mächte, weil sie ihn nicht dazu verleiten können, das Böse, was ihm angetan wird, mit Bösem zu vergelten. Er entäußert sich also jeder Gewalt soweit, dass er wird wie jeder von uns. Er stirbt allein, einsam und verlassen, wie jeder von uns; denn die letzten Schritte kann uns niemand begleiten, nur Er; Er der jetzt ganz allein sterben muss. Und genau das ist die tiefste Strafe, die unsere Sünde mit sich bringt. Die Trennung vom Vater. *Aber zu unserem Heil lag die Strafe auf seinen Schultern. Durch seine Wunden sind wir geheilt.* Alles legt Jesus in seinem Vertrauen auf den Vater in dessen Hände. Und dieser lässt Jesus auferstehen. Das Grab kann ihn nicht halten.

Megild brach hier ab. Das hatte er noch nicht gelesen und das war jetzt nicht dran. Außerdem begann er zu merken, dass sich seine Gedanken verselbständigten und das Herz kalt blieb.
Er las den Text noch einmal. Diesmal blieb er bei den schlafenden Jüngern hängen. Ja, das war auch seine Situation. Jesus hatte sich entfernt und nichts, auch absolut nichts geschah. Von Gefahr und Tod war beim Mahl die Rede gewesen, seinem Tod. Aber hatten sie es verstanden? War die Bedrohung für sie real? Jedenfalls schlafen sie ein. Haben sie Jesus verlassen oder Jesus sie? Er ist ja nicht da. Ja und? Vielleicht aber sind sie auch bekümmert und wollen vergessen. Wie viele verschlafen Gottes Rufen und Gegenwart, sind nicht wach für ihn? Im Schlaf kann einem die ganze Wirklichkeit gestohlen bleiben. Man lebt nur so vor sich hin, ohne Sinn und Ziel. Was ist wirklich, was Traum? Aber Jesus holt sie in die Wirklichkeit zurück. *Schlaft ihr? Wachet und betet, damit ihr nicht in Versuchung geratet!* Wenn er an dieser Sinnleere so leiden musste, konnte es nicht sein, dass Jesus ihn aufgeweckt hatte? Megild, was schläfst du. Wache und bete, damit du nicht in der Versuchung bleibst, alles selber machen zu können! Du kannst nicht immer weglaufen!
Wachen und beten, wie er. Nur wer betet, ist und bleibt also wach!?

Nach dem Warum fragen, wie er?
Den Vater anflehen, die eigene Situation zu erhellen, wie er?
Wenn man schon nicht versteht, was los ist, die Warum-Fragen unbeantwortet bleiben, wenigstens darum bitten, gestärkt zu werden, damit man in dieser Situation nicht schwach wird und zu Fall kommt.
Was hieß "schwach werden" und "zu Fall kommen"?
Das tun, "was alle tun", den leichten Weg gehen, statt den der persönlichen Berufung. Leben ohne Sinn, ohne Besinnung auf ihn, den Erlöser.

Wieder tauchte dieses Wort auf, "Erlöser". Wovon und wozu erlöst er mich? Sünden, Schuld das alles sind doch nur abstrakte Begriffe. Wovon hatte er uns wozu erlöst? Wieder entsann er sich eines Begriffes, der "Erbsünde". Aber gleich berichtigte er sich, "macula originalis" hieß eigentlich nicht "Erbsünde", sondern "Ursprungssünde". Was war das doch gleich? Er versuchte sich zu erinnern, was der Vikar erst vor kurzem darüber zu ihnen gesagt hatte.

Megild hielt in seinen Gedanken kurz inne, weil er sich auf der Karte erst seines Weges vergewissern wollte. Die letzte nicht nachgesehene Abbiegung hatte ihm drei Kilometer Umweg eingebracht. Das sollte sich nicht wiederholen. Ah, er lag richtig mit seinem Kurs.

Wo war er doch gleich stehen geblieben? Richtig! "Ursprungssünde". Dies war wieder im Rahmen eines theoretischen Bibelkreises gewesen, im ersten Teil mit den Erläuterungen des Vikars dazu, über die Geschichte mit der Frau, dem Adam und der Schlange. Der Mensch war noch heil. Nichts trübte die Beziehungen vom Schöpfer zu den Geschöpfen und den Mitgeschöpfen untereinander. Ausgedrückt war das in verschiedenen Bildern: *Adam und seine Frau waren nackt, aber sie schämten sich nicht voreinander.* Das meinte natürlich nicht zuerst körperliche Nacktheit, sondern vor allem die Offenheit im Miteinander. Man hatte nichts voreinander zu verbergen. Alle Bewohner des Paradieses lebten rein vegetarisch wie man in Genesis 1,29-30 sehen kann. Auch das hieß natürlich etwas im übertragenen Sinne. Man lebte nicht auf Kosten der anderen. Es gab nicht den Kampf ums mehr, weil alle hatten, was sie brauchten. Der Schwache musste sich nicht vor dem Starken verbergen. Wolf und Lamm lagen beieinander, Kuh und Bärin waren Freunde. Alles also war schlicht im rechten Verhältnis zu Gott und zueinander, heil, gerecht. Im dritten Kapitel dann gab es jenes berühmte Gespräch zwischen der Schlange und der Frau über die Frucht des Baumes der Erkenntnis und des Lebens.
Megild holte die Bibel raus, um sich zu vergewissern.
Der Vikar betonte nachdrücklich: "Hier steht nicht Apfel. Damit hätte man sich den Zugang zum richtigen Verständnis der Geschichte nämlich schon verbaut.

Weil die Schlange wie der Diabolos zum Schaden der Menschen wie der Verwirrer redet, hat die spätere Tradition sie irgendwann gleich gesetzt mit dem Teufel. Jedenfalls glaubt die Frau, dass es ein gar köstlich Ding wäre, klug zu werden, vor allem aber *zu sein wie Gott*. Die Schlange hatte nämlich gesagt, dass die Menschen nicht stürben, äßen sie davon. Eva aß also von dieser Frucht des Baumes der Erkenntnis und gab auch ihrem Mann davon. Es kann sich nicht um die Erkenntnis von Gut und Böse ganz allgemein handeln", betonte der Vikar, "denn dann hätten Adam und Eva nicht sündigen können. Denn da, wo keine Erkenntnismöglichkeit da ist, kann auch keine Sünde passieren, nur ein Fehler oder ein Missgeschick. Wenn ich nicht weiß, dass ich Gutes tun soll und Böses lassen, kann ich darauf auch nicht verpflichtet werden. Es handelt sich deshalb wahrscheinlich darum, festzusetzen, was gut und was böse ist, also das von Gott gesetzte Spielfeld und die Spielregeln zu ändern, eben sein zu wollen wie Gott."
"Aber wird Gott hier nicht verglichen mit einem kleinlichen Kleingärtner, der von seinen besten Bäumen nichts abgeben will?" hatte darauf hin Brigitte gefragt.
Der Vikar hatte geantwortet. "Dieser Schluss liegt nahe, wenn man aus der Frucht einen magischen Apfel mit Zauberkräften macht. Aber versucht euch doch einmal vorzustellen, was die Frucht des Lebensbaumes und die Frucht der Erkenntnisbaumes ist!"
Der Vikar blickte in die Runde und hoffte, dass diese

angedeutete Frage allein genügen würde, um den Text zu erklären. Als dann nach unendlichen zehn Sekunden doch nichts kam, griff er den Faden wieder auf: "Die Frucht des Baumes der Erkenntnis von Gut und Böse ist natürlich Erkenntnis von Gut und Böse. Das Wissen darum, warum etwas gut und warum etwas böse ist und wohin beides führt. Um das zu erkennen, braucht es sehr lange, manchmal ein ganzes Menschenleben, weil diese Erkenntnis auch vielfach verwoben ist mit anderen Zusammenhängen. Diese Frucht kann noch gar nicht reif sein, denn der Mensch ist gerade erst geschaffen worden."
Maria sagte: "Lass die Äpfel am Baum, du wirst dir den Magen verderben."
"Gut jetzt kannst du Apfel sagen, nachdem du erkannt hast, dass es kein Apfel ist."
"Weiter, was passiert, wenn man einen unreifen Apfel abreißt."
"Er wächst nicht weiter." sagte Christoph.
"Richtig, er wächst nicht weiter, kann nicht reifen und verschrumpelt, noch bevor er richtig schmecken kann, bevor man überhaupt weiß, wie er schmecken kann. Was passiert, wenn ihr eine unreife Frucht esst?"
"Man kriegt Dünnpfiff."
"Richtig. Das passiert auch hier. Beiden gingen die Augen auf und sie erkannten, dass sie nackt waren, dass sie nun etwas zu verbergen hatten. Das was sie zu verbergen hatten, war die Übertretung des Gebotes. Das

was sie zu verbergen hatten, ist nicht ihre Geschlechtlichkeit. Die Sexualität bleibt auch nach der Übertretung gut. Die Geschlechtlichkeit ist schon in Genesis 2, 23 bis 25 als gut erkannt und ausgedrückt, einschließlich der Ehe und der geschlechtlichen Vereinigung, denn ein Fleisch werden ist eine Umschreibung für das, was mit Ehe geschieht und seinen höchsten Ausdruck in der innerehelichen Sexualität findet. Das könnt ihr schön in der Argumentation des Paulus nachprüfen, wo er es den Korinthern in 1 Korinther 6 verbietet, zu Prostituierten zu gehen, unter Hinweis auf genau diese Stelle. Er sagt, dass der geschlechtliche Akt nicht nur etwas Äußerliches, eine Abreaktion überschüssiger Säfte ist, sondern den ganzen Christen betrifft, der ja der Tempel des Heiligen Geistes ist.

Diese Feigenblätter, die die beiden nun zu einem Schurz zusammenheften, stehen also dafür, dass der Mensch nun etwas zu verbergen hat, nämlich das, was er ist ohne Gott, getrennt von Gott, ein Nichts. Leider wurde daraus im Laufe der Geschichte auch in Wechselwirkung mit den umgebenden Kulturen, dass der Mensch nun seine Geschlechtlichkeit zu verbergen hat."

Der Vikar fuhr fort: "Der Mensch hatte also von der Frucht gegessen und war nicht gestorben. Denn der Tod, hatte Gott gesagt, wäre die verdiente Strafe gewesen, die nicht in verdienter Schärfe sofort folgt. Gott gibt

jetzt dem Menschen noch eine letzte Chance, indem er fragt, was er eigentlich weiß. Diese Frage dient dazu, dem Menschen die Möglichkeit des Bekenntnisses zu geben. Doch statt zu sagen: *Ich, Adam, habe gegen dich gesündigt und habe von der Frucht gegessen, obwohl ich wusste, dass du es verboten hast. Ich bin schuldig. Verzeih mir!*, schiebt er die Verantwortung ganz auf die Frau. Und die Frau sagt auch nicht: *Ich, Frau, bin schuldig, denn ich habe die mir angebotene Frucht genommen, davon gegessen und auch meinem Mann davon gegeben, obwohl ich wusste, dass du es verboten hast."*
Lukas witzelte: "Da hat Gott dem Adam das Missgeschick mit der Miss geschickt."
Der Vikar war kurz etwas verdattert ob des schlechten Kalauers, konnte dann aber doch fortfahren: "Die Schlange wird interessanterweise nicht gefragt, warum sie das getan hat. Adam, die Frau und die Schlange stehen auch symbolisch für jeden einzelnen Menschen oder aber für die ganze Gesellschaft. Mein triebhaftes Verlangen ausgedrückt von der Schlange, wird von meinem Willen und Begehren - der Frau - aufgegriffen und vom Verstand - Adam - bestätigt, gerechtfertigt, zurückgewiesen oder verteidigt. Die Strafe, das ist die innere Folge meiner Sünde, trifft darum auch alle drei.
Das Essen der Frucht hat Folgen, die im Fluch ausgedrückt sind. Der Fluch ist nicht äußere Strafe, sondern nur Ausdruck dessen, was innerlich durch das Essen der Frucht passiert ist. Der Fluch enthält übrigens

bezeichnenderweise nicht, dass der Mensch sterblich ist. Der biologische Tod ist also keine Folge des Fruchtgenusses.
Folge des Essens der unreifen Frucht ist natürlich unreife Erkenntnis. Der Mensch erkennt den Unterschied zwischen Mann und Frau und folgert daraus einem Wesens- einen Wertunterschied. Der Mann herrscht über die Frau. Die Herrschaft des Mannes über die Frau ist also Folge der Sünde. Der Mensch erkennt den Schöpfungssegen, nicht den Schöpfungsauftrag, unvollkommen: *Seid fruchtbar, und vermehrt euch, bevölkert die Erde, unterwerft sie euch, und herrscht über die Fische...* und so weiter. Er vermehrt sich ungebremst, was aber erst in unserem Jahrhundert zum Problem zu werden droht, er herrscht über die Erde nicht wie ein weiser Hausherr, sondern wie ein Eroberer, der zu Hause ja noch eine andere Erde hat, die er pfleglich behandelt. Letzteres war schon immer ein Problem des Menschen. Der Herr und Besitzer hegt und pflegt sein Eigentum. *Der Räuber und Dieb kommt nur um zu stehlen und zu rauben. Ihm liegt nichts* an der Bewahrung des Ganzen.
Halten wir fest: Die Frucht des Greifens nach etwas, das Gott mir verboten hat, führt dazu, dass der Mensch aufgrund unreifer Erkenntnis Entscheidungen trifft, die ihrerseits unreif sind. Übrigens ist die Frucht des Baumes immer unreif, wenn der Mensch danach greift. Innerhalb einer menschlichen Gemeinschaft aber führt

unreife Erkenntnis zu Ungerechtigkeiten. Ungerechtigkeiten von denen die Mächtigeren profitieren, werden gesichert, als Recht ausgegeben und ausgebaut. Recht und Gerechtigkeit fallen auseinander. Jeder einzelne Mensch, der heute geboren wird, wird in diesen Unheilszusammenhang hineingeboren. Irgendwann entscheidet sich das Kind persönlich das erste Mal dazu, Böses zu tun, obwohl es weiß, Böses soll man nicht tun. Kinder können grausam sein. Mit welcher Wonne prügeln manche, wenn keiner es sieht, auf Schwächere ein. Die Starken weiden sich schon hier an den Leiden der Schwachen. Habt ihr schon einmal in solche Augen gesehen? Aber der hier Schwache ist vielleicht viel intelligenter und weiß in der Schule Tests zu provozieren, wodurch der physisch Starke schlechtere Noten erhält. Aber die Rache auf einem anderen Gebiet, wo der andere wehrlos ist, reißt nur neue Wunden, ohne dass dies eigenen Rachegelüste befriedigt.
Oder seht global das Eigentum. Die Regenwälder brennen, weil die Armen Land brauchen, um zu leben. Man raubt der Natur für den Ackerbau ungeeignetes Land, statt die riesigen Brachflächen kostbarer Ackerböden zu nutzen, weil sie der Privatbesitz einiger wehrhafter Reicher sind, deren Väter sich dieses Land vor ein-, zweihundert Jahren einmal geraubt hatten. Unrecht wird verfestigt durch die Zeit hindurch als Recht ausgegeben und ausgebaut. Das sind strukturelle Folgen der Erbsünde. Es sind die Strukturen in dieser Welt, die

Strukturen des Bösen. Erbsünde verleitet mich dazu, eher Böses zu tun als Gutes, wenn ich unter Druck gerate. Das prügelnde Kind sieht im Fernseher oder zuhause Gewalt und ahmt sie nach. Unrechtsstrukturen erscheinen als Vorbild. Böse Strukturen werden aber nicht nur von Kindern verinnerlicht, auch Erwachsene übernehmen sie. So sehr, dass *man ja nichts dagegen machen kann.*

Alle haben gesündigt, und alle stehen unter der Macht der Sünde. Keiner ist gerecht, auch nicht ein einziger. Das heißt im richtigen Verhältnis zu Gott und den Menschen. Aus eigener Kraft kann der Mensch da auch nicht heraus. Er wäre ja dumm, nicht so zu handeln! Er würde verlieren, müsste seinen Lebensstil ändern, wenn er ernst machen wollte mit der Gerechtigkeit. Er leidet zwar auch unter manchen Strukturen, aber es gibt immer welche, denen es noch schlechter geht. Alle wollen glücklich leben, alle greifen danach, wollen es ergreifen dieses glückliche Leben. Das ist die Frucht des Baumes des Lebens: das geglückte Leben. Aber der Mensch hat schon von der Frucht des anderen Baumes gegessen. So erkennt er nicht, worin das wahre Glück besteht, nämlich *im Sein bei Gott* und *nicht im Sein wie Gott*; in der Gemeinschaft nicht im Wesen.

Der Mensch greift nach Besitz, nach Befriedigung all seiner Bedürfnisse. Das was ihm fehlt, scheint zu verheißen, was er braucht. Aber hat er es erlangt, verliert es nach kurzer Zeit schon seinen Wert; denn wahres

Glück, kann nur die wahre menschliche Beziehung zu anderen Menschen schenken, die letztlich offen ist für Gott. Der Mensch greift immer wieder auch nach dem zweiten Baum aufgrund unreifer Erkenntnis. Er will selber ergreifen, was nur geschenkt werden kann.

Worin besteht geglücktes Leben? Im Wissen darum, dass mein Leben nicht vergeblich war, dass es sich gelohnt hat zu leben. Wo aber erfahren Menschen das? In der Liebe, im Vertrauen aufeinander, in treuen Beziehungen, die offen sind für die Gegenwart Gottes und wo man keine Feigenblätter mehr braucht. Das zu erkennen, ist die reife Frucht des Baumes der Erkenntnis. Glücklich zu leben ist die wahre Frucht des Baumes des Lebens.

Die Früchte dieser Bäume kann ich nie selber ergreifen. Wenn ich danach greife, bleiben sie unreif. Ich kann sie nur als Geschenk Gottes annehmen. Gott will uns diese Früchte nicht vorenthalten, sondern sie uns reif schenken. Das kann man in der Offenbarung an Johannes 22,14 nachlesen. Mein Leben kann nur als Geschenk glücken, letztlich zum Himmelreich werden, das schon hier beginnt. Diese Frucht des Lebensbaumes ist Jesus der Christus. Im Psalm 94 Vers 15 heißt es prophetisch über dieses Geschehen: *Denn zur Gerechtigkeit wird zurückkehren das Recht und hinter ihm her alle, die von Herzen aufrichtig sind.*

Dagegen aber stehen die Mächte dieser Welt. Immer wieder verleiten sie mich, mir meinen Teil, der mir zusteht, selber zu holen, selber nach den Früchten zu greifen. Die Erlösung, die Jesus uns geschenkt hat, ist erfahrbar in der Kraft des Heiligen Geistes, der uns im Leben Jesu den Weg der Erlösung erkennen lässt. Alles lässt Jesus sich rauben, nichts behält er für sich, das Glück einer Familie, seine glückliche Zeit mit den Jüngern, das ihm zustehende irdische Königtum, ja göttliche Anbetung. Er wird verspottet von denen, die ihn anbeten sollten. Er leidet, wird geschlagen, getötet von denen, die ihn zum König machen müssten. Selbst die tiefsten Symbole der Zuneigung werden ihm geraubt. Ein Kuss von einem der zwölf engsten Freunde verrät ihn. Jesus hält nichts in seinem Leben fest. Er klammert sich an nichts; denn er vertraut darauf, dass der Vater ihm alles schenken wird. So wird alles, was man ihm raubt, selbst sein Leben im einsamen, gottfernen Sterben am Kreuz, zum Geschenk für den Vater, zur Ganzhingabe.

Sein Vertrauen wird nicht enttäuscht. Der Vater füllt ihn mit seiner Liebe und unterwirft ihm alles, was Jesus für ihn aufgegeben hat. In diese Liebe werden wir hineingenommen. Dem Heiligen Geist vertrauend folgen wir den Spuren Jesu. Wir werden wie er Kind Gottes, erhalten eine neue Identität. Wir, seine Kirche, sind im Bad der Taufe heraus genommen aus der angemaßten Macht des Bösen. Obwohl wir in dieser Welt bleiben, sind wir nicht mehr von dieser Welt, also gehorsam ihren Prinzipien. Die Verleitung zum Bösen bleibt. Der alte Mensch fällt immer wieder. Aber in der Taufe haben wir den Heiligen Geist empfangen, der immer wieder die Macht des Bösen vertreiben kann und uns stärkt unter Hinweis auf das Vorbild Jesu und der Heiligen, die diesen Weg schon gegangen sind. Es kommt nun auf uns und unsere Entscheidung an. Wollen wir zu Gott gehören und Jesus folgen, oder bleiben wir, wo wir sind, in Unheil, Chaos und Tod? Jesus ist nicht nur Vorbild. Er ist auch die Zusage, dass wir es schaffen können, gut und geglückt zu leben, wenn wir uns dieses Leben nur schenken lassen und bereit sind, es weiter zu schenken. Vielleicht soweit zu "Erlösung" und zu einer Interpretation dieser Bibelstelle in der Genesis."

Megild setzte sich auf einen Stein und machte Pause. Seine Füße taten ein wenig weh, aber das war o.k. so. Er trank den Rest des Wassers.

Im nächsten Ort füllte er sein Wasser nach, verließ ihn wieder und schlug sein Zelt in der Pampa auf, nahe einem kleinen Waldstück. Nach seinem rituellen Abendgebet schlief er ein. Das Mädchen von gestern Abend gab ihm einen Gute-Nacht-Kuss.

21

*Erzähl Gott nicht,
wie groß deine Probleme sind,
sondern erzähle deinen Problemen,
wie groß Gott ist.*

Gottes Sohn

Heute war der Mittwoch der Heiligen Woche. Die letzte Tour durfte sich nicht verzögern, wenn klappen sollte, was er vorhatte. Rasch war das Zelt zusammengebaut. Bevor er den Rucksack aufsetzte, las er noch den letzten Teil des Palmsonntagsevangeliums und grenzte dann die Texte aus diesem 27. Kapitel ein wenig ein. Er fasste für sich kurz noch einmal zusammen, was er gelesen hatte:
Nach der eigenartigen Gerichtsverhandlung mit dem Traum der Frau des Pilatus, wäscht Pilatus vor dem Volk seine Hände in Unschuld. Das Volk ruft: Sein Blut komme über uns und unsere Kinder. Obwohl Pilatus weiß, dass Jesus den "Sohn Gottes" vor allem zuerst von einem religiösen Anspruch her versteht, schließt er sich doch dem Volk und der Anklage des Hohen Rates an und befiehlt die Geißelung mit einer Lederpeitsche, in die spitze Metallstücke eingeflochten waren, und die Kreuzigung Jesu. Die Römer beginnen mit der Verspottung des Verurteilten. Die Soldaten machen sich

über ihn und die Juden lustig, indem sie ihn als Judenkönig mit der Dornenkrone huldigend schlagen und anspeien. Auf dem Weg zum Kreuz zwingen sie einen Vorbeikommenden, Simon von Zyrene, Jesus zu helfen das Kreuz zu tragen, damit dieser nicht zu früh stürbe. Den mit Galle vermischten Wein lehnte Jesus ab. Sie kreuzigten ihn, verteilten seine Kleider und kreuzigten auch zwei Räuber links und rechts neben ihm. Er versuchte sich in Jesus hineinzuversetzen. Zuerst treiben sie durch meine Handgelenke die Nägel und klemmen mir damit den Nerv zum Daumen ab. Ich mag das schon beim Zahnarzt nicht, wenn der mir trotz Betäubungsspitze beim Bohren auch nur in die Nähe des Nervs kommt. Dann treiben sie das Metall durch meine Füße, richten das Kreuz auf und lassen es in die Grube fallen. Jeder Atemzug fällt schwer, die Lunge fasst so nur ein Viertel des Volumens. Nein, die Wunden selbst sind nicht tödlich. Gekreuzigte ersticken, je nachdem wie viel Kraft sie haben. Jetzt las er:

[39]Die Leute, die vorbeikamen, verhöhnten ihn, schüttelten den Kopf [40]und riefen: Du willst den Tempel niederreißen und in drei Tagen wieder aufbauen? Wenn du Gottes Sohn bist, hilf dir selbst, und steig herab vom Kreuz! [41]Auch die Hohenpriester, die Schriftgelehrten und die Ältesten verhöhnten ihn und sagten: [42]Anderen hat er geholfen, sich selbst kann er nicht helfen. Er ist doch der König von Israel! Er soll

vom Kreuz herabsteigen, dann werden wir an ihn glauben. ⁴³Er hat auf Gott vertraut: der soll ihn jetzt retten, wenn er an ihm Gefallen hat; er hat doch gesagt: Ich bin Gottes Sohn. ⁴⁴Ebenso beschimpften ihn die beiden Räuber, die man zusammen mit ihm gekreuzigt hatte.

⁴⁵Von der sechsten bis zur neunten Stunde herrschte eine Finsternis im ganzen Land. ⁴⁶Um die neunte Stunde rief Jesus laut: Eli, Eli, lema sabachtani?, das heißt: Mein Gott, mein Gott, warum hast du mich verlassen? ⁴⁷Einige von denen, die dabeistanden und es hörten, sagten: Er ruft nach Elija. ⁴⁸Sogleich lief einer von ihnen hin, tauchte einen Schwamm in Essig, steckte ihn auf einen Stock und gab Jesus zu trinken. ⁴⁹Die anderen aber sagten: Lass doch, wir wollen sehen, ob Elija kommt und ihm hilft. ⁵⁰Jesus aber schrie noch einmal laut auf. Dann hauchte er den Geist aus. ⁵¹Da riss der Vorhang im Tempel von oben bis unten entzwei. Die Erde bebte, und die Felsen spalteten sich. ⁵²Die Gräber öffneten sich, und die Leiber vieler Heiligen, die entschlafen waren, wurden auferweckt. ⁵³Nach der Auferstehung Jesu verließen sie ihre Gräber, kamen in die Heilige Stadt und erschienen vielen. ⁵⁴Als der Hauptmann und die Männer, die mit ihm zusammen Jesus bewachten, das Erdbeben bemerkten und sahen, was geschah, erschraken sie sehr und sagten: Wahrhaftig, das war Gottes Sohn!
⁵⁵Auch viele Frauen waren dort und sahen von weitem

zu; sie waren Jesus seit der Zeit in Galiläa nachgefolgt und hatten ihm gedient. ⁵⁶Zu ihnen gehörten Maria aus Magdala, Maria, die Mutter des Jakobus und des Josef, und die Mutter der Söhne des Zebedäus.

Er brach auf von dem Ort und zog los zu dem Ziel, das er sich vorgenommen hatte. Unterwegs dachte er über die Stelle nach. *Sie anti-huldigen dir, ziehen in einer Prozession vor und hinter dir her und setzen dich auf den Kreuzesthron.* Megild fiel ein Teil eines Lied von Markus Egger ein, dass nach einem Jesajatext geformt war. Er sang es jetzt vor sich hin:

Ich habe den ganzen Tag meine Arme ausgestreckt
nach einem widerspenstigen Volk,
nach einem widerspenstigen Volk,
das seinen unheilvollen Gedanken nachgeht ...
denn der Herr sehnt sich danach,
euch Gnade zu erweisen,
der Herr will sich so gern über euch erbarmen.
Denn ein Gott des Rechts ist der Herr.
Wohl allen, die ihm vertrauen.

Megild dachte: *Alle haben sich versammelt, wie bei einer wirklichen Thronbesteigung. Der Hohepriester, die Priester, die Pharisäer und Schriftgelehrten, das Volk. Alle schauen auf den König der Juden. Alle schauen auf das wahre Osterlamm. Er der die wahre Sühne*

für ihre Sünden bringt. Aber für sie fließt das Blut zumindest an diesem Tag umsonst, denn sie glauben nicht.
Megild fiel auch die Bitte der Mutter der Zebedäussöhne ein: Lass meine Söhne in deinem Reich zu deiner Rechten und zu deiner Linken sitzen. Ob sie nun wusste, worum sie gebeten hatte? Hier fing es an sich ganz zu offenbaren, sein Reich. Jesus trank den Kelch, den auch diese Jünger trinken würden. Aber den Platz zu seiner Rechten und zu seiner Linken, den hatte nicht er zu vergeben.

Er grübelte vor sich hin. Nein, das Loch in seinem Herzen, diesen Ekel spürte er jetzt nicht, sondern nur so ein dumpfes, unheilvolles Brüten. Daran wollte er jetzt auch nicht direkt rühren. Dann und wann wurde diese Dumpfheit unterbrochen durch einen tiefen Atemzug, der Frische bis in seine Beine hinein brachte vorbei an der No-Go-Zone in seinem Zentrum.

Da war sie, die "Mutter vom Guten Rat". Am Rande dieser kleinen Stadt gelegen, hatte sie sich in den letzten Jahren in den Sommermonaten zu einem kleinen Jugendwallfahrtsort entwickelt. Um diese Zeit allerdings war noch nicht viel los. Megild war mit der Frau, die den Schlüssel verwaltete, gut befreundet. Pünktlich zur ausgemachten Zeit klingelte er bei ihr am alten Pfarrhaus neben der Kirche. Sie öffnete.

"Wie siehst Du denn aus? Komm rein! Schön, dass du da bist."
Sie machte ihm ungefragt einen Tee; denn sie kannte Megild recht gut von den Vorbereitungstreffen der Jugend her, und wusste, dass er mit ihr dieselbe Teeleidenschaft teilte. Sie war als Pastoralassistentin verantwortlich für die Betreuung der drei Gemeinden in der Umgebung. Sie galt manchen als ein wenig "durchgeknallt", aber auf jeden Fall als sehr engagiert und fähig. Megild mochte sie sehr.

Megild erzählte von seiner Reise. Sie wunderte sich ein wenig. Nicht nur dass er jetzt eine Wallfahrt machte, sondern auch, was für Erfahrungen er gemacht hatte. Irgendwann fragte Megild ganz unbedarft:
"Sagt mal, wie feiert ihr hier eigentlich die drei Heiligen Tage?"
Relativ bitter kam die Antwort: "Als erstes mal priesterlos. Ein Priester verirrt sich hierher nur einmal im Monat. Priesterlose Gemeinden sind hier in dieser Gegend schon zur Regel geworden. Es gibt hier mittlerweile den ersten Pfarrverband, der nur mit einem Priester assoziiert ist. Die sonntägliche Feier der Heiligen Messe ist hier nur noch vom Hörensagen bei den ganz Alten bekannt. Davon, dass die Eucharistiefeier Zentrum des Glaubenslebens ist, wie es das 2. Vatikanische Konzil wollte, ist hier weit und breit keine Spur mehr zu merken unserer Leitung sei Dank."

Sie rührte in ihrem Tee, sah Megild an:
"Was aber nützt ein Zentrum, das den Gemeinden vorenthalten wird? Die Kirche vernachlässigt auch hier durch Unterlassung, dem Recht der Gemeinde nachzukommen. Wir feiern hier also auch an den Hohen Feiertagen nur Wortgottesdienste mit Kommunionausteilung, wenn das deine Frage war - und selbst das will so mancher Oberhirte verbieten."
"Nein, nein, sorry, ich wollte eigentlich nur wissen, wie ihr feiert. Das war jetzt in keiner Weise eine Provokation oder sonst was."
"Verzeihung, ich bin zur Zeit etwas allergisch. Wenn ich dich nicht langweile, kann ich dir auch erklären warum."
Als Megild nickte, fuhr sie fort: "Schön übrigens erst mal, dass du da bist. Mit dir kann man gut reden. Ich habe deshalb extra auch den nächsten Termin verschoben. Die Leutchen hier sind zwar nett, aber über sowas kann ich mit denen nicht reden. Weißt du, ich bin keine von diesen weihegeilen Emanzen. Du kennst mich ja! Sicher, ich lebe auch zölibatär, und ich hoffe, dass irgendwann auch Frauen geweiht werden, aber dass ich nicht geweiht werde, erzeugt bei mir keinen Leidensdruck. Soweit der Vorrede.
Aber weißt du, was das Bittere ist? Ich habe fünf Jahre studiert, einige Jahre in einer Großstadt gearbeitet. Überall im Studium hörst du deine Professoren über den Aufbau und die Verfasstheit der Kirche reden. Wie

sie aus der Eucharistie als ihrer Quelle und ihrem Höhepunkt lebt. Wie sich das Leben entfaltet in den Sakramenten und Sakramentalien. Wie das Gemeindeleben von der Messe her und auf sie hingerichtet ist bla, bla, bla... Alles wunderschön gedacht; und theoretisch ist das ganz praktisch, aber praktisch total theoretisch; denn hier gibt es keine Priester, die diese Sakramente regelmäßig spenden können. Aber wir beten natürlich weiter um den Regen der Berufungen und spannen den Regenschirm unserer Zulassungsbedingungen auf, um nicht nass zu werden; denn Berufungen schenkt der Herr ja in Hülle und Fülle, aber halt nicht so, wie wir es traditionell gern hätten."

"Aber du kannst doch fast alles, was man in einer Gemeinde braucht, außer der Eucharistiefeier vorstehen, Beichte hören, Krankensalbung spenden?"

Sie lächelte. "Diese Antwort bekomme ich auch manchmal von meinen Priesterkollegen zu hören. Ich begleite viele Leidende und Sterbende. Wenn es dann soweit ist, musst du dich um einen Priester kümmern, der die Sakramente spenden kann. Das ist doch Formalismus! Der Priester wird zum Sakramentenautomaten, ganz davon abgesehen, dass selbst dafür nicht mehr genügend da sind. Zwei Drittel meiner Leute hier stirbt unversehen, also ohne die letzten Sakramente schlicht, weil keiner mehr da ist, der sie spenden darf. Und das wird immer schlimmer.

Außerdem sind in Deutschland nach dem wilden

Siebzigern fast alle anderen Gebetsformen außer der Messe den Bach runter gegangen. Wenn ich mir die Taktik der Kirche bis jetzt hier so ansehe, glaube ich, dass die ländlichen Gebiete kampflos dem Neuheidentum, den esoterischen Sekten und Traditionalisten überlassen werden. Wenn du in den Großstädten nachfragst, wo es ja noch Priester gibt, ist das denen oft zu mühsam wegen einer sterbenden Person oder einer Sonntagsmesse rauszukommen, wenn sie überhaupt noch etwas freien Raum in ihrem Kalender haben."
"Was meinen deine Kollegen hier in der Gegend dazu?"
"Wir stehen hier mehr oder weniger alle ein wenig auf Kriegsfuß miteinander. Die Nächste hier in der Gegend ist meine Intimfeindin. Die geht, Gott sei Dank, im nächsten Jahr in die Rente. Für sie bin ich ein Schoßhündchen des Patriarchats, das den Heiligen Geist nicht hören will, der zum Sturm auf die alten Männerbastionen bläst."
"Ah, die hast du wahrscheinlich mit weihegeilen Emanzen gemeint?"
"Ja, die labert nur von Emanzipation und verwechselt jede Welle des Zeitgeistes, auf der sie surft, mit dem Heiligen Geist. Also die geht mir ehrlich auf den Keks. Der andere hier nebenan, ist zwar lieb, aber eine Pflaume mit Null Sinn für die Praxis. Wenn die Gemeinde dort nicht selber einigermaßen auf Draht wäre, würde der dort wahrscheinlich sogar verhungern,

so lebensunfähig wie der ist. Ich habe dann noch zwei drei Freundinnen aus dem Studium, wo ich einmal im Monat hinfahre, aber weißt du, was das heißt?"
"Meinst du, dass die Priesterweihe von Frauen das alles hier raus reißen würde?"
"Um Gottes willen, das glaube ich nicht. Aber es würde zumindest Zeit schinden, um zu überlegen, was wir tun können. Ich glaube um Frauen zu weihen, müsste sich in der Struktur der Kirche weniger ändern, als wenn man verheiratete Männer zuließe. Man müsste halt auch ein paar Frauenklos in die Seminare einbauen.
Nein, ich halte unser Problem heute für ein allgemeines Glaubensproblem. Wenn Menschen nicht glauben, teilweise auch nicht gesagt bekommen, wie sie zum Glauben finden können, dann werden sie auch nicht ihre Berufung finden können.
Aber ich glaube, unsere Bischöfe haben Angst vor Rom, der Welt und sind einfach zu feige, ihre Meinung in Vollmacht vor Petrus zu tragen und die gute Lehre unters Volk. Darum buckeln sie vor den vatikanischen Hofschranzen und sagen bei ihren Besuchen in Rom nicht, was hier Sache ist. Wo ist wie damals ein Paulus in Antiochia, der auch einem Apostel Petrus die Meinung geigt. Außerdem glaube ich, dass Rom Mittel- und Westeuropa für den Glauben als verloren ansieht und darum auf nichts eingeht, was von hier kommt. Nur bei unserem Ideologieexport könnte diese Milchmädchenrechnung leicht zum Bumerang mutieren."

Megild rührte in seinem Tee: "Ich sehe darin - übrigens ganz im Gegensatz zu dir - ein wenig auch ein Zeichen des Heiligen Geistes."
"Das verstehe ich jetzt nicht." Sabine schaute ihn verständnislos an.
Nun fuhr Megild fort: "Wenn wir jetzt nicht handeln und irgend etwas in die Wege leiten, bricht das jetzige System zusammen. Wenn die überwiegende Menge der Gemeinden keinen Priester mehr aus eigener Anschauung kennt, also einen Priester, der Seelsorger ist und nicht ein überforderter Manager, dann werden sie ihn auch nicht mehr vermissen, wenn die Ausnahmeregelung zur Norm geworden ist. Pensionierte Manager haben wir genug in den Gemeinden, die die wirtschaftliche Leitung einer Gemeinde viel besser übernehmen könnten."
"Ja, du hast recht. Die Bischöfe und der Vatikan fördern zur Zeit die Entsakramentalisierung und Entklerikalisierung der Kirche durch eine völlige Erstarrung in einem Maße, dass einem schlecht werden kann."
Megild griff ihren Faden auf: "Wenn wir jetzt nicht handeln und zu Reformen kommen, die tragen, bricht das, was wir bisher als kirchliche Struktur kennen, vollkommen weg. Naja, die Kirche wird's auf jeden Fall überstehen."
Sabine musste lachen: "Wenn ich sehe, wie immer wieder Zahlenspielchen bemüht werden, um die Gefahr zu kaschieren. Kennst du übrigens den Witz: Anfrage an

Radio Vatikan: Stimmt es, dass sich die Zahlen der Priesterberufungen heute auf einem erschreckenden niedrigem Niveau befinden? Antwort: Im Prinzip Nein. Die Lage ist heute im Gegenteil sogar höchst erfreulich verglichen mit den Zahlen, die wir schon in wenigen Jahren erwarten."
Megild musste lachen und fragte: "Meinst du, dass sich in absehbarer Zeit etwas ändern wird?"
"Ich weiß nicht. Es fragt sich auch, was sich ändern soll. Wenn zum Beispiel verheiratete Männer nur zur Priesterweihe zugelassen werden, weil man halt keine zölibatären Priester mehr hat, bin ich dagegen. Wenn Frauen nur geweiht werden, weil halt Not am Mann ist oder auch wegen der Genderideologie, dann bin ich dagegen. Ich bin aber dafür, wenn man die jetzigen Strukturen stabilisieren will, solange bis der Geist eine Richtung aufweist, in die wir gehen sollen. Ich bin dafür, Frauen zu weihen, wenn dies aus einem geistigen Prozess und aus dem Verlagen erwachsen ist, auf Gott zu hören. Nur sehe ich nirgendwo, dass so ein Prozess zugelassen oder gar moderiert würde. Was ich sehe, sind fruchtlose Dialogrunden und ein Verlesen von so genannten ewig gültigen Wahrheiten ohne Bezug zur Realität. Ich möchte nicht als Priester der letzten Stunde verheizt werden für ein volkskirchliches Flächenmodell, das nur deshalb gehalten wird, weil man nicht den Heiligen Geist um Rat fragen will, was man wie ändern soll aus irgendeiner Angst vor Wandlung heraus. Euer

Gemeindemodell der territorial orientierten Personalgemeinde scheint mir zumindest für die Übergangszeit eine gute Lösung zu sein. Nur müssten diese lebendigen Gemeinden stärker evangelisieren."
"Wie das?"
"Zum Beispiel, könntet Ihr ja außerhalb eurer Aktivitäten, mal mit einer Gruppe vorbeikommen, ein paar Gottesdienste gestalten, von eurem Glauben erzählen oder Glaubenskurse anbieten. Damit würden sich zumindest die Reste hier stärken lassen. Vielleicht sogar neue Leute gewinnen lassen. Wir müssen unsere religiöse Sprache wiedergewinnen. Die Gemeinden müssen auch wieder selbst für ihren Glauben verantwortlich werden. Es reicht einfach nicht, dass die Hauptamtlichen die anderen, die so genannten Laien füttern und diese im Glauben nie flügge werden; so auch Ihr. Ihr habt zur Zeit noch die Chance Eure Priester anzuzapfen. Labert nicht nur theoretisch von Eurem Glauben. Das ist so als wenn du einem Säugling die trockene Brust einer Hundertjährigen reichst."
"Hey, hey, hey ... das ist ja schon fast ein prophetisches Wort."
"Streiche das *fast!*"
"Weißt du, ich weiß nicht, wie viele sich das zutrauen. Ich könnte das selber zur Zeit nicht. Theoretisieren ist einfacher." Megild überlegte noch, ob er mehr sagen sollte.
"Ja, Megild. Aber vom Anschauen wirst du nicht satt. Ich

habe von euren Projekten in der Gemeinde gehört. Die Leute, die da religiös etwas gemacht haben, müssen ihr Projekt nicht nur wirtschaftlich verstehen. Die müssen auch eine zweite religiöse Stufe zünden lassen. So gut es ist, christlich zu wirtschaften; Aber das, was ihr da macht, ist doch einfach nur ein konsequentes Subsidiaritätsprinzip, weiter nichts. Dazu kannst du auch autonom sein oder kommunistisch, buddhistisch oder sonst ein ...istisch. Das kannst du schon mit der Menschenwürde begründen. Dafür brauchst du noch keinen "Jesus". Die Chance eures Projektes ist aber, dieses gemeinsame Leben religiös tiefer zu verankern. Gemeinden, die nicht missionieren, werden eingehen. Glaube, der nicht wächst, verweht. Eurem Konzept fehlt noch der nötige missionarische Drive."
Megild meinte nun doch, von seinem Problem reden zu müssen. Er stellte ihr nun sein Problem dar.
Sie hörte sich das an und sagte dann. "Megild, das ist es ja genau, was ich meine. Das Schweigen von den eigenen Glaubensproblemen, aber auch von eigener Glaubenserfahrung, das ist es, was uns eigentlich austrocknet. Das ist es, was die Kirche wirklich angreift. Keine Kirchenkritiker und auch nicht der vom ehemaligen Spiegelnihilismus verseuchte Institutionenhass der Alt-68 gefährden die Kirche. Die sind nur lästig und meist sogar nützlich, um den Dreck auch in unseren Reihen aufzudecken und auszumerzen. *Wohl dem, der nicht im Kreis der ewigen Kritiker sitzt, sich nicht stützt*

auf das Wort der Besserwisser und Zeitgeistsurfer. Wohl dem, der sich nicht klammert an die Planken zerborstener Lebensentwürfe, sondern hört auf das Wort des Herrn und stehet zu seiner Schuld. Diese sind es, die Gnade finden in den Augen des Herrn, die gepflanzt sind an den Wassern seiner Treue. Sie werden ihre Wurzeln und Zweige ausstrecken und Labung finden selbst in dürrer Zeit.
Es gibt aber Dinge, die für die Kirche wirklich gefährlich sind. Das erste sind Menschen, die an der Tradition irgendeiner Epoche kleben, ohne sie zu überdenken und an die Erfordernisse der heutigen Zeit anzupassen. Alle Menschen, die meinen, das Urchristentum sei die Lösung, irren. Alle die meinen, im 6. Jahrhundert läge das Heil, die irren. Alle die meinen, in der Reformation oder in der katholischen Reform, im Konzil von Trient vor vierhundert Jahren oder im 2. Vatikanischen Konzil läge das Heil, alle diese Leute irren, und sie irren gewaltig. Das Heil steckt nicht in der Urkirche, es ist nicht im 6. Jahrhundert, nicht in Luther, nicht in Trient und auch nicht im 2. Vatikanum. Die Kirche, die Braut Christi, hat sich doch nicht für sich selber schön gemacht, sondern für Christus! Diese Leute aber sind wie die Braut, die den Bräutigam vergisst und sich ihrer eigenen Schönheit erfreuen will. Alle die das nicht wollen, werden verpetzt und angeschwärzt. Meist hat sich gerade im Kreis der Traditionalisten ein Denunziantentum entwickelt, dass einem Übel werden kann. Naja, solange es

Hierarchen gibt, die meinen, man müsse zuerst Denunzianten und Traditionalisten zuhören...

Das Heil liegt im Heiligen Geist, den uns Jesus geschenkt hat. Das ist die Gnade Gottes. In diesem Heiligen Geist hat der Vater durch den Sohn die Kirche gegründet. In diesem Heiligen Geist sind alle Schriften der Bibel entstanden, die des Alten und die des Neuen Bundes. Dieser Heilige Geist geleitete die Kirche durch die Jahrtausende, sprach in jedem Jahrhundert neu. Er wirkte das Heil für die Urkirche. Er erleuchtete die Jahrhunderte. Er vertiefte den Glauben eines Luthers. Er erleuchtete die Väter von Trient. Er wirkte in ihnen und zwar auch trotz ihrer Schwächen.

Wenn wir heute darauf schauen, wie schlecht es uns geht mit unserem armseligen Glauben, dann schau in die Geschichte. Es gab auch noch schlimmere Zeiten. Aber Gottes unverbrüchliche Treue ließ seine Kirche nie fallen. Selbst in verruchten Zeiten, da Rom das größte Bordell Europas war, entstanden der Kirche durch den Geist Gottes Giganten des Glaubens wie Dominik, Franz von Assisi, Clara, Theresa von Avila, Katharina von Siena, Ignatius von Loyola, Johannes vom Kreuz ja selbst Luther würde ich da einreihen, obwohl sein Bild vom Christen schon zu sehr verseucht vom neuzeitlichen Individualismus ist und von einer Verbürgerlichung der Kirche. Er trennte sich zwar nachher von der römischen Kirche, aber seine Grundfrage war eigentlich eine Glaubensvertiefung. Da müsste man heute auch

ökumenisch ansetzen und natürlich seine Engführungen vermeiden.
Außerdem war der Papst und der französische König an der Glaubensspaltung nicht ganz unbeteiligt. Die Jungs nahmen eine Spaltung in Kauf, nur um den Kaiser des Heiligen Römischen Reiches Deutscher Nation zu schwächen. In dieser Zeit war der Kaiser wohl der einzige verantwortliche Leiter des Abendlandes, der die Idee von der Einheit der Christen verfolgte. Die Kirche aber reformierte sich letztlich doch, leider ohne unsere getrennten Schwestern und Brüder.
Weißt du, Gott lässt sich nicht von der Sünde der Menschen davon abbringen, uns zu lieben. Das ist auch der Grund, der mich selbst hier in dieser Ödnis noch hoffen lässt. Ihr aber, die großen Gemeinden, ihr habt eine Chance und eine Aufgabe zur inneren Erneuerung. Aber man darf keine Zeit und keine ihrer Formen konservieren wollen, die für ihre Zeit gegeben waren. Tradition ist die Weitergabe des Feuers, nicht die Anbetung der Asche. Wir müssen diese Zeiten verstehen und im Heiligen Geist ihre Impulse aufheben. Das was nur Zeitform war wegtun. Das was Kern war, transformieren und ihn in unserer Form auf unsere Ebene bringen. Darum sind auch Leute so gefährlich für die Kirche, die uns an eine zeitbedingte Form ketten wollen. Sie haben nicht begriffen, dass der Heilige Geist mit uns im Begriff ist weiter zu segeln und angemessenere Formen zu finden. Solche Leute versuchen immer neue

Anker auszuwerfen und Seile an die Kais irgendwelcher Geschichtsdaten zu legen. Deswegen brechen immer wieder große Stücke aus dem Kirchenschiff heraus. Vielleicht haben diese Leute so viel Einfluss, das ganze Verdeck des Kirchenschiffes abreißen zu lassen, die gesamte Leitung, aber sie werden sich nicht dem Heiligen Geist entgegenstellen können. Das ist die wirkliche Gefahr für die Kirche. Das Problem haben aber auch die Evangelen. Luther wollte der Kirche die Bibel neu ins Deutsche übersetzen, die letzten Übersetzungen lagen ja schon ein paar Jahrzehnte zurück. Das war ein ungeheuer fruchtbarer Impuls. Seine Nachfolger aber kleben, wie wir einst an der lateinischen Vulgata, an der Übersetzung Luthers, die sprachlich wirklich sehr schön ist. Damit machen auch sie sich an einer Epoche fest, die weder der christliche Ursprung ist, noch im Heute steht. Die müssten eigentlich alle fünfzig Jahre eine neue, verbindliche Übersetzung rausbringen, um dem lutherischen Anfangsimpuls treu zu bleiben.
Megild warf ein: "Das Rückbesinnen auf das Anliegen Luthers lass man getrost deren Sorge sein. Das ist nicht unser Bier. Uns muss es um unsere Erneuerung gehen."
Sabine: "Ja, du hast Recht. Die weitaus größte Gefahr für die Kirche aber ist für mich unsere Sprachlosigkeit in Glaubensdingen. Wir sprechen nicht miteinander darüber und auch nicht mit Gott. Aber hast du einen Freund mit dem du nicht redest und mit dem du dich trotzdem prima verstehst? Hast du einen Freund mit

dem du nie redest und von dem du trotzdem weißt, was er denkt?"
"Das geht nicht." gab Megild zurück.
"Siehst du. So ist das auch mit uns. Wir reden nicht miteinander und nicht mit Gott. Wir wissen nicht, wie wir der Krise begegnen sollen, darum greifen wir auf die Mittel dieser Welt zurück, Freiheit, Gleichheit, Brüderlichkeit. Alles Begriffe, die auch gut gedeutet werden können. Aber was sie uns bisher gebracht haben, war alles andere als das Programm, zumal das verkorkste Menschenbild der französischen Revolution, was dahintersteht, bis heute Menschen zerstört und vereinsamen lässt."
"Das verstehe ich jetzt nicht." Megild war irritiert.
"Das ist jetzt auch nicht wichtig. Was ich eigentlich sagen wollte,... äh, ah ja. Wir müssen wieder im Gebet auf den Heiligen Geist schauen in der Schrift und der gesamten Kirchengeschichte. Wir müssen erkennen, wie Jetziges geworden ist und warum, damit wir etwas im Heiligen Geist transformieren können, um wieder flott zu werden für die Fahrt, ohne aber Substanz preiszugeben. Derselbe Heilige Geist, der damals die Kirche aus der Wiege gehoben hat, Er wird auch uns wieder auf Fahrt und Kurs bringen. Redet über den Glauben und redet mit Gott, miteinander und auch allein. Du willst jetzt eine Nachtwache halten. Gut; aber hocke nicht nur da und denke über die Worte Gottes nach, sondern rede mit Gott! Finde deine Sprache zu und mit

Ihm! Auch ich habe Ihn erst erfahren müssen diesen Heiligen Geist."

"Sabine, aber warum muss ich diese Tiefen, diesen Tod in mir erfahren, wenn er Leben ist, wenn er will, dass ich lebe und Zeugnis gebe? Warum hat er mich in diese Krise gestürzt?"

"Er will, dass du wächst. Bisher hast du nur an Sätze geglaubt. Er will, dass du Ihm traust und dein Leben von Ihm her – als dem einzigen Prinzip – neu gestaltest. Du erlebst den Karfreitag deiner christlichen Kindheit. Wer aber nicht am Karfreitag mit Jesus leidet und stirbt, nicht mit dem toten Menschensohn begraben wird, ersteht nicht mit dem Christus auf. Du glaubst an Ihn? Dann stell dich vor Ihn hin und bitte darum, dass Er dich aus den Tiefen des Todes herausreißt. Dein Problem haben viele. Aber sie reden nicht darüber. Sie finden auch nicht zum Gebet. Darum bleiben sie im Tod. Jetzt muss ich doch vom falschen Menschenbild der Aufklärung erzählen, um dir klarzumachen, was da eigentlich bei dir abgeht, wenn und warum du nicht reden kannst. Das Ideal der französichen Revolution ist der erwachsene, autonome von niemanden abhängige, reiche – Mensch. Dabei hatten die Jungs damals natürlich nur Männer im Blick, selbstverständlich – allein darum ist das Ganze schon Mist. Dieser Mensch bestimmt sich und seinen Sinn radikal selber. Er entwirft sich in seiner Freiheit und in seinem Sinnhorizont und verhandelt dann mit anderen autonomen Wesen über gemeinsame Belange, um sich nicht gegenseitig umzubringen; denn *der Mensch ist des Menschen Wolf.* Dieser Mensch ist stark. Regeln, von Gott gesetzt, gibt es nicht mehr, sondern nur noch die, auf die man sich verständigt hat. So ein Menschenbild ist natürlich geistiger Dünnpfiff und sicherlich nur verständlich aus der übertriebenen Demütigung der abhängigen Massen. Die Großbürger, einmal an der Macht, aber hoben diese Demütigung nicht auf. Nur wurden die Worte und Strukturen andere. Statt als Leibeigener zu schuften, verelendete der nun auch von den sichernden kirchlichen Institutionen befreite, mittellose Bürger unter der Herrschaft eines Blutsaugerliberalismus. Die persönliche Abhängigkeit wurde ausgetauscht durch eine mehr vermittelte, entpersonalisierte. Einheit wurde erlangt, indem man Andersdenkende ermordete. In den Meeren aus Blut erschienen dann alle gleich. Aber das Menschenbild setzte sich langsam in den Köpfen fest. Frei bist du aber in diesem System nur, wenn du Geld hast, reich bist und gesund. Zumindest bildest du dir dann ein, dies sei Freiheit. Zu viel Geld aber kommst du in diesem Konkurrenzsystem nur, wenn du stärker bist als andere und wenn du die Schwächen anderer zu deinen Gunsten gnadenlos ausnutzen kannst. Darum ist es in diesem System gut, ein Gesicht zu haben, das nur deine guten Seiten offenbart und die Schwächen möglichst verbirgt. Hinter dieser Maske verreckst du dann erfolgreich und ganz, ganz einsam, wie du selbst merkst. Soweit kurz umrissen und vereinfacht dieses diabolische Menschenbild der französischen Revolution.

Es übersieht fundamental, dass Menschen von Anfang an Sozialwesen sind. Ab wann ist denn der Mensch autonom und unabhängig und bis wann? Ist er es jemals? Wir hängen doch mit unseren Sinnentwürfen und Sinnerfahrungen von anderen ab. Im Konkurrenzkampf geht unter, dass es eigentlich etwas Verbindendes geben muss, um gemeinsam zu überleben. So vereinsamt der autonome Mensch immer mehr. Die Maske des Überlebenskampfes wird zur Identität, weil der Mensch das wird, was er tut; genauso wie er das, was er ist, in Werken ausdrückt. Mit der Industrialisierung und der Verelendung der Massen, die in Europa eine direkte Folge der Enteignung der Klöster war, tauchte auch bald eine Verschärfung dieser Thesen auf in Karl Marx, der aber vom individualistischen in den kollektivistischen Straßengraben wechselte. Die Thesen von Marx erwiesen sich in der Praxis natürlich ebenfalls als Murks mit noch viel mehr und noch blutigeren Opfern bis heute, musst dir dazu nur die großen Schlächter der Geschichte vor Augen führen, außer Hitlers national gefärbtem Sozialismus spielten in dieser ersten Liga der Menschenschlächter nur Kommunisten Stalin, Mao, die Kmer eine große Rolle."
Megild unterbrach sie: "Ich bin zwar geschichtlich nicht ganz so sattelfest, aber das klingt mir nach einer ziem-

lich unzulässigen Vereinfachung. Sowohl die Rolle der USA bei den verbrecherischen Systemen Südamerikas, als auch der Genozid der Türken an den Armeniern und Assyrern, nicht 9/11 und auch die barbarischen Verbrechen des Kaiserreiches in Deutsch-Südwest-Afrika gehen zumindest nicht direkt auf die Jacobiner, Marx, Stalin oder Hitler zurück."
Sabine lenkte ein: "Du hast Recht. Die französische Revolution, der Kommunismus und der Nationalsozialismus sind nicht die einzigen Gründe für menschenverachtendes Handeln in den letzten 200 Jahren. Was ich eigentlich sagen wollte: Es gibt, glaube ich, keinen Menschen, der das, was er tut, auf lange Sicht getrennt halten kann von dem, was er denkt und glaubt. Deine Gedanken, die du pflegst, werden sich auswirken. Aber auch deine Gepflogenheiten werden zu Gedanken. Das ist meines Erachtens übrigens auch der positive Kern unserer Sonntagspflicht. Wenn du regelmäßig sonntags zur Kirche gehst, bekommst du hoffentlich irgendwann auch unwillkürlich etwas von dem Geheimnis mit, das da passiert oder du stellst dir hoffentlich irgendwann die Frage, was du hier eigentlich machst. Hoffentlich redest du dann darüber. Brich dein Schweigen! Dann brichst du hoffentlich auch das Schweigen anderer. Lass die Maske der Stärke fallen. Das Schweigen über die eigene Glaubenserfahrung und die Privatisierung des Glaubens ist der Hauptfeind des Glaubens und Brutstätte von vielem Übel."

Sie sah ihn fest an: "Bete aber vor allem darum, dass dir immer neu der Heilige Geist geschenkt wird. Du hast Ihn zwar in der Taufe erhalten, aber erfahre Seine Kraft! Eigentlich sollte die Firmung dies sein, wenn du als Erwachsener selbst frei dein Ja zu Gott sprichst, nicht mehr bevormundet durch deine Eltern oder sonst wen. Brich dein Schweigen! Sprich Ihn direkt an! Sage "Du"! Rede mit Ihm, nicht über Ihn! Entdecke Seine Sprache zu dir. Sie ist anders und direkter als du denkst. In deiner Sprache zu Gott kannst du dich nicht mehr vor Ihm verstecken, wie das in der menschlichen Sprache so leicht möglich ist. Du musst nur vom Auge deines Herzens die Feigenblätter des Hochmuts herunterreißen und darum bitten, dass die Pfropfen der Sünde aus den Ohren deiner Seele verschwinden. Warte, der Herr gibt mir gerade ein Wort für dich:

Du verdurstest, den vollen Becher in der Hand. Du redest über das lebendige Wasser wie ein Weiser. Aber töricht ist dein Handeln. Warum trinkst du nicht aus den Quellen des Heils, statt sie nur zu besprechen? Warum saugst du nicht in großen Zügen die Rettung auf? Du aber sagst: Habe ich nicht schon getrunken und bin noch immer durstig, und habe ich nicht den Becher schon geleert, sollte ich nicht schon gerettet sein? Amen, ich sage dir, nein. Hören allein macht nicht satt, und sehen allein stillt keinen Durst. Zögere nun nicht länger! Wisch dir den Staub von den rissigen Lippen und trinke das Leben in großen und vollen Zügen!

Komm! Ich selbst will dich stärken. So spricht Er, der war, der ist und der bleibt. Amen." Sie sah auf die Uhr, "Ich muss jetzt los. Komm, ich bete noch kurz für dich." Sabine stand auf, kam zu ihm, legte ihm die linke Hand auf die Schulter, öffnete die Rechte empfangend nach oben und sprach: "Komm Heiliger Geist und erfülle Megild mit Deiner herrlichen Kraft und Gegenwart. Zeige ihm, dass Du auch in dieser Zeit wirkst. Erscheine ihm und weise ihm Deinen Weg. Schenke ihm ein neues Herz, eine neue Basis für sein Leben. Lass ihn erkennen, dass er sich vor Dir so öffnen kann, wie er ist. Hilf ihm zu dieser Erkenntnis. Denn da wo wir schwach sind, bist Du stark. Da wo wir verzagen und nur Tod sehen, schaffst Du neues Leben. Du Geber aller Gaben, schenke Megild reichlich von allen Deinen Gaben, vor allem aber von Glaube, Hoffnung und Liebe. Mache ihn zu einem Verkünder Deiner Gegenwart in dieser Welt, ihn der jetzt selber noch um diese Erkenntnis ringt. Amen."
"Amen."
Zum Abschied sagte sie noch: "Megild denk daran: Jesus hat auch für dich gelitten, ist auch für dich gestorben und ersteht auch in dir auf. Vertrau Ihm, ganz! Dieser Mann ist wahrhaftig Gottes Sohn."

22

*Ich möchte lieber alles verlieren
und Dich finden, Gott,
als alles gewinnen
und Dich nicht finden.*
(Aurelius Augustinus)

Die Nacht

Die Wallfahrtsfigur befand sich während der Wintermonate in der Krypta, der Unterkirche unterhalb des erhöhten Altarraumes. Am ersten Sonntag im Mai wurde sie dann in einer feierlichen Prozession durch den Ort getragen und anschließend in die neogotische Oberkirche gebracht. Megild schloss hinter sich wieder ab. Er ging den zentralen Gang entlang auf den Altarraum zu. Links befand sich hinter der massiven Eichentür ein Glöckchen mit rotem Samtzug, das sie als Tür zur Sakristei zu erkennen gab. Rechts vom Altarraum hinter der massiven Eichentür ging es über ausgetretene rote Sandsteinstufen hinab in die Krypta. Leicht knarrend öffnete sich die schwere Tür. Megild atmete auch hier, noch stärker als oben, diese typische Luft alter Gemäuer ein. Das Gebet, die Kerzen und der Weihrauch gaben diesem Ort mit der Feuchtigkeit und Kühle der Wände diese altehrwürdige Atmosphäre.

Die achteckige Krypta war in ihren Grundmauern romanisch, ursprünglich errichtet aus rotem Sandstein. Vier mächtige Säulen trugen den Altarraum. Hier unten war es selbst im Hochsommer immer kühl. Ohne Heizung pendelte sich die Temperatur um diese Jahreszeit bei satten 9 Grad ein. Megild hatte sich von Sabine noch ein paar Decken, ein Meditationskissen und ein Säckchen mit 200 Teelichtern mitgenommen und sah aus wie ein vollgepackter Esel.

Nach dem Krieg hatte ein Spender Geld zur Wiederherstellung der zerbombten Kapelle bereitgestellt. Der erneuerte Raum war zwar im Grunde noch romanisch, aber eben auch deutlich anders. Megild blieb am Fuße der Stufen angekommen erst einmal stehen. Tief atmete er ein und nahm den Raum in sich auf, den er so sehr mochte.

In der Mitte zwischen den vier Säulen ruhte der neue Altar. Megilds Blick blieb wie eigentlich immer zuerst an ihm hängen. Ein Kalksteinquader floss zur Treppe hin wie einfach aus dem Felsen gesprengt ab. In diesen quasi rohen, unbehauenen Teil hinein war eine Halbkugel gefräst. Eingelassen in dieses über einen Meter große Loch war eine Bronzeschale, die sich dann scheinbar verflüssigte. Ihre bronzenen Wogen ergossen sich als ein zur Treppe hin anschwellender Fluss über den unbehauenen Stein. In die plane Fläche des Altares oben war eine weiß geaderte, schwarze Marmorplatte eingelassen. Der hohle Altar war hinten offen. Warme

Heizungsluft strich dort an den Bronzeflächen vorbei in die Kapelle hinein aus nicht sichtbaren Löchern unter dem Bronzerand. Links und rechts vom Becken führten, wie in wilden Fels gehauen, drei symbolische Stufen zur Bronzeschale hinauf. Sie diente auch als Taufbrunnen. Aufgrund der Heizung, waren die Bronzeteile dann angenehm warm. Wasser und Wärme gingen also vom Altar aus.

Links vom Altar stand die Wallfahrtsfigur in einer Einlassung der Wand. Diese Pietá war aus uraltem Lindenholz geschnitzt und mit dunklen Erdfarben dezent akzentuiert worden. Maria saß da, als hielte sie ihren toten Sohn in den Händen. Aber ihre Hände waren leer; nichts war ihr geblieben. Der Meister dieses Werkes hatte eine echte Perle als Träne eingearbeitet. Das Holz stammte aus einem Balken seines abgebrannten Hofes. Seine ganze Familie war durch das Feuer umgekommen. Er hatte Tag und Nacht an der Pieta gearbeitet, immer eine Träne auf den Wangen. Dieses Werk spiegelte seinen ganzen Schmerz. Er hatte es dieser Kirche geschenkt. Tag für Tag sei er dann in die Kapelle gekommen. Nie wieder habe er danach ein Schnitzmesser angefasst. Er starb kein Jahr später vor dem Bild am ersten Tag des Marienmonats Mai. Aus denselben angekohlten Balken hatte einer seiner besten Gesellen das massive griechische Kreuz gefertigt. Ein zartes Mäanderband umfloss den äußeren

Rand des Holzes. Das Kreuz hinter dem Altar war seine Gabe des Mitgefühls für den Meister. Die Leute sagten, wenn man es lange genug betrachtete, erschiene dem Beter der Corpus Jesu aus der Struktur des Holzes. Megild war das aber noch nie passiert.

Die Nische rechts vom Altar war leer. Hatte man noch nichts geeignetes gefunden? Lediglich ein gebatiktes Tuch aus Rohseide hing dort. Es spielte mit dem violett der Fastenzeit. Davor stand auf dem Boden ein etwas zu kleiner Strauß Blumen verloren in einer irdenen Vase.

Vor der "Mutter vom guten Rat" hatte Megild seine selbstgestaltete Kerze aufgebaut. Megild entzündete sein Geschenk ehrfürchtig. Um Maria gut sehen zu können, hatte er fast 20 Teelichter um sie herum auf dem Boden postiert. Vierzig weitere verteilte er eine halbe Stunde später im Raum. So hätte er genügend Zeit, wenn die ersten Lichter erlöschen würden, die nächste Fuhre zu entzünden. Megild hatte nachgesehen, wann sich heute die Sonne erheben würde. Die Kerzen sollten vorher rechtzeitig erloschen sein. Denn in diese Kapelle waren verborgene Lichtschächte und Spiegel eingelassen, die das Licht der aufgehenden Sonne bündeln und durch dünne, gelbweiße Alabasterscheiben auf das Kreuz, die Pieta und das Tuch fluten lassen würden. Acht Stunden hatte er nun vor sich. Um sich nicht abzulenken, hatte er nur die Bibel, das Feuerzeug, etwas

Wasser und eine Minitaschenlampe zum Lesen bei sich.

Den Rat Sabines wollte er erst gegen Morgen befolgen. Die erste Stunde verging recht flott. Er las den Bericht vom letzten Palmsonntag noch einmal ganz. Er ließ sich zuerst direkt zwischen Altar und Maria nieder. So konnte er der Gottesmutter ins Gesicht sehen. Immer wieder schaute er beim Lesen hoch und versetzte sich in sie hinein, wie sie wohl diese ganzen Geschehnisse um ihren einzigen Sohn wahrgenommen haben würde. Schon bald standen auch Megild die Tränen in den Augen. Megild setzte sich in den halben Lotussitz. Bald darauf schliefen ihm aber die Beine ein. Er stand auf, humpelte ein wenig umher und verzog sich mit seinen Sachen zu einer Säule, um sich doch etwas anlehnen zu können.

Die Turmuhr schlug Mitternacht. Es war weder romantisch noch mystisch allein in einer kalten, modrigen Krypta zu sitzen. Als er früher Heiligenlegenden gelesen hatte, klangen solche Nachtwachen immer stark und spannend. Aber mittlerweile wurde ihm sogar etwas unheimlich. Er bildete sich ein, Geräusche zu hören. Befand sich nicht nebenan der alte Friedhof der Kirche?

Megild schreckte auf. Er hatte gedöst. Wie lange? Zehn Minuten. Stille.

Wie lang doch fünf Minuten sein können. Und noch immer lag mehr als die Hälfte der Nacht vor ihm. Er stand auf und sang eine wenig, was ihm so einfiel, um nicht einzuschlafen.
"Meine Hoffnung und meine Freude, meine Stärke, mein Licht, Christus meine Zuversicht, auch dich vertrau ich und fürcht mich nicht. Auf dich vertrau ich und fürcht' mich nicht."
Er lauschte den verklingenden Silben nach. Megild setzte sich wieder, diesmal in den vollen Lotus. Aber nach einem Lied gab er das wieder auf. Er machte es zu selten. Beim Entknoten fragte er sich: Wie halten das bloß die Mönche aus?

Von zwei bis vier zog sich die Zeit unendlich. Er verbrachte sie vorwiegend stehend und lesend, um nicht einzuschlafen. Langsam schritt er auf das Taufbecken zu. Es stand noch etwas Wasser darin. Er versenkte ganz langsam seine Hand darin und machte dann ebenso bedächtig das Kreuzzeichen. Dabei dachte er:
Jedes mal, wenn wir eine Kirche betreten, die Finger mit dem Wasser benetzen und das Kreuzzeichen machen, erinnern wir uns daran, dass wir getauft sind.
Laut sagte er:
"Im Namen des Vaters und des Sohnes und des Heiligen Geistes".
Weiter dachte er: *Wir beginnen deshalb auch jeden Gottesdienst*

"Im Namen des Vaters, des Sohnes und des Heiligen Geistes".
Wieder schlug er das Kreuz über sich.
Wer mein Jünger sein will, der nehme täglich sein Kreuz auf sich und folge mir nach
"Im Vater durch den Sohn im Heiligen Geist".
Er wiederholte das Kreuzzeichen und erhob die Augen zum Kreuz. Dann trat er ein wenig vom Altar weg und warf sich der Länge nach auf den Boden. Dieser Gestus beeindruckte ihn Karfreitags immer besonders. Der Priester zog schweigend ein und warf sich vor dem Altar auf den feuchtkalten Boden nieder. Megild blieb so einige Zeit liegen und dachte:
Herr, was trennt mich von dir? Mein Hochmut? Welcher Hochmut? Was ist Hochmut?
Laut sagte er: "Was ist Hochmut? Was?"
"Was ist Demut? Was?"
Er kniete sich hin und betete weiter: "Lehre mich beides, damit ich dir meinen Hochmut bekenne, ihm abschwöre. Damit ich Demut erkenne und demütig werde. Herr, hat Sabine recht, wenn sie sagt, wir müssen eine neue Sprache finden? Ich weiß es nicht. Ich verstehe ja kaum noch die Mystiker. Sie reden immer vom Hochmut, den man meiden, von Demut, die man suchen soll. Was ist Nachfolge? Was sein Kreuz auf sich nehmen? Wer bist du? Warum antwortest du mir nicht?"
"Ich will alles lassen, was dir zuwiderläuft, alles tun, was mich zu dir hinzieht."

Megild wartete eine Weile. Dann stand er auf und rief ärgerlich aus: "Was knie ich hier eigentlich und Du hörst es nicht?! Was rede ich zu Dir und Du schweigst?! Wer bin ich denn?!"
Megild war erschrocken über diesen Ausbruch. Er hatte fast geschrien. *Das* ist Hochmut!
"Herr, ist das die Art, wie Du mit mir reden willst oder ist das Psychokacke?"
Wie dem auch sei, Megild lächelte; denn nun wusste er, was Hochmut ist. Er versuchte es für sich noch einmal die Erkenntnis zu formulieren:
"Herr, berichtige mich, wenn ich irre! Hochmut ist, wenn ich mir einbilde jemand zu sein, jemand, der sein Leben aus eigener Kraft sinnvoll gestalten kann. Hochmut ist die Maske der Stärke, die ich anderen Menschen zeige und auch vor Dir nicht ablegen will. Selbst hier vor Deinem Angesicht plustere ich mich auf wie ein Puter, als hätte ich ein Recht, von Dir etwas zu fordern. Dabei habe ich alles, was ich habe, nur aus Deiner Hand. Was Du mir gibst, selbst mein Leben, ist alles nur Dein reines Geschenk. Wenn ich dieses Geschenk aber nicht mehr als Dein Geschenk ansehe, sondern als mein selbstverständliches Recht, habe ich nach der Frucht des Baumes der Erkenntnis gegriffen und nicht gewartet, bis Du sie mir geschenkt hast. Hochmut fertigt sich ein Bild von sich selbst an und weist alle auf sich hin. Schaut wie groß ich bin. Hochmut bildet sich letztlich ein, nicht mehr vom

Schöpfer abhängig zu sein. Wer sich in seinem Mut von dem Boden hochzieht, in dem er wurzelt, der entwurzelt sich in seinem hohen Mute und wird haltlos. Jeder der haltlos geworden ist, verliert auch den Kontakt zur Lebenskraft, die ihn nährt. Er vertrocknet von unten her. Oder um menschlich zu sprechen, von innen her. Wer sich also selbst verwirklichen will, entwirklicht sich in Wahrheit, weil ich zu mir nur über Dich komme, denn Du bist der Weg und die Wahrheit und das Leben. Hochmut und Verblendung lässt in meinem Bauch dieses trockene, tote Loch entstehen, weil ich mich immer mehr von meinem Zentrum entferne, der Liebe zu Dir. Das Loch wird nach außen hin immer größer und verschlingt alles. Ist das richtig? Ah, du antwortest wieder nicht. Soll ich weiterdenken, oder ist das Gesülze? Sag doch was!"

Megild ging auf und ab. "Laufe ich vergeblich? Rede ich gegen eine Wand?"

Er ging weiter und sagte nachdenklich:

"Nein. Du redest nicht mit mir, nicht so."

Megild sah auf die Uhr und zündete die restlichen Teelichter an. Unwirklich flackerten das Flammenmeer in einem sonst nicht sichtbaren Windhauch. Megild wusste nicht, woher er kam und wohin er ging. Megild lief weiter auf und ab.

"Wenn ich aber meinen hohen Mut loslasse, falle ich zu Boden, stehe und wurzele wieder in Dir, erhalte wieder Deine Wasser geschenkt, die Du immer für mich bereit

hältst. Das dürre Gestrüpp füllst Du dann wieder mit Leben, von innen her." Megild setzte sich wieder an seine Säule. *Demut, was heißt das?*
"Warum lässt Du Dich freiwillig kreuzigen? Was hat das mit Deiner Demut zu tun?"
Er dachte: Wenn Du nicht davon überzeugt wärst, recht zu haben mit dem was Du tust, hättest Du Dir die Nägel sicher nicht durch Hände und Füße treiben lassen. Wenn Deine Apostel nicht davon überzeugt gewesen wären, dass Du ihnen als Auferstandener begegnet bist, hätten sie sich auch nicht kreuzigen und köpfen, rösten lassen. Und sich die Haut bei lebendigem Leibe abziehen zu lassen, ist ja auch nicht lustig. Da hört schließlich der Spaß auf. Warum machst du das alles?!
Megild hörte in die Stille. Da fiel ihm eine Szene aus den Abschiedsreden bei Johannes ein. Er blätterte und blätterte, da:
Johannes 15^{12}: Das ist mein Gebot: Liebt einander, so wie ich euch geliebt habe. ^{13}Es gibt keine größere Liebe, als wenn einer sein Leben für seine Freunde hingibt. ^{14}Ihr seid meine Freunde, wenn ihr tut, was ich euch auftrage. ^{15}Ich nenne euch nicht mehr Knechte; denn der Knecht weiß nicht, was sein Herr tut. Vielmehr habe ich euch Freunde genannt; denn ich habe euch alles mitgeteilt, was ich von meinem Vater gehört habe. ^{16}Nicht ihr habt mich erwählt, sondern ich habe euch erwählt und dazu bestimmt, dass ihr euch aufmacht und Frucht bringt und dass eure Frucht bleibt.

Dann wird euch der Vater alles geben, um was ihr ihn in meinem Namen bittet. ¹⁷*Dies trage ich euch auf: Liebt einander!*

Megild wiederholte laut: "Der Grund ist also die Liebe. Was aber ist Liebe? Doch wohl nicht dieses romantische Gefühl, das kommt und geht wie die Jahreszeiten!" Auf einmal erschien Lisas Bild vor seinen Augen. Sie hatte aber deutlich weniger an als sie sollte. Megild rief aus: "Weg, du bist jetzt nicht dran!"

Sie verschwand wieder. Er erinnerte sich, was er in einem Buch über die Liebe bei Josef Piper gelesen hatte: Ich sage Ja zu dir, so wie du bist, auch in deiner Andersheit. Der Verliebte sagt nur Ja zu dem Bild, das er sich vom anderen macht. Seine Liebe, jenes himmelhoch jauchzend zu Tode betrübt, endet in der Ent-Täuschung, entweder hin zur Liebe oder zur Trennung. Die Liebe erkennt den anderen ganz und sagt ja, trotz allem Widerständigen. Darum kann diese Liebe auch nicht enden, denn sie ist nicht nur eine Sympathie. Diese könnte ja auch keiner gebieten. Gefühle habe ich nicht in der Hand. Jesus sagt also zu jedem einzelnen Menschen ganz Ja. Darum kann er Lieblingsjünger, besondere Beziehungen haben und gleichzeitig alle Menschen gleich und bedingungslos lieben. Er will, dass es um jedem Einzelnen wahrhaft gut bestellt ist. Darum muss er auch da und dort Nein sagen zum Willen der anderen; und zwar dort, wo sie etwas tun wollen, was nicht in Wahrheit gut ist. Nur dieses Ja Jesu hat Dauer, es endet nicht; nicht im Mahl, nicht im Saal, nicht am Kreuz – nie. Das hatte Jesus von seinem Vater gehört und gelebt. Das hatte er seinen Jüngern gesagt, bezeugt und gemeint, wenn er sagte: Der Vater liebt euch. Darum hat er mich gesandt. Denn ihr wart fern von ihm. Wenn ihr zu mir kommt, und tut, was ich euch sage, tretet ihr ein in das Reich seiner Liebe. Wenn ihr nicht tut, was ich euch sage, bin ich sehr traurig, aber ich zwinge euch nicht, meine Freunde zu sein. Liebe, die nicht durch das Tor der Freiheit gegangen ist, ist keine Liebe, sondern Abhängigkeit. Aber wenn ihr euch mir zuwendet, könnt ihr jederzeit mein Freund werden. Dieses Tor erscheint euch dann da wo ihr auch seid aus dem Nichts. Ihr wäret nie von allein darauf gekommen, so zu handeln, wie ich es euch zeige. Darum habe ich euch gerufen und werde es auch in Zukunft tun. Ich sende meine Freunde zu euch, die es euch sagen. Schaut auf ihre Frucht, dann werdet ihr erkennen, dass sie meine Boten sind. Ihre Frucht ist die Liebe, die nicht vergeht. Sie kommen also nicht nur am Anfang auf dich zu, labern dich voll, sondern sie helfen dir, es auch zu leben, nicht nur in Worten, sondern auch in Werken, wie der Apostel Jakobus sagt. Denn Glaube, Liebe und Hoffnung äußern sich.

Megild fiel dazu eine Stelle im Jakobusbrief ein. Er schlug nach im zweiten Kapitel [20]*Willst du also einsehen, du unvernünftiger Mensch, dass der Glaube ohne Werke nutzlos ist?* [21]*Wurde unser Vater Abraham nicht aufgrund seiner Werke als gerecht anerkannt? Denn er hat "seinen Sohn Isaak als Opfer auf den Altar gelegt". ²²Du siehst, dass bei ihm der Glaube und die Werke zusammenwirkten und dass erst durch die Werke der Glaube vollendet wurde.* Paulus nennt das Früchte des Glaubens.

Diese Liebe wurde für Jesus aus dem grenzenlosen Vertrauen in den Vater gespeist. Da er nichts dem Vater vorenthielt, hat dieser ihm auch alles geschenkt. Je mehr sich Menschen nun diesem Jesus öffnen, werden auch sie einbezogen in das Reich des Vaters und des Sohnes durch sein großes Geschenk, den Heiligen Geist. Wenn aber jemand diese grundlose Liebe erfährt mit der uns Gott liebt, begreift er, dass er sich vor Gott mit nichts mehr verstecken muss. Er sieht auch, dass alles, worauf er sich bisher gestützt hat, ihm nur im Wege steht.

Megild musste daran denken, wie oft ihm etwas gut gelungen war. Wenn es wirklich gut war, war es meist auch ein gut Teil "Zufall" gewesen. Vor allem hatten andere mitgewirkt. Und das, wo alles nur Seins war, wo nichts dem "Zufall" überlassen war, da fehlte oft der Glanz. Es war dann meist gar nicht so schön, wie er sich es ausgemalt hatte. Klar, die Anstrengung war nötig, aber das gewisse Etwas, das alles ausmachte, hatte er nicht in der Hand. Außerdem wusste er auch, dass selbst das, was er eigentlich konnte, ihm nicht immer so zu Gebote stand, wie er wollte. Hatte er einen schlechten Tag, lief halt nichts. Manchmal fand er einen blöden Fehler in der Schaltung die halbe Nacht nicht. Irgendwann war das Ding dann wieder ganz und er erfuhr nie, woran es gelegen hatte. Alle klopften ihm auf die Schulter und er fühlte sich dann gar nicht gut. An anderen Tagen brauchte man die Platte fast nur anzusehen, um den Fehler zu riechen. Selbst diese kleinen Sachen waren Geschenk, fielen ihm von Gott her zu, waren also sein Zufall. Ähnlich bei Artikeln für die Gemeindezeitung. Manchmal konnte er sie am liebsten zerknüllen, so unzufrieden war er darüber. An anderen Tagen wiederum flutschte es nur so. Dann gab es da noch eine andere eigenartige Erfahrung. Er machte etwas mit viel Mühe, fand es ganz toll, und die anderen sagten nur na und?. Andere Sachen, die ihm überhaupt keine Mühe machten, die er nebenher für andere fast gelangweilt erledigte, weil sie halt getan werden mussten, wurden für sie Anlass zu übergroßer, für ihn manchmal unerklärlicher Freude.

Schwierig war es, wenn es lange Zeit nur prima lief. Dann bildete man sich ein, es läge an einem selber, und das nährte den Hochmut. Wenn es andererseits trotz aller Mühe nur sehr mäßig lief, dann bekam er immer sehr schnell Minderwertigkeitskomplexe. Man hatte es also so oder so nicht in der Hand. Es war zum Teil eigenes Können, aber vor allem auch Geschenk, Zufall von Gott her. Worin gründet aber selbst mein Können, meine entwickelten Talente? Waren nicht selbst auch

meine Anlagen, meine Bildungschancen, meine Selbstmotivation Geschenk?
Scheinbar hat Demut mit dieser Erkenntnis zu tun: Alles, was ich habe und kann, ist reines Geschenk von Gottes Zuwendung, das er mir aus seiner frei geschenkten, doch unverfügbaren Liebe heraus gibt.

Er stand auf und durchmaß langsam den Raum. Ihm fiel eine Definition ein, die er einmal gelesen hatte. Demut ist das Eingeständnis, dass alles, worauf ich mir etwas einbilden könnte, sein Geschenk ist, also die radikale Erkenntnis meiner Niedrigkeit. Das meint, dass ich mir nicht einbilde irgendetwas zu besitzen, worum willen sich mir Gott zuwendet. Das macht mich frei, Gott alles hinzugeben, meine Stärken und meine Schwächen. Dieses Eingeständnis ist aber nur möglich, weil es diesen Gott gibt, der mich so liebt, dass nichts seine Liebe zu mir zerstören kann. Die gleichzeitige Einsicht meiner Niedrigkeit und die Erkenntnis seiner übergroßen Hoheit bewirkt die Demut, die nur aufgrund seiner verbindenden, mir immer zuvor kommenden Liebe möglich ist. Ich begreife mein ganzes Leben als sein grundloses Geschenk und beginne ein Leben aus der Dankbarkeit, ein Leben der Demut.

Aber bei dieser Erkenntnis kann es nicht bleiben. Warum schenkt er mir diese Gaben, anderen andere? Warum überschüttet er mich geradezu mit guten Gaben und Fähigkeiten und andere nicht? Megild saß da und überlegte. Gab es da nicht in der Schrift eine Antwort? Er überlegte. Richtig, in Korinth meinten doch die einen, die in Sprachen redeten, die sie nicht gelernt hatten, sie sein deswegen die Größten. Paulus hat denen dann eins auf den Deckel gegeben. Wo stand das doch gleich? Ah, hier 1 Korinther 12. Er las und schlussfolgerte: Der Leib und die Glieder. Das war es. Wenn mir Gott Gaben schenkt, sind sie also nicht mir allein geschenkt, sondern mir gegeben für die Gemeinschaft, in der ich lebe. Alles soll dem Aufbau des Leibes Christi dienen. Ähnlich wie in Korinth habe ich kein Recht, mein Charisma jederzeit einzusetzen zu können - das wäre die Selbstverwirklichung -, sondern so, dass es die Gemeinde aufbaut, also auch dann, wenn ich vielleicht keine Lust dazu empfinde - das ist Dienst. Vielen sind ähnliche oder gleiche Charismen geschenkt. Manche werten auch ihre Charismen vollkommen falsch. *Meine Charismen sind wertvoller als deine.* Der Wert der Charismen und Talente ergibt sich aus dem Zusammenspiel für die Gemeinde. Die Gnadengabe, das Charisma, oder auch mehrere Charismen wurden von Gott geschenkt, wenn Menschen getauft, gefirmt und damit mit dem Heiligen Geist erfüllt wurden. Die meisten Christen machten aber diese Geschenke Gottes anscheinend nie auf.

Und wie steht es mit meiner eigenen Berufung? Ist sie

identisch mit den eigenen Charismen? *Bleibt in der Berufung, in der euch Gott getroffen hat.* Das meint wohl zuerst die Berufung zum Christen. Und weiter? Jeder Mensch hatte seine Berufung, die er finden und zu der er in Treue stehen musste; Berufung ist mit anderen Worten der Prozess, den wahren Weg Gottes für mich zu suchen und zu gehen, statt dem einfachen breiten Weg zu folgen, auf dem die Vielen gehen.
Die eigene Berufung zu finden ist also ein Weg. Sicher, er kann mir, wie einem Paulus, unmittelbar einsichtig vom Himmel her erscheinen, obwohl ja auch Paulus sich nach seiner einschneidenden Berufung vor Damaskus zuerst einmal drei Jahre in die Wüste zurückzog. Wenn man mal von Damaskus absieht, fing er auch nach seiner Berufung nicht gleich an zu missionieren, sondern wartete, bis er von einem angesehenen Leiter der Gemeinde, Barnabas, gerufen wurde. Gott benutzt menschliche Strukturen und Institutionen, wahrscheinlich um Missbrauch angeblich Gottgerufener zu verhindern, die jeden ihrer Vögel gleich für den Heiligen Geist ausgeben.

Was heißt das alles nun auf mich angewendet? Megild erhob sich und sann im Gehen weiter nach.
Die spezielle Berufung ist dann wohl eine Richtung zu einer bestimmten Art, mein Christsein zu leben. Es gibt gegenwärtig einige Grundrichtungen, die sich im Laufe der Geschichte herausgebildet haben. Die überwiegen-

de Menge ist wohl berufen, verheiratet, in einem Beruf oder einer anderen Tätigkeit, ihr Leben mit Gott zu gehen. Diesen ist aufgetragen, da wo sie leben, durch ihr Auftreten und Reden, diesen Glauben an Jesus zu bezeugen und nach ihren Kräften, Talenten und Charismen, am Aufbau der Gemeinde mitzuwirken. Andere sind berufen zu den verschiedenen Diensten in der Kirche und für die Gemeinde. Diese leben schwerpunktmäßig in und von der Gemeinde. Es gibt da weltweit die unterschiedlichsten Ausprägungen. Unter diesen hat die römische der katholischen Kirche zur Zeit festgelegt, dass Diakone nur einmal vor ihrer Weihe verheiratet leben und Priester zölibatär. Das heißt, die lateinische Kirche wählt aus den Leuten, die sich zum Zölibat oder Priestertum berufen fühlen, die aus, die sich zu beidem berufen fühlen, nach Maßgabe des Bedarfs, um sie zu prüfen und auszubilden. Es gibt kein Recht, auf ein Amt schon gar nicht auf ein Leitungsamt in der Kirche. Es ist Geschenk und Aufgabe, dazu berufen zu sein und Geschenk und Aufgabe, auserwählt zu werden. Aber dieser Satz hat zwei Seiten. Er geht davon aus, dass wir genügend Berufungen haben, um auswählen und prüfen zu können. Das war vielleicht in der Situation so, in der sich das Tridentinum endgültig in der Kirche durchgesetzt hatte. Aber heute gibt es scheinbar nicht genügend dieser Doppelberufungen. Oder gibt es Gründe für diesen Mangel?

Die Kirche will zum einen Priester als Vorsteher von Gemeinde und Eucharistie. So muss sie sich etwas einfallen lassen, dieses Recht, das auch von Seiten der Gemeinde her besteht, zu erfüllen. Es genügt nicht, einfach nur auf die geringe Zahl der Berufungen hinzuweisen und den Priester von heute zum Sakramentenautomaten verkommen zu lassen und ihn statt dessen aufzureiben in der Funktion eines dafür nicht ausgebildeten Leiters eines mittelständischen Unternehmens. Letzteres können andere deutlich besser. In einer hierarchisch verfassten Kirche müssen die hierarchischen Aufgaben langfristig ordentlich erledigt werden oder die Hierarchie erledigt sich.
Er dachte: *Bin ich dazu berufen?*
Megild fragte weiter: "Willst Du das von mir?!"
Megild merkte aber, wie er von seinem eigentlichen Gedankenpfad abkam. Auch merkte er, dass das Herz immer weniger bei der Überlegung dabei war, je theoretischer sie wurde. Darum schob er es beiseite:
"Naja, das ist ja zumindest jetzt nicht mein Bier", Megild setzte sich wieder und fügte an, "und wenn Ja, dann musst Du das schon deutlicher sagen und auch, wie Du Dir das eigentlich vorstellst."

Ihm fiel jetzt ein Muster auf bei den Gedanken. Wenn er an einer Frage dran war, die sein Herz bewegte, kam es oft vor, dass sich seine Gedanken verselbständigten. Irgendwann dachte nur noch der Kopf, aber irgendwie stand das Herz kalt und gelangweilt daneben, selbst wenn die Themen eigentlich spannend waren. Er musste lernen, einen schnelleren Blick für diese Ablenkungen zu bekommen, damit sie ihn nicht immer solange von seinem Weg zum Kern abhielten.

War das jetzt also noch sein Thema? Wenn Ja, dann aber nur dieser Aspekt: „Was ist meine eigene spezielle Berufung?"

Der Vikar hatte einmal gesagt: "Heute laufen viele Menschen herum, die sich nie gefragt haben, was ihre Berufung ist. Sie nehmen es einfach, wie's kommt. Wer aber seiner Berufung zumindest ansatzweise nicht nachkommt, dürfte arge Probleme bekommen, den Sinn seines Lebens zu finden. Einige Verheiratete wären vielleicht berufen gewesen, nicht zu heiraten. Andere, Priester, die ich kenne, wären besser verheiratet. Wenn man nicht zu Zölibat und Priestertum berufen ist, lässt man unter den heutigen Bedingungen nach der Prüfung besser die Finger davon, weil es sicher zumindest innerlich schief geht. Aber auch die Berufenen müssen etwas für ihre Berufung tun. Sowohl die Ehe als auch die Ehelosigkeit leben sich nicht von einer einmaligen Entscheidung her. Es ist bezeichnend, dass der Prozentsatz von Scheidungen und von Priestern, die ihr Amt aufgeben ungefähr gleich hoch ist. Hochzeit und Weihe sind zwei Arten des Schlussstriches unter die

Unentschiedenheit der Jugend. Aber es sind zwei Beziehungsformen, die man pflegen muss. Treue will geübt und immer wieder erneuert sein. Echte Liebe ohne Treue gibt es nicht. Das ist eine romantische Illusion oder eine Verwechslung mit der Begierlichkeit. *Wie bin ich jetzt eigentlich darauf gekommen? Ah, Demut als ein Leben aus der Dankbarkeit; Gaben, die Gott nicht nur für mich, sondern auch für den Aufbau der Gemeinde gegeben hat. Spezielle Berufung um im rechten Maß meine Charismen dafür einzusetzen.*

Irgendwie war auf einmal Schluss mit den Gedanken. Megild las erneut die Stellen, aber es geschah nichts mehr. Jetzt begann aber ein anderer Kampf, der gegen das Einschlafen.

Es ist unglaublich, wie lang so eine Nacht sein kann. Das hätte Megild im Traum nicht gedacht. Er übte sich wieder im halben Lotussitz, um nicht einzuschlafen. Selbst im Stehen gelang es ihm kaum wach zu bleiben.

Langsam erloschen die letzten Teelichter. Da, eine halbe Stunde vor Sonnenaufgang klopfte es. Megild schrak auf. Hatte er gedöst? Er stand auf. Dabei entfuhr ein leiser Schrei seiner Kehle. Ein Bein war ihm eingeschlafen. Rote Waldameisen krabbelten wild um sich beißend in seinem Bein herum, während er zur Eichentür empor humpelte. Megild öffnete sie. Er hatte das Klopfen nicht geträumt. Sabine stand vor der Tür, wie besprochen. Beide setzten sich nun vor die Pieta, warfen die Decke um sich und schwiegen ein Weilchen im Flackern der letzten Kerze. Kurz vor Sonnenaufgang begann Sabine jene alte Weise, die Pfingstsequenz, zu singen mit ihrem klaren wunderschönen Alt. Sie gab ihm eine kleine Karte mit einer deutschen Nachdichtung aus dem Gesangbuch. Megild kannte den deutschen Text aber auswendig.

Veni Sancte Spiritus, et emitte coelitus
lucis tuae radium.
Veni pater pauperum. Veni dator munerum.
Veni lumen cordium.
Consolator optime, dulcis hospes animae,
dulce refrigerium.
In labore requies, in aestu temperies, in fletu solatium.
O lux beatissima, reple cordis intima tuorum fidelium.
Sine tuo numine, nihil est in homine,
nihil est innoxium.
Lava quod es sordidum, riga quod es aridum,
sana quod est saucium.
Flecte quod es rigidum, fove quod est frigidum,
rege quod est devium.
Da tuis fidelibus, in te confidentibus,
sacrum septenarium.
Da virtutis meritum, da salutis exitum,
da perenne gaudium. Amen, halleluja

Komm herab, o Heil'ger Geist, der die finstre Nacht zerreißt, strahle Licht in diese Welt.

Komm, der alle Armen liebt, komm, der gute Gaben gibt, komm, der jedes Herz erhellt.

Höchster Tröster in der Zeit, Gast, der Herz und Sinn erfreut, köstlich Labsal in der Not,

In der Unrast schenkst du Ruh, hauchst in Hitze Kühlung zu, spendest Trost in Leid und Tod.

Komm, o du glückselig Licht, fülle Herz und Angesicht, dring bis auf der Seele Grund.

Ohne dein lebendig Wehn kann im Menschen nichts bestehn, kann nichts heil sein noch gesund.

Was befleckt ist, wasche rein, Dürrem gieße Leben ein, heile du, wo Krankheit quält.

Wärme du, was kalt und hart, löse, was in sich erstarrt, lenke, was den Weg verfehlt.

Gib dem Volk, das dir vertraut, das auf deine Hilfe baut, deine Gaben zum Geleit.

Lass es in der Zeit bestehn, deines Heils Vollendung

sehn und der Freuden Ewigkeit. Amen, Halleluja.

Währenddessen ging die Sonne auf. Die Madonna bekam langsam eine immer stärker werdende Aura und die Augen der Leidenden erglühten im Glanz des aufgehenden Lichtes aus dem Osten. Megild traten die Tränen in die Augen. Jetzt musste die Sonne ganz über dem Horizont stehen, denn die Mutter Gottes war in Licht gehüllt, wie in ein Gewand, und ihre Augen strahlten wie die Sonne.
Sabine sprach: "Der Herr nehme diese deine Nachtwache an als eine vollgültige Bitte. Er erhebe sich in dir wie die Sonne und scheine in deinem Leben auf, wie in der Jungfrau Maria, der Mutter unseres Herren."
"Amen, so sei es." flüsterte Megild.

Beide frühstückten, erzählten, luden einander gegenseitig ein und freuten sich einfach am Licht des neuen Tages. Als Megild gerade im Internet nachsah, wann der nächste Bus fahren würde, klingelte es an der Tür. Sabine öffnete und Megild hörte eine vertraute Stimme.
"Hallo, ist mein Brüderchen noch hier?"
"Ah, du bist Susanne! Komm rein! Wir sind gerade fertig mit Frühstücken. Hast du schon gefrühstückt?"
Sie kamen in die Wohnküche als Susanne sagte:
"Nein noch nicht. Ich hatte mir heute freigenommen und bin gegen meine Gewohnheit vor Anbruch des Tages erwacht. Da dachte ich mir, da kannst du auch

gleich Megild noch abholen."
Zu Megild gewandt sagte sie: "Habt ihr auch diesen geilen Sonnenaufgang gesehen?"
Megild: "Ja, in den Augen der Gottesmutter."

23

*Gott, gib was Du forderst,
dann fordere, was Du willst.*
(Aurelius Augustinus)

Der Hohe Donnerstag

Megild hatte bis zum Mittagessen geschlafen. Mehr wollte er auch nicht, weil heute Abend mit der Gründonnerstagsliturgie, die Heiligen Drei Tage des Übergangs begannen, das sogenannte Triduum Paschale. Vorher hatte er ja auch noch den Beichttermin beim Vikar. Er wusste nicht so recht, was er da tun sollte. Er wusste nur, irgendwie war es dran. Ein wenig Unbehagen überkam ihn schon. Was sollte das? Er merkte, wie sein Herz, sein Wille und sein Verstand jeder irgendwie etwas anderes sagten, den anderen aufreizte, aber keiner so recht mit der Sprache raus wollte. In ihm fanden sich zwar tausend Ausreden, aber keinen Grund. So ging er.

Er saß in der Kirche und wartete. Im Hintergrund liefen leise gregorianische Gesänge. Viele waren nicht da. Die Jugendbeichte lief immer etwas anders ab. Vor allem nahm sich der Vikar mehr Zeit. Man konnte zwischen Beichtstuhl und Beichtzimmer wählen. Rita war mit dem Vikar aus dem Beichtzimmer gekommen, ging aber nicht, wie Megild es erwartete, zum Beichtstuhl, sondern setzte sich mit ihm in eine Ecke der Kirche, wo sonst nur Megild war. Dort kam sie mit ihm ins Gespräch. Obwohl Megild nur zehn Bänke weiter saß, verstand er außer „pspsps" nichts. Der gregorianische Gebetsteppich schluckte selbst da alles, wo Rita etwas lauter wurde. Mindestens zwanzig Minuten saßen sie so da. Megild fragte sich, was man denn so viel erzählen könnte. Sie kamen zum Schluss, was Megild am Kreuzzeichen sah, mit dem er ihr die Lossprechung – die Absolution – gab und sie segnete. Rita fragte ihn noch etwas, worauf der Vikar nickte. Da stand er auf, legte ihr die Hände auf und betete kurz noch etwas. Dann verschwand der Vikar wieder im Beichtzimmer.

Nur noch Megild saß da. Er erhob sich, atmete durch und ging ins Zimmer. Lächelnd empfing ihn der Vikar. Seine violette Stola lag etwas schief auf den Schultern:
"Gelobt sei Jesus Christus!"
Megild war etwas verdattert und sagte: "Ja. äh ... in Ewigkeit Amen." Er setzte sich und wartete. Die kleine Pause fasste er als Aufforderung auf, etwas zu sagen.
"Nun, ich habe ja seit geraumer Zeit keine Erfahrung mit so was wie einem Beichtgespräch. Und so fette Sünden liegen mir ja auch nicht auf der Seele. Vielleicht fange ich einfach mal an zu erzählen."
Er stockte ein wenig, dann sagte er: "Der Freund, von

dem ich damals erzählt habe," Megild rang nach Worten, "also der Freund, den ich habe, das bin eigentlich ich."

Der Vikar nickte und sagte: "Die Beichte dient vor allem dazu das, was dich von Gott trennt zu beseitigen und dir den Weg zu Ihm klarer werden zu lassen. Gibt es da vielleicht etwas?"

Megild sagte: "Ich glaube, dass ich Gott nicht kenne. Ich weiß viel über ihn, aber ich habe ihn nie erfahren. Wenn ich rufe, antwortet er nicht."

"Wie meinst du denn, dass Er dir antworten müsste, ... mit Worten?"

Megild druckste ein wenig herum und dann sagte er: "Ja."

"Sicher es mag Menschen geben, denen Gott so antwortet, ich kenne aber persönlich keinen."

"Aber Samuel, Paulus..."

"Gott hat nicht nur für jeden Seinen Weg, sondern auch eine Sprache. Früher zum Beispiel antwortete Er mir, wenn ich Ihm eine Frage vorlegte und vor ihm bedachte so: Nachdem ich das für und wieder abgewogen hatte, zog es mich mehr zu der einen Entscheidung. Hier spürte ich den größeren inneren Frieden, der auch blieb, wenn der Gedanke weg war. Bei Entscheidungen in die andere Richtung, selbst wenn sie an sich gut waren, hatte ich vielleicht im Moment ein gutes Gefühl, aber sobald der Gedanke weg war, blieb ein schales Gespür übrig. Hinter Worten kann man sich verstecken

auch vor sich selbst. Wenn Gott mit einem redet, will Er nichts zwischen dir und Sich haben."
"Es ist aber so eine Leere in mir, die jede Freude an allem aufsaugt. Manchmal funktioniere ich nur, ohne noch den Funken einer Ahnung zu haben, ob sich das Ganze überhaupt lohnt. Es ist wie ein Schleier, ein Netz, das alles bedeckt, mich gefangen hält und lähmt. Ich habe keine Lust aufzustehen, ich habe keine Lust zu essen, ich habe keine Lust zu arbeiten, nach Hause zu gehen. Ich habe keine Lust schlafen zu gehen. Ich fürchte mich vor der Einsamkeit und kann die Nähe anderer Menschen nicht ertragen. Alles ekelt mich dann nur noch an."
Megild zitterte.
Der Vikar hörte dem letzten Wort noch ein wenig nach und griff den Faden auf. "Normalerweise wird Sinn in Beziehungen erfahren. Ich weiß, dass ich gebraucht werde. Es macht einen glücklich zu sehen, dass man anderen Freude bereitet hat und dass man Freude zurückbekommt. Wach gewordene Menschen merken, dass dies nicht alles ist. Dazu gehörst auch Du. Der heilige Ignatius von Loyola hat einmal sinngemäß gesagt: Der Mensch ist dazu berufen, zu erkennen, was er Gott, seinem Schöpfer, verdankt, und Ihn zu loben und zu preisen nur um Gottes willen, allein weil Er der liebende Herr ist. Viele Menschen erkennen nicht die Kraft, die aus dem Dank und dem Lobpreis strömt. Ich glaube, wenn du nicht noch etwas wichtiges anderes hast,

bleiben wir mal an dieser Stelle, diese ist nämlich sehr zentral."
"Nein, alles was sonst noch sein könnte, Hochmut zum Beispiel, in dem ich meine, alles selber zu können, habe ich als - wie sagt der Prediger: eitles und nichtiges Tun - erkannt und verworfen. Das will ich vielleicht auch noch hinlegen vor Gott. Weißt du, es ist so, dass dieses Loch mich von innen austrocknet, dass es alles aufsaugt bis kein Leben mehr in mir ist." Megilds Zittern wurde stärker.
Der Vikar überlegte ein wenig und sagte dann: "Wir haben heute Gründonnerstag. Der Tag, an dem nach alter Tradition, die Büßer wieder ihren Frieden mit der Kirche finden und in ihr. In einer früheren Zeit fand die Buße vor Beichte und Versöhnung statt. Die Menschen nutzten die Fastenzeit dafür. Um mit Gott wieder in Einklang zu kommen, nahmen sie in Absprache mit ihrem Beichtvater oder Bischof harte Bußen auf sich, um sich ihrer Schuld, Vergehen oder was sie sonst von Gott trennte, klar zu werden und als körperlichen Ausdruck ihres Wunsches vor Gott zu tragen. Wenn ich dir jetzt eine Buße auferlege, so sei sie ein Hinweis für dich, der dir einen Weg weisen soll, zu Ihm zu finden. Megild meditiere einmal zur Buße einen Text der Schrift von vor zwei Wochen aus dem Propheten Ezechiel ich glaube im 37. Kapitel. Das war die Vision mit den Totengebeinen" Der Vikar blätterte ein wenig in der Bibel und sagte: "Ja, das ist es: Die Verse 1-14. Lies ihn

einmal, als würde dich der Herr auf ein weites Feld stellen. Du bist dort nicht nur der Prophet, sondern auch das, was du siehst. Wenn du dann durch bist, dann formuliere ein Gebet. Sage Ihm deine Bitte. Aber sage zu Gott: „Du". Sprich Ihn persönlich an! Gut?"
"Ja."
"Ich gebe dir jetzt Gottes Lossprechung von allem, was du Ihm bekannt hast. Möge Er dir die Hürden aus dem Weg nehmen, die du hingestellt hast."
"Ich würde mich dazu gerne hinknien, und..." Megild dachte an Rita vorhin, "könnten Sie mir auch die Hände auflegen?"
Der Vikar nickte und wartete bis sie innerlich in der Ruhe angekommen waren. Er legte Megild die linke Hand auf den Kopf, erhob die Rechte wie zum Schwur und sprach:
"Gott, der barmherzige Vater,
hat durch den Tod und die Auferstehung Seines Sohnes
die Welt mit Sich versöhnt
und den Heiligen Geist gesandt
zur Vergebung der Sünden.
Durch den Dienst der Kirche
schenke Er dir Verzeihung und Frieden.
So spreche ich dich los von deinen Sünden
im Namen des Vaters und des Sohnes und des Heiligen Geistes."
"Amen." antwortete Megild.
"Gehe hin in Frieden!"

"Dank sei Gott dem Herrn."
"Ah noch etwas Megild: Morgen ist Karfreitag. Höre dir die Texte auf dich hin an. Das Wasser aus Seiner Seite ist das lebendige Wasser, das auch dich wieder zum Leben bringen wird. Gott stirbt für dich, damit du mit Ihm lebst!"
Der Vikar wollte Megild eine Bibel mitgeben. Doch Megild lächelte, zückte aus einer Seitentasche seiner Outdoorhose sein kleines Buch und sagte: "Wer geht schon ohne Bibel aus dem Haus?!"

In der Bank suchte und fand er die Ezechielstelle. Er las sie und wusste sofort Diese Stelle ist für mich geschrieben. Er las sie noch einmal, sie betend, wie sie ihn jetzt innerlich ansprach. nach Ezechiel 37:

[1]Die Hand des Herrn legte sich auf mich, und der Herr brachte mich im Geist hinaus und versetzte mich mitten in die Ebene. Sie war voll von Gebeinen, die verschieden geordnet zusammen lagen; auch meine erkannte ich darunter. [2]Er führte mich ringsum an ihnen vorüber, und ich sah sehr viele über die Ebene verstreut liegen. Sie waren ganz ausgetrocknet und tot; denn Unglaube hatte sie ausgedörrt und Kleinmut sie sterben lassen. [3]Er fragte mich: Menschensohn, können diese Gebeine wieder lebendig werden; es sind ja nur noch Gebeine, die mich vielleicht noch aus den Kulturführern der Fremde kennen? Ich antwortete:

Mein Herr und mein Gott, das weißt nur du! Ich kann es mir nicht vorstellen; aber du vermagst alles. ⁴*Da sagte er zu mir: Sprich als Prophet über diese Gebeine, und sag zu ihnen: Ihr ausgetrockneten Gebeine, hört das Wort des Herrn!* ⁵*So spricht Gott, der Herr, zu diesen Gebeinen: Ich selbst bringe Geist in euch, dann werdet ihr lebendig.* ⁶*Ich spanne Sehnen über euch und umgebe euch mit Fleisch; ich überziehe euch mit Haut und bringe Geist in euch, dann werdet ihr lebendig. Dann werdet ihr erkennen, dass ich der Herr bin. So sollst du zu ihnen reden, denn du sollst sehen und begreifen, dass ich der Herr bin, ich, der durch dich handelt.* ⁷*Da sprach ich als Prophet, wie mir befohlen war; und noch während ich redete, hörte ich auf einmal ein Geräusch: Die Gebeine rückten zusammen, Bein an Bein.* ⁸*Und als ich hinsah, waren plötzlich Sehnen auf ihnen, und Fleisch umgab sie, und Haut überzog sie. Aber es war noch kein Geist in ihnen. Auch mich sah ich, wie ich leblos da lag, noch voll innerem Tod; denn noch war kein Geist in mir.* ⁹*Da sagte er zu mir: Rede als Prophet zum Geist, rede, Menschensohn, und sage zum Geist: So spricht Gott, der Herr, der Heere: Geist, komm herbei von den vier Winden! Hauch diese Erschlagenen an, damit sie lebendig werden. Menschensohn, rufe du den Geist herbei, denn ich habe es dir befohlen, damit du siehst, das all das geschieht, was ich will.* ¹⁰*Da sprach ich als Prophet, wie er mir befohlen hatte, und es kam Geist in sie. Sie wur-*

den lebendig und standen auf - ein großes, gewaltiges Heer und ich unter ihnen.
¹¹Er sagte zu mir: Menschensohn, diese Gebeine sind das ganze Haus Israel, mein ganzes Volk, das mir im Geist und in der Wahrheit gehört. Jetzt sagt Israel, meine Braut: Ausgetrocknet ist unsere Liebe, unsere Hoffnung untergegangen, mein Glaube, er ist verloren. ¹²Deshalb tritt als Prophet auf, und sag zu ihnen: So spricht Gott, der Herr: Ich öffne eure Gräber und hole euch, mein Volk, aus euren Gräbern herauf. Ich hole euch aus eurem einsamen Zweifel und aus eurer zerstörerischen Selbstgenügsamkeit und Selbstverwirklichung. Ich bringe euch zurück in das Land Israel, meine Kirche. ¹³Wenn ich eure Gräber des Unglaubens öffne und euch, mein Volk, aus euren Gräbern der Lieblosigkeit heraufhole, dann werdet ihr erkennen, dass ich der Herr bin und nur ich eure Hoffnung. ¹⁴Ich hauche euch meinen Geist ein, dann werdet ihr lebendig, und ich bringe euch wieder in euer Land. Nie wieder müsst ihr es wie einst verlassen, als Unglaube euch trieb und Zwist euch versprengte; denn ihr werdet mein Volk sein und ich, der Herr, ich werde euer Gott sein. Dann werdet ihr erkennen, dass ich der Herr bin. Ich habe gesprochen, und ich führe es aus - Spruch des Herrn, der Heere. Amen, ja Amen.

Megild kniete nieder und fing zum ersten Mal in seinem Leben an, Gott so direkt und bewusst anzusprechen. Es hatte sich zwar schon angekündigt, gestern in der Kapelle, aber das jetzt war eine neue Dimension: *Herr, ich weiß nicht wie ich zu Dir reden soll. Du siehst mich, wie ich vor Dir knie, fülle Du mich mit diesem Heiligen Geist von dem Du gerade zu mir gesprochen hast, damit meine toten Glieder lebendig werden. Erfülle Du mich, und ich lebe. Bete Du in mir, damit ich recht bete. Ja, ich habe mich lange gesträubt zu erkennen, was mir wahrhaft fehlt. Du hast mir die Hand angeboten, und ich ging vorüber, weil ich Dich nicht erkannte. Ich habe über Dich geredet, aber nicht mit Dir. Den Sinn meines Lebens wollte ich mir selber schaffen, und schuf mir doch immer nur Tod. Herr, ich kann nicht mehr! Ich gebe Dir hier die elenden Trümmer meiner verdorrten Existenz. Ich selber kann nichts mehr tun. Ich kann nur noch zu Dir schrei'n. Was sollte ich sonst noch machen. Wenn ich dieses Loch in mir sehe, wird mir schlecht. Alles ist mir zum Ekel geworden, weil nichts Deine Gegenwart atmet. Was soll der Schein meiner Fröhlichkeit, wenn ich dich nicht spüren darf, Dich, meine Freude? Was ist mein Schaffen ohne Dich? Es sind Sandburgen am Strand. Wem können sie trotzen und wozu? Was würde ich denn schon anderes verteidigen als eine leere Burg und eine tote Maske, vor dem mir jeden Morgen schlecht wird? Geh nicht einfach vorbei an Deinem Knecht! Lass mein Rufen nicht ungehört verhallen! Sei Du der Grund meiner Freude! Werde Du die Quelle meines Inneren.*

Dann werden auf meinen Lippen die scheppernden Töne zu Liedern der Freude über Dich, meinen Gott, und die Schreie der Verzweiflung zu Jubel über den Herrn, meinen Retter. Wozu sollte ich laufen, wenn nicht, um zu Dir zu kommen; wozu mich anstrengen, wenn nicht, um bei Dir, in Deinen Armen zu sein? Du wirst mir Deine Liebe grundlos schenken! Du wirst mich erhören im Tal des Todes! Was könnte ich Dir auch geben, damit Du mich erhörst?! Es ist ja alles schon ein Geschenk Deiner Liebe für mich. Trotzdem will ich es Dir zurück schenken, alles. Nichts, mein Gott, nichts will ich Dir vorenthalten, nichts. So, wie Du mich geschaffen hast, will ich Dir mich geben, ganz. Schenke Du mir die Kraft dazu und weise Du mir den Weg. Denn Du bist der Weg auf dem ich mein wahres Lebens finde, Dich. Du bist die Wahrheit, die mir auf allen Wegen meines Lebens begegnet. Du bist das wahre Leben, das allen meinen Wegen offenbar werden soll, vor allem aber auf jenem letzten, wo nur Du mir entgegenkommst, wo nur Du mich in die Arme schließen wirst. Schenke mir, Herr, mein Leben so zu leben, dass ich dann, wenn Du mich endgültig zu Dir rufen wirst, um Dich zu sehen, wie Du bist, dass ich auch dann noch so voller Freude vor Dir erscheinen kann, wie ich es jetzt will. Dass ich Dir auch dann, wenn meine Leuchte erlischt und die silberne Schnur zerreißt, mein Leben geben will, so wie Du es mir geschenkt hast, ganz. Amen.

Megild war über den Werdegang des Gebetes fast ein wenig erschrocken. Er wollte eigentlich nur um inneren Frieden beten, aber nicht mehr er war es, der seine Gedanken gelenkt hatte. Es betete in ihm mit Worten, die irgendwie nicht seine waren, aber die sich ihm sonderbar vertraut vom Grund seiner Seele her entgegen streckten. Megild wusste nicht, ob das schon der Heilige Geist war, den Gott schon schenkte, bevor er überhaupt die erste Bitte formulieren konnte. Er konnte nicht sagen, was es war, aber eines wusste er. Er verspürte mit einem Mal einen inneren Frieden, und eine Ruhe, wie er sie noch nie in seinem Leben gespürt hatte und er wollte mehr davon. Er begriff zum ersten Mal, was das für ein Friede war, den der Priester uns zusprach, wenn er sagte: "Der Friede des Herrn sei alle Zeit mit euch." Tränenden Auges dachte er: *Ist das die Art, wie Du mit mir sprechen willst?* Er merkte kaum, wie sich langsam die Kirche füllte. Ganz versunken in dieses Gefühl der Dankbarkeit kam er erst wieder in die Gegenwart der anderen zurück, als die Ministranten und der Priester einzogen. Aber noch bevor das erste Wort gesprochen war, hörte er fast physisch einen Satz. Es waren keine Worte, es war eher eine innere Gewissheit und Ruhe, die ihn auf einmal durchflutete. Er hätte vor Glück aufschreien können:
Bevor Du rufst, höre ich Dich.
Bevor Du nach mir schreist,
BIN ICH da.

297

*Bevor Du weißt, worum Du bitten willst,
habe ich Dir alles geschenkt,
denn DU bist mein geliebter Sohn.*

24

Im Herzen manches Christen wäre mehr Himmel, befände sich darin nicht zu viel Erde.
(Vinzenz von Paul)

Die Einheit

Was in diesen Tagen geschah, war völlig neu für Megild. Er hatte es tausendmal gelesen. Tausendmal hatte er es gehört, aber jetzt da es eingetreten war, war es anders, gewaltiger als er es je für möglich gehalten hätte. Die Nähe Gottes hatte mit einem Male seine innere Leere zerstört, als wäre sie nie da gewesen. Das, was er fester wähnte als alle Bollwerke der Unterwelt, es war weg, selbst die Erinnerung gelang ihm nur noch über den Kopf, nicht aber mehr vom Gefühl her. Dieser Friede hielt. Er war nicht weg, als die Nachtwache in der Kirche begann, und er war noch da als er am Karfreitag zur Kirche ging. Wenn er nur daran dachte, schossen ihm schon Tränen der Dankbarkeit und Freude in die Augen.

Hell stand die Nachmittagssonne am Himmel, heller noch durchflutete die wahre Sonne sein Herz. Selbst die triste Kirche erschien ihm heute in einem anderen Licht, weich, gelb und hell, aber nicht blendend. Stille lag über dem Ort. Nur noch Minuten fehlten bis zum Beginn der Feier; denn nach dem Matthäusevangelium war Christus in der neunten Stunde, also 15.00 Uhr, gestorben. Nackt war der Altar. Kein Altartuch, keine Kerzen, keine Blumen. Auch das übermannshohe Kreuz, das während der letzten Tage der Fastenzeit in ein lila Tuch gehüllt hinter dem Altar gehangen hatte, es fehlte.

Das Rascheln wallender Gewänder kündete vom Beginn der Feier. Dreißig Ministranten im Alter zwischen zehn und dreißig kamen zu zweit herein. Vor dem Altar schwärmten sie soweit aus, dass sie eine Mauer vor dem Altarraum bildeten. In der Mitte aber ließen sie Platz für den Priester und die Lektoren. Eine Weile verharrten sie schweigend. Dann warfen sich der Vikar und die beiden Lektoren in voller Länge vor dem Altar nieder. Alle anderen gingen in die Knie. Wieder erfüllte anbetende Stille den Raum und die Herzen. Megild hatte sich in Gedanken auch vor dem auf den Boden geworfen, der ihm diesen Frieden geschenkt hatte. Was sie heute feierten, war nicht einfach ein Gedenken an ein Geschehen von vor zweitausend Jahren. Was sie heute feierten, war der Beginn des eigenen Übergangs jedes Christen vom einsamen Tod zum gemeinsamen Leben in Gott; denn Kirche war nicht zuerst Organisation, sondern der lebendige, mystische Leib des Christus, der sich dann aus diesem Geheimnis heraus je neu organisiert. Dieser Tag, der gestern mit der Messe vom letzten Abendmahl begonnen hatte, würde erst am Sonntag, dem ersten Tag der neuen Schöpfung, enden. Der Gottesdienst nahm seinen ergreifend schlichten Lauf, wie in den Tagen der Vorzeit. Der Karfreitagsgottesdienst gehörte zum liturgischen Urgestein. Seit den Anfängen christlicher Liturgie hatte sich daran kaum etwas geändert. Die letzte Neuerung in der Struktur dieser Feier ging auf das 8. Jahrhundert zurück, als ein Papst, der aus der östlichen Kirche stammte, von dort die Kreuzverehrung mitgebracht hatte. Weil er so alt war, gab es in diesem Gottesdienst auch keine Orgel und keine Glöckchen; denn es gab sie damals schlicht noch nicht.

Megild versetzte sich an diesem Karfreitag in Petrus hinein. Aus seiner Sicht wollte er diese Tage erleben. Er, der schwankte, der hier als der Schwache erschien, ihn hatte Jesus auserwählt, um auf diesen Felsen seine heilige Kirche zu errichten. Petrus schwankte im Laufe der Kirchengeschichte immer wieder. Aber die Kirche steht immer noch. Darin sollte sich erweisen, dass nicht menschliche Kraft oder der Glaube dieses Mannes die Kirche schon seit zweitausend Jahren bestehen ließ, sondern einzig und allein die feste, unverbrüchliche Treue Jesu, der zugesagt hat, dass Er Petrus zu dem Felsen machen werde, den die Pforten der Unterwelt nicht überwinden werden. Dieser Petrus, der dreimal den Herrn verleugnet hatte, er hatte auch dreimal vom

Auferstandenen den Auftrag erhalten, die Herde zu weiden. Megild erkannte sich in diesem Petrus wieder. Er allein vermochte nicht als Christ zu leben, befreit und ohne inneren Zwang. Er würde allein immer wieder in die Irre gehen und durch Zweifel, die zu Grübeleien würden, abfallen. Aber wie er gestern gemerkt hatte, kam es nur darauf an, sich immer wieder an diesem Jesus festzumachen, mit Ihm gekreuzigt zu werden, um von Ihm gestärkt mit Ihm aufzuerstehen.

Es begann der zweite Teil des Gottesdienstes. Einige Ministranten waren mit dem Priester in den hinteren Teil der Kirche gegangen. Tief angestimmt erklang nun der altehrwürdige Gesang "Ecce lignum", "Seht das Holz des Kreuzes". Eine Seite des verhangenen Kreuzes wurde enthüllt. Die Gemeinde antwortete. "Venite, adoremus!" "Kommt, wir beten ihn an!" Ja dieses Holz ist die Leiter Jakobs und wahrhaft der Lebensbaum des Paradieses. Seiner Frucht entspringt für alle die Quelle ewigen Lebens und wahrer Erkenntnis. Das Reich Gottes ist nahe. Aber nicht mehr zeitlich sind wir von Ihm getrennt, sondern nur noch räumlich. Er steht jetzt an unserer Herzenstür. Er wartet, nicht mehr wir. Wir müssen Jesus nur noch die Tür öffnen, um das ewige Leben umsonst und in gewaltigen Maßen zu empfangen.

In der Nacht dieses Tages, dem Gründonnerstag, hatten

sie dieses Geschenk im Zeichen von Brot und Wein bereits erhalten. Es hatte Megild schon gestern teilhaben lassen an dem einen Opfer Jesu, dass Er ein für alle Male zur Heilung des Kosmos heute am Holze des Kreuzes vollbrachte. Den ersten Teil dieser Heilung drückte man aus mit dem Wort Vergebung der Sünden oder Gerechtmachung der Sünder. Das bedeutete im Vollsinn des Wortes: Gestern hatte Er uns die Einheit mit sich und untereinander im Mahl geschenkt. Jeder, der dieses Brot gegessen und diesen Wein getrunken hatte, hatte damit gesagt: "Ja Herr, auf Dich allein will ich mein Leben gründen. Dir traue ich zu, dass Du mein Leben von innen her so ordnen kannst, dass es wahrhaft gelingt. Was ich hier esse und trinke, soll sich in meinem Leben auswirken; denn ich habe gesehen, wer Du bist. Herr, ich glaube an Dich. Ich will mein Leben nicht nur mit Dir gehen, sondern von Dir her in Dir auf Dich zu. Schenke Du mir dazu die Kraft und die Mittel. Hilf mir, dass ich mich Dir immer mehr gleichgestalten lassen kann. Was Dir geschieht, geschieht nun mir, und was mir geschieht, geschieht jetzt Dir; denn nun bin ich Teil Deines Leibes, der heiligen Kirche, der neuen Schöpfung. Du hast mich durch dieses Brot, das schon gewandelt ist in die neue Schöpfung, zum Teil Deiner selbst gemacht; denn dieses Sakrament bewirkt, was es sagt. Ob man sich dessen bewusst ist oder nicht. Das ist es, was "Kommunion" sagt: Jesus verbindet sich den Vielen, die Ihm trauen, da sie noch Sünder sind, damit

Seine Heiligkeit sie heiligen und heilen kann. Sein Angebot aber gilt allen. *Es ist nicht Belohnung für die Gerechten, sondern Arzenei für die Kranken.*

Nun erklang das zweite Ecce lignum. Die zweite Seite des Kreuzes wurde unter dem Antwortgesang des Volkes enthüllt. Megild dachte dazu:
Unmittelbar vor diesem Leiden hast Du dieses Zeichen eingesetzt. Du bist als unser Paschalamm am Stamm dieses Kreuzes geopfert worden, wie Paulus in 1 Korinther 5,7 sagt. Aber da wir nun Teil Deines Lebens sind, sterben wir auch mit Dir. Angenagelt wirst Du an den Baum der Erkenntnis; denn hier ist offenbar, dass Du unschuldig bist und die Schuldigen Dich verhöhnen und das ist so geblieben bis heute. Diese Schuldigen sind aber nicht die Juden allein, sondern alle, die nicht ganz aus der Hinordnung auf Dich ihr Leben gestalten. Megild betete in Gedanken weiter: Lass mich nicht wie die das Knie beugen, die Dich verspotten. Sie, deren Leiber Dir huldigen, deren Geist sich aber auflehnt. Lass mich erkennen, dass Du auch für mich und meine unheilen Beziehungen einstehst. Deine Wunden sind auch die Wunden, die ich anderen reiße, Deinen geringsten Brüdern und Schwestern. Im Mahl gestern aber bin ich Dein Leib geworden. Damit aber sind Deine Wunden auch meine. So schlage ich andere und treffe auch mich. Aber durch Deine Wunden strömt Dein heiliges Blut. Durch Deine Wunden sind wir

geheilt. Weil wir nun eins sind mit Dir, Töchter und Söhne Deines Vaters, beginnt sich nun in Deinen Wunden und Deinem Tod auch an uns der rettende Vorübergang des Herrn zu vollziehen, der Dein Blut als die Erfüllung des Vorbildes in Ägypten anerkennt. Das Blut Deiner Seite ist das, was das Blut der Lämmer an den Türen der Israeliten in Ägypten andeuteten, und das Wasser Deiner Seite ist das, was das Wasser des Schilfmeeres bedeutet. Der Tod, der mich mit Dir getroffen hat, hat nicht das letzte Wort. Das letzte Wort bist Du, der Du auch das erste warst. Dich hat Gott ausgesprochen und alles wurde geschaffen. Ihm gibst Du Dich am Kreuz ganz zurück, wenn Du Ihm den Geist übergibst für Deine Freunde. Darin zeigst Du Deine vollkommene Liebe. Nichts Menschliches und nichts Göttliches behältst Du für Dich. Ganz hast Du gelebt, ganz Dich erniedrigt, bis zum Tod, bis zum Tod am Kreuz. Du kehrst zum Vater zurück, nachdem Du alles bewirkt hast, wozu Dich der Vater ausgesprochen hat. Darum bleibst Du im Brot, über das das Wort gesprochen ist, wenn wir auch räumlich wieder auseinander gehen als das wahre Brot vom Himmel.

Das letzte Ecce lignum gab den Gedanken Megilds einen neuen Impuls. Nun ist es offenbar. Du, das Leben, bist tot und ich mit Dir. Deine Seite, die durchstoßen wird, bringt Wasser und Blut hervor, das sichere Zeichen Deines Todes. Tausende Menschen sehen es.

Hunderte bezeugen es. Nicht scheintot ist die Hoffnung der Menschen, sondern ganz tot, und ich mit Dir. Gott ist tot. Zurück bleiben Menschen ohne Hoffnung, wie Land ohne Wasser, Deine Mutter, die um den einzigen Sohn trauert; Deine Freunde, die Dich verlassen haben und Dich nicht mehr um Vergebung bitten können; die anderen Juden, die die Erfüllung der Verheißung Gottes getötet haben. Sie wähnen sich bestätigt, dass Du ein Scharlatan bist; denn wie könnte Gott es zulassen, dass Sein Gesandter als Verfluchter diesen schmählichen Tod stirbt?! Zurück bleibt nur die Wüste in den Herzen, das Symbol des Todes, Dein durchstoßenes, weit geöffnetes Herz. Vierzig Jahre zog Israel durch die Wüste, vierzig Tage fastest Du in ihr, vierzig Stunden halten Christen Wache am Grab ihrer Hoffnung. Aber Du zogst mit Israel im Wort mit, das der Herr zu Moses sprach. In der Wüste lebtest du vierzig Tage aus dem Geist. Doch wir? Wir haben nur die Zusage Deiner Auferstehung, die wir nicht verstanden haben. Vierzig. In vierzig Stunden wandelt sich uns der Baum der Erkenntnis in den Baum des Lebens. In vierzig Stunden reift durch Deine Hingabe das Geschenk, nach dem die Gier, sein zu wollen wie Gott, den Menschen greifen ließ. Vierzig Stunden bin ich mit Dir tot. Oh Herr, wer nicht am Karfreitag mit Dir gestorben ist, nicht am Sabbat in Dir im Grabe ruht, der ersteht in der Frühe des achten Tages, dem ersten der neuen Schöpfung, auch nicht in Dir auf. In der Taufe wurde dies an uns symbolisch vollzogen. Die Tür ist offen. Der Weg liegt vor uns. Vollziehen müssen wir es an uns in der Kraft Deines Geistes unser irdisches Leben lang. Du sagst dies so: Wer mein Jünger sein will, der nehme täglich sein Kreuz auf sich und folge Mir nach. Was symbolisch in unseren Herzen geschehen ist, müssen wir in unseren Alltag überführen, überall da, wo ich hingestellt bin. Anfangs müssen wir uns vielleicht noch fragen, wie würdest Du jetzt an meiner Stelle handeln? Aber je mehr ich mit Dir eins werde im Mahl und in meinem Leben, begreife ich, dass nicht mehr ich lebe, sondern Du in mir. Solange ich hier in dieser Welt lebe, geschieht dies im Glauben. Ich traue den Zeichen und Symbolen Deiner liebenden Gegenwart. So wie Du ganz für mich gelebt hast und gestorben bist, will auch ich ganz für Dich leben und sterben. Du warst im Tod mir ganz gleich, ganz bei mir, nun will auch ich ganz in Dir sein. Ganz im anderen sein, man selbst bleiben, ohne sich aufzulösen, das ist Liebe; denn wer sich aufgelöst hat, bei dem kann man nicht mehr sein.

Jetzt begann die Kreuzverehrung. Die Ehre, die diesem Holz erwiesen wurde, galt natürlich dem Herrn, der in jeder Versammlung von Christen zugegen war, die sich in Seinem Namen versammelten.
Wie der Blumenstrauß am Grab eines Lieben über den Tod hinaus die Verbundenheit ausdrückt, so drückt auch dieses Zeichen aus, dass wir erkannt und ange-

nommen haben, was Du für uns getan hast. Wie könnten wir dies auch anders tun als durch solche Gesten! Alles Wichtige in dieser Welt, schon unter Menschen, wird ja nicht so sehr in Worten, als vielmehr in Zeichen vermittelt. Niemand hat je einen Batzen Liebe oder eine Stange Treue gesehen. Worte mögen hinführen, geleiten, erklären; denn Symbole und Zeichen allein sind vieldeutig. Das Eigentliche aber verdichtet sich im Zeichen, in Geste und Symbol – erst recht in der Gemeinschaft mit Dir. Darum sagst Du ja auch: Kommt und seht. Darum auch ist das Wort Fleisch geworden. Ach Herr, wenn man unsere Gottesdienste häufig sieht, meint man manchmal: Das Fleisch ist Wort geworden! Der Glaube entsteht in Deiner Gegenwart. Worte sind der wichtige äußere Bereich. Zeichen, Symbole und Gesten sind die Brücke zum Innersten, Deinem weit geöffneten Herzen.

Herr, lass auch meine Liebe Fleisch werden und nicht nur Wort bleiben! Aber auch Zeichen und Symbole bleiben nur Verweis. Die unmittelbare Anschauung erhalten wir erst, wenn der "alte Mensch" ganz gestorben ist, aufgezehrt von Deiner Liebe und vom Verlangen nach Dir. Das Wort ist Fleisch geworden, weil es sich uns ganz vermitteln will. Herr, lass auch uns zu Zeichen – nein – Sakramenten Deiner Gegenwart und unser Leben zu der großen Kommunionausteilung werden, in der wir die ewige Gemeinschaft mit Dir mitteilen, die Du uns heute geschenkt hast in Deiner

Eucharistie für uns am Kreuz, dem Übergang von unserem einsamen Tod zu Deinem ewigen Leben.

Nach dem Gottesdienst begann die so genannte 40-Stunden-Wache. Es waren Gemeindemitglieder eingeteilt, die auf jeden Fall am Heiligen Grab bleiben würden, bis zur Osternacht. Es fand kein gemeinsames Gebet stattfand bis auf die Trauermette, einem besonderen Psalmengebet, am Samstag Morgen. Zur zweiten Mitternacht Seines Todes wurde hier die Wache beendet. Der Samstag gehörte also ganz dem Leid und der Trauer über Seinen Tod, bis er zu unserem würde.

25

In der Gnade dieser Nacht

Eine Stunde vor Sonnenaufgang hatte sich die Gemeinde im Innenhof des Grundstücks hinter der Kirche um die lodernde Flamme versammelt. Holzwolle und Wattebäuschchen getränkt mit dem Chrisamöl des letzten Jahres befanden sich im Inneren des Brandes. Mit echtem Feuerstein und Zunder hatte es die Jugend entflammen dürfen. Um den Holzstoß herum standen in gebührendem Abstand die Ministranten und der Vikar. Heute war er nur in eine blütenweiße Albe gehüllt, der Pfarrer daneben in ein goldoranges Messgewand. Einer der Ministranten hielt die festlich geschmückte Osterkerze. In ihrer Mitte prangte das Kreuz mit dem Alpha und dem Omega sowie der Jahreszahl. Megild hatte hinter dem Pfarrer einen Platz gefunden. Hier konnte er relativ gut sehen und hören. Heute leitete der Pfarrer die heilige Handlung. Ein Kreis der Gemeinde hatte österlichen Bilder der Apokalypse auf das weiße Gewand gestickt. Goldfäden in verschiedener Tönung bildeten die tragende Farbe des Bildes. Das Lamm mit der Buchrolle schaute von der Vorderseite des Gewandes auf die Gemeinde. Auf der Rückseite wuchs der Baum des Lebens inmitten des neuen Jerusalem, dessen Mauern ein Feuerwall aus Rotgold waren. Scheinbar veränderten sich die Bilder mit jeder Bewegung des Priesters. Ein Ministrant hielt dem Pfarrer das Messbuch hin.

"In dieser heiligen Nacht, in der unser Herr Jesus Christus vom Tod zum Leben hinübergegangen ist, lädt die Kirche überall auf der Welt alle ihre Kinder ein, sich zu vereinen und im Gebet zu wachen. Wenn wir uns so an das Pascha des Herrn erinnern, indem wir auf sein Wort hören und seine Geheimnisse feiern, können wir hoffen teilzuhaben an seinem Triumph über den Tod und für immer in der Gemeinschaft mit Gott zu leben."

In einem kurzen Segensgebet über das Feuer bat er auch um die Reinigung unserer Herzen. Berstendes Holz im flackernden Feuer verstärkten diesen archaischen Ritus:

Christus gestern und heute,
Anfang und Ende,
Alpha
Und Omega.
Sein ist die Zeit
Und die Ewigkeit

Und die Ehre und die Macht
In alle Ewigkeit. Amen.

Der Pfarrer drückte nach diesen Worten fünf Weihrauchkörner in die Ecken des Kreuzes und in seine Mitte. Die Kerze wurde nun am neuen Feuer entzündet und in ihr Christus das wahre Licht mit Weihrauch geehrt. Der Oberministrant überreichte dem Vikar die Kerze. Die fünf Weihrauchkörner symbolisieren die nun fünf verklärten Wunden des auferstandenen Christus.

Megild betete innerlich:
Eingesenkt in deine Wunden
ist nun unsere Zeit in deine Ewigkeit
durch deine Macht und Herrlichkeit
von Anbeginn der Zeiten bis zu ihrem Ende,
wenn du erscheinst wie du bist
und wir dich unverhüllt schauen,
du wahres Licht.

Jetzt begann die Prozession hinein in den Bauch der dunklen Kirche. Im Eingang der Kirche hielt der Vikar inne, wandte sich der Gemeinde zu und sang lateinisch: "Lumen Christi!" *Christus, das Licht!* Dabei hob er die Kerze empor. Die Gemeinde antwortete von innen und außen mit dem lateinischen *Dank sei Gott*: "Deo gratias!" Das Rascheln der Gewänder folgte dem einsamen Licht in dunkler Nacht in die Kirche hinein.

In der Mitte der Kirche folgte einen Ton höher das zweite "Lumen Christi". Die ersten acht Ministranten entzündeten nun ihre Lichter am neuen Licht. Der nun schon stärkere Schein strebte weiter dem Altarraum zu. Hier angekommen wandte sich der Vikar zur Gemeinde, streckte ihr das Licht der Osterkerze entgegen und sang in ihrem Schein, wieder einen Ton höher, das dritte "Lumen Christi". Die Ministranten verteilten nun das Licht an die ersten in den Bänken, die dort mit ihren Kerzen standen. Eine Welle des Lichtes brandete nun gegen die Dunkelheit an und tauchte auch den letzten Winkel dieser Kirche in mildes Gelb. Wie liebte Megild diesen Augenblick. Der Glanz hunderter Kerzen spiegelte sich in den Augen der Gläubigen und schuf den Raum lebendig neu.

Der Vikar stellte die Osterkerze auf den Ständer in der Nähe der Kanzel. Kunstvoll fiel eine Blumengirlande spiralförmig herab. Der Vikar stieg auf die Kanzel. Links und rechts von ihm zwei Ministranten mit Kerzen. Tief holte er Luft und begann mit dem uralten Gesang *Exsultet* auf deutsch: "Frohlocket, ihr Chöre der Engel! Frohlocket, ihr himmlischen Scharen! ..."

Dieses Urgestein in der Osternacht war musikalisch so ziemlich die Krönung von allem, was Megild kannte. Die deutsche Form des Exsultet fiel zwar etwas von der erhabenen Klarheit der lateinischen Version ab, aber es kam ja vor allem auf das Lob Gottes an, das die Gemeinde verstehen sollte, damit sie ihr Amen dazu sprechen konnten. In geballter Form wurde in diesem Gesang die Heilsgeschichte dargestellt und am Symbol von Kerze und Licht festgemacht.

Es folgten Lesungen aus dem Alten Testament, Gemeindelieder, die diese Texte von Christus her deuteten und jeweils ein zusammenfassendes Gebet. Pünktlich zum Gloria nach der Lesung aus dem Römerbrief ging die Sonne auf. Dem Evangelium folgte Megilds Lieblingslied: "Christ ist erstanden" begleitet von Orgel, Saxophon und Bassgitarre. Mit Erstaunen stellte er fest, dass ihm sogar das Saxophon in dieser Konstellation ausnehmend gut gefiel.

Die Predigt des Pfarrers kreiste um dieses Geschehen des Übergangs vom Tod zum Leben. Von der Predigt bekam er nicht viel mit. In dieser Nacht waren ihm die Symbole dessen, was er erlebte, wichtiger als die Worte, die dasselbe zu deuten versuchten. Der ganze Gottesdienst legte aus, was Jesus ihm in den letzten Tagen geschenkt hatte, was konnten da heute noch erklärende Worte hinzufügen?

Aber an einem Wort blieb Megild hängen: "Die Gnade dieser Nacht". Was bedeutete dieses durch die häufige Wiederholung verdunkelte Wort "Gnade"? Er begann seinen Gedanken nachzugehen solange die Predigt dauerte. Was heißt „Gnade"? Bruchstücke begannen sich in seinem Kopf zusammen zu setzten.

Ich verdanke einem anderen etwas Wichtiges,

was er mir ungeschuldet schenkt. Dieses Etwas kann ich mir nicht selber geben, noch kann ich es je gleichwertig vergelten. Wir leben von dieser "Zuneigung" Gottes, was "ginâda" wörtlich im Althoch-deutschen bedeutet. Sein Leben verdankte Megild seinen Eltern. Alles, was er war, ist und sein würde, hing davon ab, dass er lebte. Sein Leben war ein Geschenk, wie auch ihr Leben eines darstellte. Jeder Mensch kann Geschenke ausschlagen. Manche werfen sie weg. Aber normalerweise erfreuen wir uns an ihnen; denn zur Freude sind die Geschenke gegeben.

Dazu gehört freilich, dass man die Geschenke in der rechten Weise annimmt und gebraucht. Wer eine Knospe immer mit den Fingern aufpuhlt, wird nicht die Freude erfahren, die die Blüte schenkt, die sich zu ihrer Zeit öffnet. Ebenso wird der nicht die volle Freude menschlicher Beziehungen erfahren, der sie für sich in Anspruch nimmt, bevor sie reif genug sind, sich mitzuteilen. Wer aber nie die reife Frucht genossen hat, wird sich kaum vorstellen können, dass es die Reife Frucht von Beziehungen wirklich gibt.

Darum ist es ja auch so schlimm, wenn Menschen in ihren ersten Jahren nie um ihrer selbst willen geliebt und anerkannt worden sind. Solchen Menschen müssen später Giganten der Liebe oder Gott selber begegnen, um ihre Sehnsucht zu wecken oder ihrer Sehnsucht zu sagen, dass es etwas gibt, was ihrer Sehnsucht entspricht.

Wer aber die reife Frucht menschlicher Beziehungen kennt, weiß, dass er warten muss, bis sie herangereift ist. Diese Frucht braucht vor allem Zeit. Die reife Frucht ist das ganze Ja zum anderen.

Seine Eltern hatten sich einst diese Zeit genommen. Sie hatten sich vor dem Altar des Höchsten gesagt: Ja, ich will mir mein Leben lang Zeit für dich nehmen, mehr noch, dir mein Leben lang meine Zeit schenken, weil ich dich liebe. Ich liebe nicht dein volles schwarzes Haar, nicht deine rehbraunen Augen. Ich liebe nicht dein vollkommenes Aussehen, deine zarte Haut, sondern ich liebe dich, so wie du bist. Ich liebe dich, wenn du morgens nicht aus dem Bad kommst, wenn du immer wieder vergisst deine Tasse wegzuräumen. Ich liebe dich, wenn deine Tochter wieder mal typisch ganz die Mutter ist, wenn du Schuld auf dich lädst. Ich bin dir treu, auch wenn andere äußerlich so viel hübscher werden als du, sodass ich mich in sie verliebe; denn dich allein nur liebe ich so einzigartig. Du bist für mich nicht mehr nur die Schönste, sondern wirst mir mehr und mehr zur Einzigen.

Ich liebe dich, wenn mir alles zu viel wird, selbst du, weil ich mir zu viel bin. Ich liebe dich, wenn sich Schnee auf deine Haare gelegt haben wird, wenn das Schicksal und die Zeit die flüchtigen Teile aus deiner Haut gewaschen haben werden und langsam die Ewigkeit zu Tage tritt. Ich liebe dich, wenn du dich endgültig unserem wahren Bräutigam zurück schenkst.

Liebe äußert sich, bleibt nicht bei sich, nimmt alles am Geschenk verantwortet an.

Irdische Schönheit vergeht, aber das wahre Schöne bleibt. Alles Geschaffene vergeht, Einer aber bleibt. Aber bei all dem, was ich auch tue und empfinde, weiß ich, dass ich ewig Dein Schuldner bleiben werde. Ich habe mir auch nicht ein Lächeln von Dir verdient, womit Du mich täglich beschenkst, nicht ein tröstendes Wort, womit Du mich aufrichtest, wenn ich bekümmert zu Dir komme. Womit habe ich verdient, dass Du mich beachtest? Wer bin ich, dass Du mich beim Namen rufst, Dich täglich für mich hingibst, mir ewig zugeneigt bist? Ist nicht jede Kleinigkeit, alles, was ich täglich von Dir empfange, nicht so viel mehr wert, als alles, was ich je für Dich getan habe und je tun könnte? Warum empfange ich, ausgerechnet ich so viel Gutes von Dir?

Liebe erkennt, dass sie alles geschenkt bekommen und nichts verdient hat. Darum verschenkt sie alles, ohne zu zählen. *Die Liebe ist großherzig und rechnet nicht auf, sie glaubt immer, hofft immer, hält in allem stand.*

Warum hast Du für uns Dein Herz hingegeben und für uns Dein Blut am Kreuz vergossen? Warum? Zu jeder Zeit hättest Du Dein Leiden beenden können, aber Du gabst alles weg für uns, damit nichts mehr, auch nicht Deine Gottheit, zwischen uns und Dir stehe. Du, der ganz in Ihm ist, wurdest ganz wir. Du hast Dich für uns alle hingegeben im Brot, am Kreuz. Wie solltest Du uns jetzt, auferstanden, nicht auch alles schenken, Dein Leben, Deine Gegenwart, den Wein?! Wie unvergleichlich größer als alles, was ich hier kenne, ist Deine Liebe?! Nichts kann sie je auslöschen!

Wenn ein Mann und eine Frau sich lieben und nach einer Zeit der Mann die Frau vielleicht betrügt, fremdgeht und anderen Frauen nachgeht, wird dann diese Frau im Moment, wo ihr das offenbar wird, für ihren Mann bereit sein zu sterben? Und selbst wenn sie dies zu tun bereit wäre, weil sie ihren Mann von früher, noch anders kennt, als treu und sie liebend, was ist das im Vergleich zu der Liebe, mit der du uns schon geliebt hast als wir noch durch die Sünde deine Feinde waren, noch bevor wir Dich je liebten!

Du könntest uns behandeln wie Knechte und Sklaven. Es ist Dein Recht und Du hast die Macht dazu. Doch Du bietest diesen Knechten Deine Liebe an. Diesen Knechten, die Dich täglich beleidigen, indem sie Dich ignorieren, die ihre Mitknechte schlagen, treten, ausbeuten, ermorden, einfach übergehen. Ihnen allen gilt das Angebot Deiner Liebe. Ihnen, die Dich verspotten, die der Macht um ihrer selbst willen huldigen, die das Geld und den Luxus anbeten, also isoliert Deine Geschenke missbrauchen und vergötzen, gilt Deine Liebe. Und auch denen gilt Deine Liebe, die Nationalismus, Ideologien und Götzen, ja selbst Dich als hinreichenden Grund ansehen, um andere Menschen zu unterdrücken und zu töten. Selbst diesen gilt Dein Angebot an dem Kreuz, das sie Dir in jeder Generation neu aufrichten - unbegreiflich!

Wir verspotten Dich am Kreuz und Du betest für uns. Wir verstehen die Menschen, die böse handeln; Dich, den Liebenden, aber verstehen wir nicht. Wir schulden einander die Liebe, weil wir sie anderen verdanken und enthalten sie einander so oft vor. Du schuldest uns nichts. Und doch schenkst Du uns alles, was wir einander schulden würden. Du gibst uns ungeschuldet mehr, als wir geschuldet bereit sind einander zu geben.

Megild fiel eine Stelle im Römerbrief ein, in welchem Paulus das viel schöner gesagt hatte: *Die Liebe Gottes ist ausgegossen in unsere Herzen durch den Heiligen Geist, der uns gegeben ist. Christus ist schon in der Situation, in der wir noch schwach und gottlos waren, für uns gestorben. Dabei wird nur schwerlich jemand für einen Gerechten sterben; vielleicht wird er jedoch sein Leben für einen guten Menschen wagen. Gott aber hat seine Liebe zu uns darin erwiesen, dass Christus für uns gestorben ist, als wir noch Sünder waren.*

Als wir noch Sünder waren, als jeder seinen Weg ging, der nicht der Weg Gottes für uns war. Das ist es vielleicht auch, was vielen Menschen die Erkenntnis

Deiner Liebe so schwer macht. Sie kennen eine solche Zuwendung nur bruchstückhaft oder gar nicht von ihren Allernächsten. Dann kommst Du, der mit so einer gewaltigen Liebe uns zugetan ist, dass sie nur das Wort sehen, aber nicht begreifen, dass dies heißt: Ich liebe dich, ganz. Ich liebe nicht deine Stärken, nicht deine Schwächen, nicht deinen Glauben, hasse nicht deinen Unglauben, liebe nicht dein Wissen, nicht dein Unwissen, nicht deine Keuschheit, nicht deinen Morast, nicht dein Geld, nicht deine Armut, nicht deinen Gehorsam, nicht deinen Ungehorsam, nicht deine Freiheit, nicht deine Unfreiheit. Ich liebe dich.

Darum und nur darum kannst du umkehren zu mir, egal, wo du stehst. Das ist meine Gnade, meine Zuneigung zu dir. Es ist der Heilige Geist, den ich dir schenke, wann und wo du auch anfängst, zu Mir kommen zu wollen, Mich zu lieben.

Du hast und kannst nichts tun, um Meine Liebe zu verdienen; du brauchst es aber auch nicht. Du musst nur zu Mir wollen und Ich komme dir mit offenen Armen entgegen. Selbst da, wo dich die dir sichtbare Kirche, zu Recht oder Unrecht ablehnen sollte, selbst da ist Meine Liebe noch größer. Wo alle Wege der Menschen am Ende scheinen, schaffe Ich sie für dich neu aus dem Nichts; denn Ich brauche nichts als Mich, um dir einen Weg zu Mir zu ermöglichen. Du kannst also umkehren, wann immer du willst. Verstecke dich nicht länger hinter deinem durchsiebten Panzer.

Megild hörte innerlich: *Dein Panzer schützt dich nur manchmal vor einigen Schlägen des Bösen, aber er hält ganz die Liebe von dir ab. Wer sich nicht verwundbar machen will, kann sich nicht betreffen lassen von der Liebe anderer. Sein Herz erfriert oder er verblutet an den ignorierten Schlägen, die durch die Illusion seiner Unverwundbarkeit gedrungen sind; denn unverwundbar bist du erst dann, wenn du tot bist. Dein Schild steht dir nur vor den Augen. Du kannst es auch "Brett vor dem Kopf" nennen. Stehe zu deiner Verwundbarkeit! Ich verwandle sie in Stärke.*

Megild erinnerte sich, wie er bei Sabine zum ersten Mal von seiner Schwäche geredet hatte. Sabine hatte nicht zugeschlagen. Er hatte Freunde, die das wahrscheinlich auch nicht so schnell tun würden. Halblaut sagte Megild: "Es gibt aber auch Gegenbeispiele." Sie öffneten sich, und empfingen den Todesstoß.

Seine Sitznachbarn schauten ihn an. Megild schüttelte den Kopf. Es redete weiter in ihm: *Wir reden jetzt nicht von anderen, wir reden von dir. Glaubst du Lisa würde dich verletzen, Susanne dich schlagen? Matthäus, Markus, Lukas, Johannes, Deine Eltern sind sie etwa deine Feinde? Wach auf und erkenne! Du hast die Liebe schon zu oft abgelehnt, wo sie dir entgegenkam.*

Megild spürte, er wollte seine vorgeschobene Stärke nicht loslassen. Zugleich kam ihm auch eine neue Erkenntnis. Das, was er hier gerade gedacht hatte, war ihm schon einmal gekommen; bei der Frage nach der Demut. Wenn er es recht verstand, war die Demut also die Haltung beständiger Umkehr, und in der Wurzel identisch mit der Liebe. Sie kannte nur ein Ziel: Das wahre Leben selbst, die Beziehung mit Jesus, dem Christus. Er ist die Wahrheit meines Lebens, der Weg, der zu unvergänglicher Liebe führt, zum Vater, vor und in dem sich die anbetende Kirche versammelt. Und das alles erhalte ich vollkommen umsonst, geschenkt in dieser Nacht. Das ist die Gnade dieser Nacht.

Der Gottesdienst endete mit dem "Te Deum". Bei den letzten Strophen des "Großer Gott, wir loben Dich" begann der Auszug der weiß Gewandeten. Das helle Licht der neuen Sonne erfüllte den Raum. Weihrauch machte das Licht selbst sichtbar und umspielte es. Neu begann die ganze Schöpfung in Ihm zu leben. Alles, was tot war und hart, ohne Hoffnung auf Leben, jetzt begann es im Atem dessen zu grünen und auszuschlagen, der nicht Windhauch ist, nicht vergänglich, sondern lebenspendender Geist. Das bedeutete "Ostern" zutiefst. Heute begann in der gemeinsamen Hoffnung derer, die sich von ihm wandeln ließen, der Übergang vom einsamen Tod zu Seinem ewigen, allumfassenden Leben. In Megild stiegen die letzten Verse des Chores der Pilger aus dem Tannhäuser auf und vermischten sich mit dem Te Deum.

*Der Gnade Heil ist dem Büßer beschieden
er geht nun ein in der Seligen Frieden!*

Er wusste, ihm war dieses Heil heute erschienen. Und auch sein Stab im Garten begann grün auszuschlagen.

*Licht. Und ewig dreht der Wind.
Er weht nach Süden, dreht nach Norden,
dreht, dreht, weht, der Wind.
Doch Rebekka lächelt;
denn wohin er auch dreht, wohin er auch weht,
er kann nicht heraus aus dem, der ihn hält.
Er weht nach Süden, dreht nach Norden,
dreht, dreht, weht.
Er kann nicht abirren, nicht verloren gehen,
wenn Er es nicht will;
denn wohin er auch dreht,
wohin er auch weht, der Wind,
dort erwartet Er ihn
und reicht ihm die Hand
im Licht.*

Inhaltsverzeichnis

01 Megild Wieland 3
02 Der erste Tag 9
03 Die Kirche 17
04 Die Gemeinde 29
05 Die Arbeit 43
06 Der Zweifel 49
07 Das Loch 57
08 Megilds Traum von Phaeton 67
09 Nikodemus 77
10 Megilds Traum vom Roulette 89
11 Verteidiger der leeren Festung 101
12 Der Stab des Pilgers 111
13 Der Prophet 115
14 Der Weg 125
15 Graue Nebel 139
16 Megilds Traum vom Ursprung der Schatten 153
17 Maria 157
18 Die Schlacht im Wald 165
19 Mahlgemeinschaft 185
20 Die Erlösten 209
21 Gottes Sohn 233
22 Die Nacht 259
23 Der Hohe Donnerstag 285
24 Einheit 299
25 In der Gnade dieser Nacht 311